언덕
위의
오후

언덕 위의 오후

초판 1쇄 인쇄   2014년 03월 28일
초판 1쇄 발행   2014년 04월 04일

지은이	심 보 순
펴낸이	손 형 국
펴낸곳	(주)북랩
출판등록	2004. 12. 1(제2012-000051호)
주소	153-786 서울시 금천구 가산디지털 1로 168,
	우림라이온스밸리 B동 B113, 114호
홈페이지	www.book.co.kr
전화번호	(02)2026-5777
팩스	(02)2026-5747
ISBN	979-11-5585-157-9 03810(종이책)
	979-11-5585-158-6 05810(전자책)

이 도서의 국립중앙도서관 출판시도서목록(CIP)은 서지정보유통지원시스템 홈페이지(http://seoji.nl.go.kr)와
국가자료공동목록시스템(http://www.nl.go.kr/kolisnet)에서 이용하실 수 있습니다.
(CIP제어번호 : 2014010033)

사진과 글로 만나는 **미국 문학 기행**

언덕 위의 오후

심보순 지음

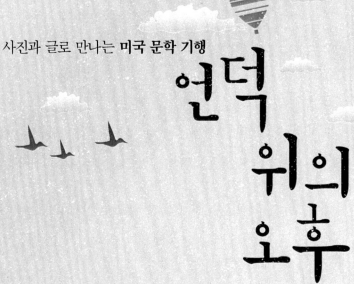

그린 게이블스에서 만난 빨강 머리 앤

소로의 오두막을 찾아 월든호수로

booklab

책머리에

여행길에서 만났던 뉴질랜드의 국조國鳥인 키위는 닭과 비슷한 크기였다. 가늘고 긴 부리가 약간 아래로 구부러져 있었고 다리는 짧아서 앉아 있으면 꼭 초대형 밤송이 같았다. 낮에는 잠자고 밤에만 나와서 지렁이나 벌레 등을 잡아먹고 사는 야행성 조류인데 이제는 날개와 꼬리가 퇴화돼서 날지를 못한다. 한때는 멸종 위기에 처해 있다가 뉴질랜드 정부의 적극적인 보호를 받아 차츰 그 숫자가 늘어나는 추세라고 한다.

멸종 위기의 요인 중에는 여러 가지 환경적·생물학적 이유가 있겠지만, 주로 뉴질랜드에서만 사는 키위 새는 그동안 생존하기 위해 싸워 이겨야 할 천적이 없이 안전하게 살 수 있었다. 그런데 날개가 퇴화하고 날지를 못하게 되면서 개나 고양이한테 잡혀 죽는 일이 허다하게 됐다는 것이다.

날지 못하는 새를 새라고 할 수 있겠는가. 퇴화된 키위 새의 한가로움이 조금도 부럽지 않다.

매일이 새로운 각오를 다짐하는 새해 첫날과 같을 수는 없지만 어제와 다름없는 오늘이나 오늘과 똑같은 내일에도 무덤덤하게 지나칠 때가 요즘 부쩍 많아졌다. 특별한 설계 없이 내둘리는 매일, 좋게 말하면 열린 나날이고 나쁘게 얘기하면 홀대 받는 내일이다. 더는 날지 않고 앞에 떨어지는 먹이에만 의존해서 살아가는 광장 안의 퇴화된 비둘기나 멸종 위기에 처한 키위 새와 다를 게 없다는 생각에 섬뜩해진다. 그렇게 날개를 접고 움츠리는, 꿈을 꾸지 않는 내가 두렵다.

까실까실한 가을바람에 잎이 다 떨어지고 뼈만 남은 앞뜰의 앙상한 목련도 차가운 겨울바람이 살짝 스치고 지나가면 어느새 봉긋, 봉우리를 틔우지 않던가. 나 또한 가뭄에 시든 풀잎처럼 축 처져있다가도 비가 오면 발딱 일어설 수 있는 오뚝이 생기가 절실하다. 빽빽이 서 있는 삼나무 숲, 나뭇가지 사이를 비집고 쏟아지는 봄 햇살은 살을 에는 한풍을 견뎌낸 후이기에 더 고맙다.

문학 속의 장소와 어떤 식으로든 접속한다는 건 내게 커다란 활력소였다.

유진 오닐이 집필하던 책상, 로버트 프로스트의 숲, 소로의 오두막, 미국을 태동시킨 역사의 도시 콩코드는 잠시 생각이 머무는 짧은 순간에도 가슴을 뛰게 했다.

작가와 작품 속 '그들'과의 만남은 오랜 장마 끝의 햇빛처럼 반갑고 따사로웠다. 곳곳에서 그들 목소리가 들리는 환상에 빠져들어 황홀한 전율을 맛보기도 했다. 그들이 숨 쉬고 사랑했던 곳, 그들의 손길이 스쳐간 흔적을 본다는 것은 뭔가를 몰래 훔쳐보는 것 같은 짜릿한 재미였다. 남모르는 비밀이 늘어감에 대한 혼자만의 뿌듯함 같은 것이랄까. 때로는 눈으로 덮여 새하얀 숲가에 서서 나뭇가지 사이를 비집고 울어대는 바람소리를 들을 때처럼 가슴 속을 시리게 만들기도 했다.

늦은 여름에 시작해서 다시 세 번의 여름을 보내며 평소에 좋아했던 문인들의 사적지를 찾아다니는 사이 뒤뜰의 철쭉이 세 번 피고 졌다.

스타인벡의 캘리포니아 쌜리너스에서 『빨강 머리 앤』의 캐나다 동부 캐번디시로 30여 명의 작가와 시인들의 사적지를 방문하는 동안 곁에서 길동무가 되어주고 모범 운전기사가 되어준 숨은 손이 고맙다. 길 안내인으로, 카메라 어시스턴트로, 보디가드로, 그리고 글 교정에 이르기까지 끊임없이 밀어준 남편의 동행이 절대적인 힘이었음을 고백한다.

힘겨운 시작으로부터 긴 시간으로 이어진 고된 작업까지 값진 여로였음을 의심치 않는다. 그리고 끝까지 어려운 일을 감당할 수 있는 힘과 체력을 주신 이께 감사드린다.

책머리에　　　　　　　　　　004

1 태양 아래서 가장 즐거운　　　011

1장　립(Rip)의 독주(毒酒)와 그 매력　012
2장　베니스비치의 이방인이 되어　017
3장　톰 소여의 집에서 만난 '안전수심'　023
4장　'나는야 풋풋한 커피 걸~'　029
5장　허밍버드와 포토그래퍼　036

2 영웅에게　　　　　　　　041

1장　칼레의 시민들　042
2장　엉클 톰의 승리　046
3장　엘 콘도르 파싸(El Condor Pasa)
　　　: 용맹한 콘도르는 날아가고　050
4장　앵무새를 죽이는 것은…　056
5장　쿠퍼스타운과 영웅들　063
6장　스카츠데일에서의 나흘
　　　: 나의 영웅들에게　068
　　　4Days in Scottsdale　076
　　　: To my heroes
7장　빗속의 꼬마 영웅　084

3 사과나무 있는 집- 시인과 농부   o89

1장   사과나무 있는 집   o9o
2장   롱펠로의 '웨이싸이드 인'   o98
3장   스산한 버몬트(Vermont)의 숲을 지나며   1o3
4장   디킨슨의 도시 애머스트(Amherst)   1o8
5장   달리며 생각하며
     : 트로이에서 커밍턴까지   113

     1. 밀레이의 '오후'
     2. 백경과 애로헷(Arrowhead)
     3. 브라이언트의 '죽음에 대한 묵상'

6장   게리 씨네 농장   125

4 친구 이야기   129

1장   마지막 강의   13o
2장   37년 후, 그 날   136
3장   레니의 꿈은 안개 속으로   142
4장   B&B가 남긴 것   147
5장   메이의 눈물   153
6장   레드벗나무 한 그루   159

5 '작지만 가장 거대한' 163

1장 '작지만 가장 거대한' 164
2장 에머슨의 '성공이란' 168
3장 앨콧 가의 '오쳐드 하우스' 173
   1. 에이머스 브론슨 앨콧(Amos Bronson Alcott)
   2. 루이자 메이 앨콧(Louisa May Alcott)
4장 호손의 '웨이싸이드' 178
5장 월든호수와 소로의 오두막 181
6장 자유와 평등과 독립을 위한 그들 187
   1. 올드 맨스(The Old Manse)
   2. 긴급 소집병(Minuteman)과 올드 노스 브릿지(Old North Bridge)
   3. '작가들의 산마루(Authors Ridge)'

6 화해와 힐링 193

1장 오닐의 '다오(道) 하우스' 194
2장 언니와 하루를 202
3장 마녀들의 거리, 쎄일럼 208
4장 남쪽 하늘 아래에 햇살이 214
5장 에드거 앨런 포의 갈까마귀(The Ravens) 220
6장 피콜라의 가장 파란 눈 226
7장 콜럼버스 시, 윌리엄스 생가 230
8장 한 마디 말이 모자라서 234

7 '희망을 갖지 않는 것은…'   241

1장   『뿌리』의 도시 애나폴리스   242
2장   '내일도 해는 뜬다'   247
3장   '노인'의 바다와 키웨스트   254
4장   '그린 게이블스(Green Gables)'로 가는 길   262
5장   '빨강 머리 앤'의 나라   269
6장   구름에 달 가듯이   275
7장   모카향 앞에 서면   280

책을 끝내며   283
부록   287

태양 아래서 가장 즐거운

1
립(Rip)의 독주毒酒와 그 매력

워싱턴 어빙(Irving, Washington: 1783. 4. 3~1859. 11. 28)
뉴욕에서 태어난 미국 초기의 수필가이자 역사가, 단편소설가. 『뉴욕의 역사(A History of New York)』, 『스케치북(The Sketch Book of Geoffrey Crayon, Gent)』(대표작인 「슬리피 할로우의 전설(The Legend of Sleepy Hollow)」과 「립 밴 윙클(Rip Van Winkle)」 수록), 『알람브라 이야기(Tales of the Alhambra)』 등의 작품이 있다.

립 밴 윙클은 네덜란드인들이 세운 동네에 사는 아주 소박하고 착한 남자다. 남을 돕는 일에 늘 앞장 서기 때문에 동네 사람들이 모두 그를 좋아한다. 한 가지 흠이라면 정작 자기 집 일에는 무심한데다 돈 버는 일엔 게을러서 집에서는 형편없는 가장이고 체통 없는 아버지다. 당연히 아내의 잔소리는 심하고 집에서 쫓겨나기 일쑤다. 집에서 그의 편이 되어 주는 친구라고는 애견 울프뿐이다.

어느 날 립은 아내의 잔소리를 피해서 엽총을 들고 울프와 함께 산으로 올라간다. 그는 숲 속에서 종일 배회하다가 저녁때가 되어 집으로 돌아오는데 길에서 이상한 옷을 입은 낯선 사람들을 만난다. 그리고 거기서 그들이 마시는 독한 술을 얻어먹고 깊은 잠 속으로 빠진다.

그가 눈을 떴을 때, 총은 녹슬고 울프는 곁에 없다. 동네에 내려가 보니 사람들은 모두 모르는 사람뿐이고 그의 딸조차 그를 알아보지 못한다. 립은 딸을 통해 그동안 20년이 흘렀음을 알게 된다. 잔소리하던 아내는 이미 죽고 세상에 없다. 그는 아내의 구속에서 벗어나고 하기 싫던 모든 궂은 잡일에서도 놓여나게 되는데….

이후로 남자들은 골치 아픈 일이나 귀찮은 일이 있을 땐, 특히 아내의 잔소리로부터 벗어나고 싶을 땐, 립이 마셨던 술을 마시고 잠에 빠져 버렸으면 하는 소망을 갖게 된다는 것이다.

대학 1학년쯤으로 생각된다. 지금은 이름조차 생각나지 않는 외국인 여교수님으로부터 영미문학 시간에 배웠던 이야기다. 교수님은 '립 밴 윙클'이나 '카아츠킬 산맥' 등 이름도 생소하고 스토리도 엉뚱한 유령 같은 이야기를 프린트 교재나 책도 없이 당신이 직접 책을 읽어주며 해독시켰다. 말이 영어지 입시지옥에서 눈만 과하게 발달하여 비대해지고 본토발음 듣는 귀는 꽉 막혀있던 때다. 영어 악센트가 유난히 강했던 교수님 입 모양을 놓치지 않으려고 목발 짚고 자전거 따라가듯 허덕거렸던 기억이 새롭다.

위에 나온 이야기는 미국 초기 작가 워싱턴 어빙 Washington Irving의 대표작인 『립 밴 윙클 Rip Van Winkle』이다. 이것은 어빙이 죠프리 크레온이라는 필명으로 1819년에 발간한 수필 및 단편 모음집인 『스케치북 The Sketch Book of Geoffrey Crayon, Gent』에 수록된 단편인데 그가 하룻밤 사이에 썼다고 전해진다.

아침 일찍 목적지인 태리타운으로 향했다. 하룻밤을 묵었던 어번 시에서 서쪽으로 150여 마일(약 241km) 떨어진 곳이다. 유료 고속도로로 간다면 2시간 반이면 될 것이었다.

매사추세츠 주를 벗어나고 코네티컷 주를 지나 뉴욕 주로 들어섰다. 태리타운은 뉴욕시에서 30여 마일 북쪽에 위치했다.

고속도로를 벗어나 작은 길로 들어서니 동네 길처럼 한산했다. 차가 많지 않아서 조용했다. 한가한 소풍길처럼 적당히 구불거리는 도로가 시골길 같아 마음이 느긋해졌다. 시골길은 언제나 고향 같고 엄마 같고 어머니의 태안처럼 편안했다. 길 주변에 띄엄띄엄 있는 커다란 저택들과 울창한 나무숲이 여러 주일 동안의 동북부 답사 길에서 피로해진 눈을 즐겁게 해 주었다.

태리타운에는 워싱턴 어빙의 기념관 '써니싸이드 Sunnyside'가 있다. 어빙이 약 200년 전에 살았던 집이다. 세계의 중심이고 복잡다단한 뉴욕이 바로 코앞에 있다는 게 믿기지 않을 정도로 태리타운은 숲 속에 파묻힌 딴 세계였다.

도시의 공해와 소음에서 완전히 벗어난 곳에서 써니싸이드를 만났다. 집 앞에 넓게 펼쳐진 허드슨 강이 시원했다. 집이 현대식 건물이었다면 근사한 여름 휴양지나 겨울 별장과 다름이 없을 터였다.

써니싸이드에 도착했을 때 사람 하나 볼 수 없었던 길과는 달리 숲 속은 예상 외로 북적거렸다. 공교롭게도 어린이들을 위한 독서의 날Book Day 행사가 있는 날이었다. 어린 아이들과 아동작가들과의 만남이 한창이었고 동화 속의 인물들이 캐릭터 복장을 하고 아이들을 찾아 다녔다. 곳곳에서 그룹을 지어 이야기를 나누고 있는 모습이 진지해 보였다.

좁은 주차장에 최대한으로 많은 차를 주차시키려고 땀 흘리는 안내원들이 안 돼 보여서 길포장이 안 된 곳에 파킹을 하고 들어갔다. 안내서에는 행사에 참가하는 64명의 아동작가 명단과 그들의 참가 시간이 적혀 있었다. 모여 있는 아이들보다 많은 숫자 같았다. 아이들을 위한 행사에 적극 참여하는 어른들의 모습이 고무적이었다.

어린이들이 많이 모이는 날이라 기념관의 한쪽은 닫혀 있었고 어빙이 살던 집의 일부만 일반에 공개되고 있었다.

특별한 행사 때문인지 기념관 밖에서부터 네덜란드 전통 옷을 입고 안내하는 안내인들 모습이 이채로웠다. 안내인을 따라 집 안으로 들어갔다. 안내인을 따라서만 돌아볼 수 있는 것이 조금 불편했다. 방마다 똑같이 민속

옷을 입고 있는 남녀 안내인들이 기다리고 있다가 그곳에 보관되어 있는 어빙의 소장품들을 하나씩 소개해 주는 식이었다.

익숙지 않은 옛날 옷에 이국적인 설정과 오래된 소장품들이 어우러져서 『립 밴 윙클』과 곧바로 연결되었다. 소설 속의 시대가 아주 옛날이고 이야기도 우화적인데다 낯선 것이, 조금은 생뚱맞아 보이는 의상과 자연스럽게 오버랩 되었다. 현대의 소음에서 멀리 떨어져 있는 써니싸이드의 자연환경 역시 립이 살았던

음식 저장 / 냉장 창고

소설 속의 카아츠킬 산기슭에서 많이 벗어나지 않는 느낌이었다.

200년 전 이야기지만 립의 망각의 독주는 우리 현대인들에게도 한 번쯤 찾아오는 유혹일 듯싶다. 몰랐더라면, 보지 않았더라면, 듣지 않았더라면 하는 푸념과 바람을 갖게 될 때가 드물지 않을 테니까 말이다. 때때로 숨 막히는 현실과 마주하게 될 때, 변화 없는 일상에 염증이 날 때, 문명이라는 이름하에 기계와 기계 사이에서 질러대는 소음 공해로부터 도망가고 싶을 때, 또는 시시각각 조여 오는 많은 책임과 의무의 무게가 너무나 무겁게 느껴질 때, 이 모든 굴레로부터의 탈출은 얼마나 달콤하고 절실한 꿈이겠는가.

2
베니스비치의 이방인이 되어

베니스 비치의 하루

레이 브랫베리(Bradbury, Ray: 1920. 8. 22~2012. 6. 5)

일리노이 주 워키건(Waukegan, Illinois)에서 태어난 소설가. 『화씨 451(Fahrenheit 451)』, 『화성 연대기(The Martian Chronicles)』, 『여름 아침, 여름 밤(Summer Morning, Summer Night)』 등 의 작품이 있다.

몇 년 전 『온 여름이 하루 사이에 All Summer in A Day』라는 이야기를 우리말로 번역한 일이 있다. 작가 레이 브랫베리 Ray Bradbury의 단편소설이다. 소설의 배경이나 스토리가 지금 내가 얼뜨게 바라보고 서 있는 바닷가의 물리적 그림과는 상이하지만 왠지 모르게 이 앞에서 이야기가 펼쳐지고 있는 것 같은 느낌이 든다.

과학자를 부모로 둔 아이들이 부모를 따라 금성에 와서 살고 있다. 이곳에 7년 동안 비가 계속 오고 있다. 해가 7년에 한 번씩만 잠깐 나타나서 아이들은 태양을 한 번도 본 일이 없다. 7년 전에 딱 한 번, 한 시간 동안 비가 멈추고 해가 얼굴을 보여 주었지만 아홉 살 난 아이들은 두 살 때의 일을 기억하지 못한다.

그런데 바로 오늘이 비가 멈추고 두 시간 동안 해를 볼 수 있다고 예보된 날이다. 아이들은 기대감에 부풀어서 교실 밖을 내다보기 위해, 태양을 보기 위해 밀치고 당기고 떠밀며 창문으로 몰려든다.

그런 아이들한테서 떨어져 혼자 밖을 응시하고 있는 마고는 5년 전 미국 오하이오 주에서 이주해 왔기 때문에 지구에서 4살 때 보았던 해를 생생하게 기억한다. 아이들은 태양이 동전 같이 둥글고 난로 속에 있는 불덩어리 같다고 말하는 마고의 말을 믿지 못한다. 그리고 비만 오는 금성 생활에 여전히 적응하지 못하는 마고를 시기하고 질투하며 미워하고 따돌린다.

극도의 흥분상태에서 태양의 신비를 고대하던 아이들은 그런 마고와 실랑이를 벌이며 치고받다가 마고를 터널 속 옷장에 가두고 밖에서 문을 잠가 버린다.

빗줄기가 서서히 줄어들더니 갑자기 비가 그치고 거짓말처럼 해가 나온다. 불에 활활 타는 태양! 생전 처음 보는 뜨거운 붉은 덩어리! 빨간 공 같기도 한 야릇한 동그라미에 아이들은 넋이 빠진다. 눈이 부셔 눈물이 나와도 느끼지 못하고 어쩔 줄 몰라 이리저리 갈팡질팡한다. 마치 동굴에서 빠져나온 동물들처럼 소리 지르며 달리고 뒹굴며 정신을 못 차린다. 그리고 그 황홀한 축복의 시간을 놓치지 않고 즐긴다.

행복이란 아무도 모르게 살짝 왔다 가는 법, 빗방울이 하나둘 떨어지기 시작한다. 천둥번개가 치고 다시 비가 온다. 순간 아이들은 그제야 옷장에 갇혀있는 마고를 생각해 내고는 죄책감에 고개를 떨군다. 성난 광풍이 찾아들 듯 갑자기 말을 잃고 모두는 잠잠해진다. 마고는 그 황홀하게 타는 해를 보지 못한 것이다. 앞으로 7년을 기다려야 볼 수 있는 해를 ….

내가 이 단편소설 번역으로 《월간문학》에서 외국문학 부문 신인상을 탔으니 작가 브랫베리 씨와 작은 인연이 있다고나 할까.

로스앤젤레스 시내에서 40~50분 자동차를 타고 서쪽 방향으로 가면 베니스비치가 나온다.

바닷가 한 편에 위치한 아트 윅은 온통 젊은이들로 붐볐다. 빳빳하게 올려 세운 닭 벼슬 머리, 문신투성이의 팔뚝, 배꼽을 뚫어서 낀 미니반지, 코걸이 한 여자, 어깨를 싸안고 걷는 남자들….

길가에 주차를 하고 주차머신에 주차비를 넣을 때부터 나는 낯선 자였다. 차에도 지갑에도 주차머신에 넣을 동전이 없었다. 길가에 늘어선 상점

베니스 비치

중에 만만해 보이는 기념품 가게로 쭈뼛거리며 들어가서 조악한 장신구 하나를 사고 거스름을 동전으로 받았다. 그런데, 주차머신이 또 처음 보는 거였다. 동전을 어떻게 넣어야 할지 사용법을 읽어가며 더듬거렸다.

서쪽으로 기울어진 태양열에 쫄아든 눈은 돋보기의 위력을 업고도 버벅댔다. 침침해진 눈을 비비며 머신 위아래로 훑어보는 얼뱅이 모습을 만 개의 눈이 지켜보고 있는 것 같았다. 손은 서툴렀고 남의 신을 빌려 신은 것처럼 구두 속의 발은 따로 놀았다.

베니스비치가 처음은 아니었다. 전에는 주로 부둣가 쪽이었고 이번엔 아트 거리인 게 달랐을 뿐이다. 바닷가 쪽으로 들어서니 구조물 위에 페인트로, 언뜻 보면 낙서처럼 보이는 그림 그리기에 몰두하는 사람들이 있고 옆 롤러스케이트장에서는 스케이터들이 서커스 하듯 공중으로 튀어 올랐다 사라지곤 했다. 혼자서 무슨 퍼포먼스를 하는 이도 있었다. 제각기 다른 모양으로 가슴 속의 뜨거운 불을 뿜뿜질해 내는 것처럼 보였다.

베니스비치는 브랫베리씨가 오래전에 살던 곳이다. 그가 대표작 『화성 연대기(The Marcian Chronicles)』를 쓴 곳이기도 하다. 가까이 살면서도 별난 사람들이 모여드는 외계적인 분위기가 낯설다며 좀처럼 발길이 닿지 않던 곳이다. 얼마 전 90세가 가까워오는 노작가의 최근 동향을 지면에서 발견한 것이, 그리고 그가 여전히 특별한 애착을 갖고 있는 곳이 바로 이곳 베니스비치라는 사실을 알고 나서야 한 번 둘러볼 용기가 생겼다고 해야 옳을 것이다.

베니스비치는 자신만의 독특한 스타일을 온 몸에서 풍기는 사람들로 술렁댔다. 제 자리에서 가만히 서 있는 사람은 아무도 없었다. 걷는 발걸음에서, 바라다보는 눈길에서, 그들이 행하는 행위에서 무한한 색깔이 묻어나왔다. 예술이랄까, 자유랄까, 자기 발산이랄까. 시인 에드나 빈슨 밀레이 Edna St. Vincent Millay의 '태양 아래서 가장 즐거운 존재'들의 모습이다. 사람들과 빌딩들, 그리고 거리를 꽉 메운 상점들마저도 제각기 다른 특유의 강렬한 색채를 다투어 과시했다.

콘크리트 바닥에 머리를 붙박고 물구나무서기 하는 젊은이를 구경꾼들 틈에 끼어서 한동안 바라본다. 내 정수리에 그의 통증이 옮겨온다. 머리를 길게 땋아서 올렸으니 조금은 쿠션이 될까. 한쪽 귀퉁이에서 혼자 중얼거리 며 공중에 무언가 그리는 사람은 누구의 시선도 느끼지 않는다. 멀리서 빈 공간을 비집으며 물감으로 낙서처럼 메워가는 아티스트의 손이 빠르게 움 직인다.

나는 구경꾼의 공통된 제스처인 카메라 셔터를 쉬지 않고 누른다. 어느 모로 보나 나는 베니스비치에서 초대받지 못한 이방의 방관자에 불과하고 저들은 내 세계에서 똑같이 낯선 이방인이다.

혹시 내가 저들을 마고처럼 옷장에 가두고 부당하게 적대시하는 건 아닐 까 하는 생각이 문득 스치고 지나간다. 알게 모르게 나는 얼마나 많은 마 고를 내 생각 테두리 밖으로 밀어내고 있으며 나 또한, 얼마나 자주 마고의 무인고도에 갇혀서 다수의 횡포에 따돌림을 당하며 지내는지…. 쓸쓸함이 서늘하게 밀려든다.

* 주- 레이 브랫베리는 이 글을 쓴 3년 후인 2012년 6월 5일 91세로 로스앤젤레스에서 타계했다.

3
톰 소여의 집에서 만난 한전수심

톰 소여의 모험지도

마크 트웨인(Mark Twain: 1835. 11. 30~1910. 4. 21)
미주리 주 플로리다(Florida, Missouri)에서 태어난 소설가. 『톰 소여의 모험(The Adventures of Tom Sawyer)』, 『허클베리 핀의 모험(Adventures of Huckleberry Finn)』, 『왕자와 거지(The Prince and the Pauper)』 등의 작품이 있다.

마크 트웨인Mark Twain의 집은 웅장하면서도 제 주인의 뛰어난 해학諧謔과 풍자를 닮아서 겉모양과 내부가 똑같이 유머러스했다. 검붉은 빅토리안 고딕 양식의 벽돌집은 지붕은 위로 삐죽 솟았고 위층 창문은 벽 밖으로 돌출해 있었다. 집을 유람선 모양으로 디자인했다더니 배의 앞머리를연상시켰다. 아마도 마크 트웨인이 어릴 적에 타고 놀던 배를 몹시 그리워한 모양이다.

코네티컷 주 하트포드에 있는 그의 집이다. 마크 트웨인이 1874년에 지어서 17년간 가족들과 함께 살았던 곳으로 지금은 국립사적지로 지정되어 몇몇 큼직한 공휴일을 제외하고는 일 년 내내 일반에게 개방되고 있다.

집은 사방 11,500피트(약 323평)에 방 열아홉 개와 욕실 일곱 개를 갖춘 엄청난 규모다. 집 내부에는 예상치 못한 구조물들이 여기저기서 튀어나오도록 설계된 것이 '톰 소여'와 '허클베리 핀'이 산적놀이를 하고도 남을만했다. 집은 아이들의 모험심을 자극하기에 충분히 예측불허였고, 곳곳의 어두운 색감은 어른들도 잠시 긴장감을 갖게 했다.

옛 성의 묵직한 모습 속에 숨겨진 풍부한 유머와 예리한 풍자는 오로지 그만의 것이었다. 누군가에게 욕을 하고 싶을 때 참는 것은 위험천만한 일이라며 욕설을 마구 내뱉을 수 있는 방이 따로 있어야 한다거나, 빗방울 소리를 들으려고 지붕에 양철을 붙이고, 겨울에 피는 백합꽃을 보기 위해 서재에 온실을 만드는 일 등은 그이기에 가능한 착상일 것이다.

실내 장식 역시 파격적이었다. 당시에는 최첨단이었던 배터리 작동의 도난 방지 경보기와 하인들을 부르는 인터컴을 집 안에 설치하고 부엌에 전화기를 놓는 등 그는 새 과학 기술에 매료되었다. 결국 새로운 인쇄기에 과도한 투자를 했다가 파산하게 되지만 돈을 마련하기 위해 유럽으로 순회강연을 떠날 때까지 그는 깊은 애정을 갖고 이 집에서 살았다. 특히 바로 옆, 마당을 사이에 두고 이웃해 살았던 『엉클 톰스 캐빈』의 여류작가 해리엇 스토 부인과의 정신적·문화적 교류를 귀하게 여겼고 지방 작가들과의 친목을 즐겼다.

이 집에서 살 때가 생애에서 가장 행복했고 제일 왕성하게 작품 활동을 했었다고 그는 회고하곤 했다. 그리고 "집이라는 말이 이렇게 많은 의미를 갖고 있는 줄을 전에는 미처 몰랐다. 이 집은 우리가 겪은 모든 것들을 함께 보는 가슴과, 영혼과 눈을 다 갖고 있었다. 집은 바로 우리였고 우리는 그 편안함 속에 지냈으며 집이 주는 축복인 기품과 평화 속에 살았다."라고 적고 있다.

본명이 쌔뮤얼 랭혼 클레먼스Samuel Langhorne Clemens인 마크 트웨인. 그의 필명 '마크 트웨인'은 강 깊이가 '두 길Mark number two'이라는 뜻으로 항해에서 가장 중요한 '안전수심'을 뜻하는 말이라고 한다. 그가 미시시피 강가에서 보낸 시절을 얼마나 사랑했는지 짐작이 간다.

집 안팎이 세계에서 구경 온 여행객들로 꽉 찼다. 여기저기서 다른 언어로 이어지는 대화가 마치 숲 속의 새들이 지줄 대는 것처럼 의미는 알 수 없으나 즐겁게 들렸다. 다른 기념관에 비해 아이들도 많았다. 윌리엄 포크너가 '미국 문학의 아버지'라고 부른 마크 트웨인의 인기도가 어렵지 않게 가늠되었다.

마크 트웨인이 그의 대표적인 소설을 쓴 곳이라는 사실이 이번 방문의 의미를 더 해 주었다. 집 안은 제한된 인원의 투어로만 출입이 가능했는데, 130여 년을 견딘 대 저택의 내부가 놀랍게도 잘 복원되어 유지되었다. 안내인의 설명을 들으며 19개의 방 중 일부를 둘러보았다.

그가 소설 『톰 소여의 모험 The Adventures of Tom Sawyer』과 『허클베리 핀의 모험 The Adventures of Huckleberry Finn』 그리고 『왕자와 거지 The Prince and the Pauper』를 썼다는 서재가 있는 곳은 맨 꼭대기 층이었다. 그가 집필하는 모습을 그려보며 거기에 그렇게 내가 있었다.

글 쓰는 방 한가운데에 커다란 당구대가 덩그맣게 있다는 게 의아하게 생각되었다. 금요일에는 친구들과 당구를 치며 담소하고 평소에는 청소하는 사람을 제외하고는 아무도 들이지 않고 글을 쓰던 방이라는 설명이 붙었다. 타임캡슐을 타고 130여 년 전으로 거슬러 돌아가 그와 함께 한 방에 있다는 엉뚱한 착각을 잠시 즐겼다.

집 옆에 따로 떨어져 있는 박물관 건물 안에는 그의 작품을 볼 수 있는 갤러리와 특별행사가 열리는 강당, 교실 등이 있고 그의 작품이나 기념품을 파는 상점이 집 안을 둘러보고 나온 사람들로 북적거렸다.

기념품점 안에는 마크 트웨인의 명구들이 북 마커로, 표어로, 벽의 장식용으로, 선물용으로, 예쁘게 포장된 그의 책과 함께 새 주인을 기다리고 있었다.

톰 소여와 헉의 모험

A person who won't read has no advantage over one who can't read.
읽지 않는 사람은 읽지 못하는 사람보다 나을 게 없다.

Kindness is the language which the deaf can hear and the blind can see.
친절은 귀머거리가 들을 수 있고 눈 먼 자가 볼 수 있는 언어이다.

Courage is resistance to fear, mastery of fear, not absence of fear.
용기란 두려움이 없는 게 아니라 두려움에 대항하고 두려움을 극복하는 것이다.

The secret of getting ahead is getting started.
앞서 가는 비결은 바로 시작하는 것이다.

선물이 될 만한, 겉이 화려한 것들을 뒤적이다가 언뜻 눈에 들어온 그의 글들이 내 게으름과 무작스러움을 꾸짖는 것만 같아 얼른 손을 내리고 돌아섰다. 늘 내면의 깊이보다 겉모양으로 판단하기 잘하는 얄팍함이 부끄러워서였다.

마크 트웨인의 집

4
'나는야 풍풍한 커피 컬~'

가슴이 속 빈 강정처럼 허했다. 딸아이의 이삿짐을 날라다 주고 돌아오는 길이었다.

딸아이가 어느 날 뜬금없이 시애틀에 가서 살고 싶다고 했을 때는 그냥 한 번 해보는 소린 줄 알았다. 강 건너 불빛이 더 밝아보이듯 미지에 대한 일시적인 동경일 거라며 별 생각 없이 들었다. 그날이 그날 같은 삶으로부터의 일탈을 꿈 꿔 보지 않은 사람이 어니 있겠는가. 나중에 은퇴하면 어디서 살고 싶은가 물어왔을 때도 여전히 내 촉각은 고장 나 있었다. 목소리만 들어도 아이의 가슴 속에서 폭풍이 이는지 비바람이 치는지 비디오 보듯 훤하던 어미의 원초적 직관력은 어인 일인지 힘을 잃었었다.

지난 달 초, 며칠 간 시애틀에 다녀오겠다며 비행기 표 예약을 끝냈다고 했을 때에야 비로소 심상치 않은 기미를 알아챘다. 아이의 눈빛은 결정카드는 이미 던져진 걸 의미했다. 어설프게 속을 내보이는 설전은 무익하고 위태하다는 뜻이었다.

미국 지도 서북부 꼭대기에 있는 시애틀은 해안도시다. 35년 전쯤에 한 번 다녀왔을 뿐 별로 아는 바가 없었다. 자료를 찾아봤다. 캐나다 국경에서 100마일(약 161km, 410리) 정도 떨어져 있고 도시 중심에는 대충 400만 명 정도의 사람들이 모여 살지만 실제 주민인구는 65만 명이 채 안 되는 항구 도시다. 비가 자주 와서 연중 226일 정도는 흐리다니 여기처럼 덥지는 않겠다. 이곳 로스앤젤레스로부터의 거리가 자그마치 1,140마일(약 1,835km) 정도라면 부산에서 신의주 왕복 거리보다 멀다.

딸아이와 떨어져 살게 된 것이 처음은 아니다. 동부에서 대학 4년을 다닐 땐 든든한 학교 울타리를 믿는 마음이 있었고 졸업 후엔 직장을 따라 집에서 40여 분 거리에 살았다.

아이는 대학 졸업 후 로펌에서 인턴십을 하는 동안 로스쿨로 진학하려던 계획을 바꾸더니 느닷없이 글쓰기를 시작했다. 워너 브러더즈와 CBS 텔레비전 방송국에서 워크숍을 하고, 신문사와 잡지사에서 편집 일을 보며 기사를 쓰는 등 작가로서의 길을 닦기 시작했다. 영화 제작자 밑에서 스크립트 리뷰 일을 맡아보고, 인터넷 작가로서 인정을 받는 등 제법 활발한 활동을 이어 나갔다.

그런데 이제 이 모든 걸 낯선 곳에 가서 다시 시작하겠다는 것이다. 아이는 글 쓰는 일은 어디서라도 할 수 있으니 직장을 떠나거나, 하던 일을 버리고 가는 것은 아니라고 했다.

그러나 시애틀은 아이가 한 번도 가본 적이 없는 곳이다. 학교나 직장 때문도 아니고 기회를 찾아 나서는 것도 아니다. 오히려 직장을 버리고 물설고 낯설은 이방에로의 도전인 것이다. 친구는 고사하고 아는 사람 하나 없는 곳이다. 물론 다 성장한 아이가 외지도 아닌 미국의 다른 도시로 떠나갈 뿐인 걸 갖고 너무 호들갑인건 아닐까하는 생각이 들기도 했다.

아무리 그렇더라도 특별한 이유 없이 자동차로 17시간이나 걸리는 곳은 나로서는 소화하기 힘들었다. 내 눈엔 영락없이 무모한 모험이고 아이의 눈엔 틀림없이 용감한 결단이었다.

갑자기 아프기라도 하면 어떻게 달려가 줄 것이며, 살다가 마주치게 될 숱한 태풍은 무엇으로 혼자 막아낼 것인가. 마른 장작에 불붙듯, 한 번 당겨진 근심줄은 부질없음에도 끊어지지 않았다.

그렇다고 다 큰 아이의 결정을 무작정 반대할 수는 없었다. 그저 좌불안석일 뿐. 집안에 들여놓을 가구도 제 힘으로 장만하겠다는 아이한테 거우 텔레비전 한 대를 사 주곤 돌아섰다.

헤어질 때는, 집 떠나는 자식의 뒤통수를 울타리 돌아 한길로 나설 때까지 바라보며 발길을 돌리지 못하던 내 어머니처럼 차 백미러 속으로 작아져 가는 아이한테서 눈을 돌리지 못했다. 뿌옇게 안개 낀 이른 아침조차 내 편이 아닌 게 울적했다.

5번 도로를 타고 남쪽으로 달려서 오리건 주로 들어섰다. 울창한 나무숲과 호수로 아름다운 풍광을 자랑하는 곳이다. 남편과 나는 여전히 무겁게 옹이 진 마음을 싱그러운 숲을 통과할 때 순간순간 달랬다.

기분을 전환시킬 겸 오리건 주 남쪽에 있는 크레이터호수를 들러오기로 했다. 호수는 오는 길에서 많이 벗어나 있지 않았다.

여러해 전에 갔을 땐 5월 말이었는데도 폭설이 쏟아져서 천지가 온통 하얗었다. 순백의 숲에 어지럼증이 일던 곳이다. 자욱한 안개 사이로 비죽이 내보이던 수면은 청색 물감을 잔뜩 풀어놓은 것 같았고, 귀기마저 흘러서 몸을 오싹하게 만들기도 했었다.

홍보 자료에 의하면 크레이터호수는 7,700여 년 전, 화산이 폭발한 후 분화구에 물이 고여 생긴 호수다. 1902년에 그 주변 지역을 포함해서 국립공원으로 지정된 곳인데 공원의 크기는 서울시 면적보다 큰 183,224에이커(약 742㎢)에 달한다. 호수길이는 6마일(약 9.65km), 호수 폭은 5마일(약 8km), 수심은 1,943피트(약 592m), 호수둘레는 33마일(약 53km). 미국에서 수심이 제일 깊고 물이 맑으며 세계에서 가장 깊은 호수 중 하나다.

로즈버그 시에서 5번 고속도로를 벗어나 좁은 하이웨이로 들어섰다. 조그만 마을이 드문드문 나타날 뿐, 앞을 예측할 수 없는 산길이었다. 크레이터 호수까지 80마일 정도면 충분히 해 지기 전에 들어갈 수 있는 거리였지만 익숙지 않은 산속 길이어서 중간에 묵어가기로 했다.

밤이 깊도록 혼자 두고 온 딸아이 생각에 시커먼 먹구름을 안고 뒤척이기는 남편도 마찬가지였다. 몸은 하루 종일 달려서 멀리 떠나왔지만 마음은 아직 그곳에서 벗어나질 못하고 있었다.

그렇게 잠을 설친 밤인데도 아침은 지각하는 법 없이 제때에 찾아왔다. 아침 식사는 식당에서 간단하게 시켰다. 프렌치토스트 두 조각, 계란 반숙

한 개, 그리고 커피 한 잔. 남편도 식욕이 없는지 오믈렛을 끝내지 못하고 깨작거렸다.

묵묵히 커피를 반쯤 비웠을 때였다. 커피포트를 든 갈색 머리의 웨이트리스가 다가와서 커피를 더 채워줄까 물었다. 어느 식당에서나 커피는 꾹꾹 채워 주었다. 그녀의 가슴 한편에 매달린 '사과처럼 풋풋한 제니'라는 명찰이 재미있었다.

입 속이 깔깔해서 커피를 홀짝대고 있었지만 더 마시고 싶은 생각은 없었다. 남편과 내가 거의 동시에 고개를 옆으로 저어보이자 그녀는 활짝 웃으며 식당 안의 모든 사람들이 다 들을 수 있는 큰 소리로 항의해 왔다. 두 사람 저변에 깔린 무거운 침묵의 색깔을 눈치 챈 것일까.

"천부당만부당한 말씀~ 한 잔으로는 어림 없죠~ 절대절대 안 될 일~ 나는 커피 파는 커피 걸이랍니다. 맛 좋은 커피를~ 세상에서 오직 하나뿐인 제니의 커피를~!"

커피포트를 들고 있는 팔을 활짝 벌려 춤을 추듯 미끄러지며 뮤지컬 톤으로 말하는 그녀는 높은 소프라노였다. 팔이 무거워 내려야 한다며 눈을 찡긋해 보이는 그녀의 목소리에선 향긋한 사과향이 묻어 나왔다.

셋은 서로를 쳐다보며 파안대소했고 우리는 그녀의 유쾌한 마음을 기꺼이 받아들였다. 커피를 잔 꼭대기까지 채우게 하고서야 제니는 콧노래를 부르며 얼음 지치듯 자리를 떴다. 뜨거운 커피 잔의 감촉이 부드럽게 가슴에 와 닿았다.

제니는 딸아이와 비슷한 또래였다. 그렇다. 저렇게 즐거이 자기 맡은 일을 하며 행복을 나눠주는 사람은 어디나 있을 것이다. 분명 딸한테도 그런 만남이 있으리라. 기쁨을 스스럼없이 주고받는 그런….

가랑비 속의 씨애틀

이삿짐을 들여놓으면서 딸아이는 아파트의 빨간 벽돌이 운치가 있다며 즐거워했었다. 자신이 꿈꾸던 도시를 맨손으로 찾아나선 용기를 인정하자.

장지문 사이로 새어드는 햇살처럼 가슴 속에 밝은 빛이 가늘게 스며들었다. 기대와 희망이었다. 내일이면 더 환한 빛이 내 어둠을 삼켜 없애줄 것이다. 어느새 잿빛 먹구름이 서서히 뒷걸음치며 쫓겨가고 있었다.

내가 일가붙이 하나 없는 미국 땅에 처음으로

왔을 땐, 딸의 지금 나이보다 훨씬 어렸었다. 그때 우리 부모님도 먼 이국 땅 낯선 곳으로 홀로 떠나가는 딸 때문에 지금 나처럼 속을 태우셨으리라.

시애틀은 '에메랄드 도시'라고 부를 만큼 푸른 숲의 경관이 수려하다고 한다. 교육 받은 인구가 전 미국에서 제일 많다는 통계도 있다. 25세 넘는 주민 중에서 반 이상인 52.5퍼센트가 대학 졸업자라니 교육도시임에 틀림이 없다. 범죄율도 낮다.

흐린 날이 많아서 우울증에 걸리기 쉽다는 게 또 마음에 걸리지만, 딸아이는 매사에 긍정적이다. 춥고 비가 오는 겨울밤이라도 화씨 35~40도(섭씨 2~4도) 사이고 여름의 덥고 건조한 날씨라 해도 기온이 화씨 73~80도(섭씨 22.2~26.7도)라면 기후도 좋다.

몸이 멀리 떨어져 있다고 마음까지 멀까. 떠나보내야 할 때가 훨씬 지났음에도 아이를 붙들려고만 매달린 내 마음이 차라리 초라하게 느껴졌다. 나의 불안감이 어미의 과잉보호에서가 아니라면 무엇일까.

커피걸이 가득 채워주고 간 따끈한 커피는 잔을 다 비우는 사이에 경직된 두 마음을 몰랑몰랑하게 구워주었다. 풋풋한 제니의 미소는 확실한 청량제였다. 어둠과 빛은 한 곳에 모여 사는 모양이었다. 제니의 향기가 어둠을 거두어 내니 밝은 빛이 저절로 몸을 드러냈다.

가벼워진 마음으로 우리는 신비롭고 귀기가 흐르던 청색의 크레이터 호수를 향해 자동차 페달을 밟았다.

5
허밍버드와 포토그래퍼

　며칠 전 따우전옥스에 사는 친구가 이메일로 사진 두 장을 보내왔다. 둥지에서 노오란 주둥이를 내밀고 있는, 세상에 나온 지 얼마 안 되는 아주 조그만 허밍버드 아기 새 두 마리였다. 손가락 둘이 들어갈까 말까한 작은 둥지에 고개만 빠끔히 내밀고 있는 폼이 애기들이 갖고 노는 노란 플라스틱 장난감처럼 보였다.

　둥지를 떠난 어미 새는 먹이를 물어다가 아기 새한테 먹이곤 곧 다시 떠나가는 짓을 한 시간에 한 번씩은 반복하는 것 같다고 친구는 말했다. 노란 주둥이는 꿀을 발라놓은 절편처럼 끈적하게 나를 끌어당겼다. 내셔널 지오그래픽에서 본 듯한 장면이 머릿속에서 뱅뱅거렸다. 먹이를 물고 있는 어미 새와 받아먹으려고 활짝 벌리는 조그만 입들. 생각만 해도 몸이 짜릿해왔다. 사람이든 동물이든 보잘 것 없이 작은 미물이든 어미와 자식 간의 본능적 이음새는 놀랍고 위대하다.

　그런 생태의 순간들은 경이로운 일이며 그것을 목격하고 증인이 된다는 것은 가슴 뛰는 일이다. 그 순간을 사진으로 포착한다는 것은 프로든 아마추어든 포토그래퍼들에게는 더할 나위 없는 즐거움이다.

친구는 그런 나의 마음을 꿰뚫고 있었다. 시간이 나면 와서 찍어보라고 했다. 친구의 초대가 없었더라면 당장 올라가고 싶다는 말을 내 쪽에서 꺼냈을 터였다. 곧바로 올라가고 싶었지만 금요일과 토요일엔 지켜야 할 다른 약속이 있어서 일요일에 가기로 했다.

토요일에 친구에게서 이메일이 왔다. 그중 한 마리가 벌써 날아가 버렸다는 비보(?)였다. 밤에서야 메일 체크를 하는 바람에 슬퍼할 겨를 없이 약속한 일요일 아침이 다가왔다. 남은 한 마리가 마저 날아가 버리기 전에 내가 먼저 도착해야만 했다.

운전 제한 속도가 시속 65마일인 고속도로를 80마일로 50분 동안 달려서 아침 9시 30분쯤 친구 집에 도착했다. 아직 둥지엔 변화가 없다는 친구의 말에 안도하며 그녀가 건네주는 커피를 입에 대기도 전에 뒤뜰에 나가 트라이포드를 최대한 높게 펴 놓고 그 위에 카메라를 서둘러 장착했다. 한 마리가 하루 전에 날아가 버렸으면 남은 한 마리가 아무리 발육 미달이라 해도 다운증후군 저능이 아니라면 하루를 더 넘기지는 않을 것이었다.

둥지는 패디오 꼭대기 석가래 사이에 붙어있었다. 너무 작아서 얼른 눈에 뜨이지 않았다. 망원렌즈를 쓸 생각이었지만 청어 가시처럼 얼킨 나뭇가지 사이로는 목표물 포착이 어려웠다. 그렇다고 빡빡한 덩굴을 비집고 일반 렌즈를 들이대는 일도 여의치 않았다.

아주 가까이 가는 일은 더욱 위태로웠다. 아기 새가 놀라서 까무룩 실신해 버리거나 아직 날을 수 없는 상태로 겁에 질려 사력을 다해 날다가 떨어지는 사고라도 생기는 날이면 큰 낭패이기 때문이다.

시커먼 트라이포드에 낯선 얼굴이 수선을 피워서인지 아기 새는 모습을 보이지 않았다. 가지를 조금 쳐낸 후 빈 틈을 찾아 조금 떨어진 곳에 카메라를 설치했다. 트라이포드에 300mm 줌렌즈를 고정시키고 초점을 맞춘 후에 수동모드로 바꿔놓은 후 앉아서 조용히 기다리기로 했다. 가끔 머리가 둥지 위로 올라올 때면 릴리즈 케이블로 셔터를 눌러보지만 새의 위치와 자세가 계속 변하는 상태에서 수동모드는 무리였다. 핀이 제대로 맞을리 없었다.

트라이포드에서 카메라를 떼어냈다. 손에 들고 올라가려는 것이다. 둥지에 가까워지자 어디서 나타났는지 어미 새가 붕붕거리며 주변을 돌기 시작했다. 새끼의 터럭이라도 건드릴까 봐 겁이 난 모양이었다. 새끼에게 줄 먹이를 물고 왔다가 낯선 불청객 등쌀에 몇 바퀴 돌더니 그냥 날아가 버렸다. 몇 번의 시도가 실패하고 돌아갔다가는 다시 오고 하는 일이 한동안 계속되었다.

새끼가 날아가는 불상사가 생기기 전에 한 컷 해야겠다는 부담감 때문에 내가 너무 가까이 간 모양이었다. 갑자기 어미 새가 붕붕 거리며 공격태세로 다가왔다. 어미라고는 해도 허밍버드는 내 새끼 손가락만한데 제 눈엔 킹콩만큼 커다란 거인인 나를 어쩌겠다는 것인가. 그래도 달려드는 폼이 워낙 맹렬하다 보니 충분히 위협적이었다. 사실 눈에 안 보이는 작은 모기라도 사람을 치사시킬 수 있는 걸 생각하면 얕볼 일은 아니었다.

내가 다시 저자세가 되고 어미 새가 고자세가 되는 듯했다. 세상에 어미의 힘을 누가 감히 대적할 수 있겠는가.

시간이 꽤 지나도록 어미 새도 아기 새도 멋진 모델 포즈를 선물해 주지 않았다. 아기 새는 꼼짝 안하고 있다가 어미 새의 붕붕소리가 나기 시작하면 고개를 들어 먹이를 찾았다. 킹콩의 침입으로 먹이를 얻어먹지 못한 지가 벌써 두어 시간이 지난 상태였다.

부엌에서 열심히 먹을 걸 준비해 날라다주는 친구 덕분에 나는 힘센 공격자가 돼 있었다. 커피와 콘 스프와 토스트로 배를 불리고 마시며 호시탐탐 여유 있게 때를 기다렸다.

언제부터인지 둥지에서 미동도 하지 않던 아기 새의 움직임이 달라지기 시작했다. 푸드덕 거리기도하고 한 바퀴 돌아 바람을 날리기도 했다. 몸체가 둥지 위로 쑤~욱 올라왔다가 푸드덕 소리를 크게 내며 넘어지는 소리도 났다. 곧 날아갈지 모른다는 불안이 스쳐 지나갔다. 나는 연습을 하는 모양이었다.

원하던 사진은 못 찍었지만 나도 퇴각해야할 시간이 가까웠다. 본래 오전 시간만 쓰기로 하고 나온 터이기에 마지막으로 한두 번 더 시도해보고 마감하려던 차였다.

이번에는 어미새 눈치 보지 않고 가까이 다가갈 생각으로 100mm렌즈를 끼고 사다리를 타고 다시 올라갔다. 프레임 안에 들어오는 나뭇가지는 잘라내고 가능한 가까이 카메라를 들이댔다. 마지막 순간이라고 생각하니 내 움직임 역시 거칠게 흔들렸다.

초점을 맞추고 찰칵 셔터를 누르려는데 푸드득 소리가 났다. 동시에 둥지에서 먼지바람이 일어났다. 찰나였다. 다음 순간 둥지 속에 아기 새는 없었다. 아래로 떨어졌든지 날아가 버린 게 틀림없겠지만 나는 소리를 듣지 못했으니 어딘가 있을 게 분명했다. 닭 쫓던 개 지붕 쳐다보듯, 그러나 포기할수 없어 그르렁대며 두리번거렸다.

자세히 보니 아기 새는 작은 가지에 거꾸로 매달린 채 꼼짝하지 않았다. 몸체에 나뭇가지와 잎사귀의 색깔을 가지고 있어서 잘 보이지 않았다. 카메라로부터는 조금 더 멀어진 거리였다. 세상 밖으로의 첫 발짝인 것이다. 아직 둥지 밖의 삶이 익숙지 않아 바들바들 떨고 있었다.

"에구머니~ 얼마나 불안했으면…. 이 몹쓸 인간아…. 미안쿠나." 시커먼 침입자로부터 벗어나려고 아직 준비 안 된 날갯짓을 하다가 발을 헛디딘 모양이었다. 움직이지 못하고 버들잎처럼 바들거리는 게 몹시 불쌍하게 보였다. "아직 젖먹이인 것을…. 웬 재앙인고." 나의 분별없는 욕심이 하마터면 아기 새를, 날아보지도 못 한 어린 것을 떨어뜨릴 뻔 했다는 생각을 하니 갑자기 정신이 아찔했다.

사다리를 철수시키고 그냥 멀리서 지켜보기로 했다. 욕심을 내려놓자 아기 새가 어미 새와 하는 짓거리가 볼만했다. 귀엽고 경이로웠다. 위험이 멀어지니 아기 새가 앉은 나뭇가지에서 푸드덕 소리가 제법 크게 들렸다. 십여 분이 지났을까. 저도 우리도 서로의 존재를 잊을 때쯤 돼서 아기 새는 후루룩 날아 다른 나뭇가지로 옮겨 앉았다.

아기 새는 시커먼 킹콩의 침입은 잊은 모양, 더는 불안해 보이지 않았다. 그리고 다음 비상을 준비하고 있었다.

영　웅　에　게

2

1
칼레의 시민들

The Burghers of Calais

In 1884 the French city of Calais commissioned Auguste Rodin
a memorial honoring heroes of the Hundred Years' War. He depict
six burghers, or citizens, who in 1347 volunteered to leave the c
city barefoot, tied by rope at the neck, and offer their own lives a
keys to Calais to King Edward III of England. The burghers' fortitu
termination, and devotion to their community preserved Calais from
pillaged at the end of a devastating siege. The burghers are shown
moment of departure from the city.

For Rodin this episode was an opportunity to celebrate the idea that he
deeds may be performed by ordinary people. He did not follow tradi
by idealizing the figures, rather he was uncompromising in his depict
of the emaciated hostages and represented them as distinct individu
Their faltering steps, despairing gestures, and anguished expressions e
quently express the inner turmoil of each man struggling in his conscience
between fear of dying and devotion to their cause.

This installation of independent casts was suggested by the sculptor S
wish to have the figures set amidst the paving stones of Calais' town
quare so that the citizens of today might learn from the example of
eir heroic ancestors.

로댕의 '칼레의 시민들'상

샌프란시스코 여행길에 잠시 들렀던 스탠포드 대학교 캠퍼스 한 편에는 '칼레의 시민들 The Burghers of Calais'이라는 오귀스트 로댕(Auguste Rodin)의 유명한 조각품이 서 있다. 여섯 명의 시민이 따로 떨어져서 제 각기 고뇌와 번민 속에 각자의 고통을 표현하고 있는 청동으로 만들어진 상이다. 패사디나 놀턴 사이먼 뮤지움에 있는 것과 같은 작품인데 그곳에는 여섯 명이 하나의 발판 위에 같이 모여 서 있는 것이 다르다.

동상은 1889년에 완성된 작품으로 500여 년 그 이전의 전설적인 이야기를 담고 있다. 창조된 전설이라는 말이 있기도 하지만 이야기는 1347년 영국과 프랑스 사이의 100년 전쟁이 막바지로 치닫던 때로 올라간다.

프랑스 해안도시 칼레는 거의 1년 동안이나 에드워드 3세가 이끄는 영국군에 포위되어 공격을 받는다. 프랑스 왕이 칼레시의 수비를 포기한 후다. 고립돼 있던 시민들은 계속 거세게 저항하다가 식량이 떨어지자 굶주림을 못 이겨 결국 항복할 수밖에 없게 된다.

시민들은 항복의 조건으로 최소한의 피해를 약속 받기 원한다. 그러나 영국왕은 징기긴 완강하게 저항한 칼레의 시민들에 격분해서 칼레시의 지도급 유력자 여섯 명을 그동안의 반항에 대한 책임으로 교수형에 처하겠다고 선언한다. 맨발에 속옷만 걸치고 목에 밧줄 올가미를 쓰고 성 밖으로 걸어 나와 성의 열쇠를 바치라는 것이다.

시민들은 여섯 명의 유지만 죽으면 지긋지긋한 전쟁에서 해방된다는 안도감보다 어느 누가 여섯 명 속에 포함되어 처형될 것인가 하는 불안감에 떨게 된다.

그때, 도시의 가장 부유한 지도자 중의 한 사람인 외스타슈 드 쌩 피에르 Eustache de

Saint Pierre가 먼저 자원한다. 그에 감격한 또 다른 여섯 명의 지도층 유지가 거기에 동참하여 요구된 인원보다 한 명이 많은 일곱 명이 형장으로 나갈 것을 자청한다. 피에르는 자신의 마음이 변하지 않도록, 그리고 나머지 여섯 명의 마음이 약해지지 않도록 하기 위해서 형장으로 가기 전에 스스로 목숨을 끊는다.

여섯 명의 유지들이 약속대로 목에 밧줄을 걸고 형장으로 나갔을 때, 당시 임신 중이던 영국 왕비는 그들을 죽이면 뱃속의 아이에게 불길한 일이 생길 것이라며 자비를 베풀라고 왕을 설득하여 집행을 멈추게 만든다.

500여 년이 지난 후 칼레시는 도시와 시민들을 살리기 위해 교수형을 마다하지 않았던 영웅들의 상을 시청 앞에 기념으로 세우고저 한다.

조각을 의뢰받은 로댕이 바로 그 마지막 순간의, 전쟁의 패배에서 오는 고통과 분노, 영웅적인 희생, 바로 코앞에 닥친 죽음을 자원하면서도, 비참하지만 숭고한, 복합적인 고민의 상을 조각한다.

좀 더 밝고 화려하고 당당한 영웅상이거나 순교자 같은 표정의 상이 우뚝 서기를 기대했던 시민들은 죽음 앞에서 두려워하고 고민하는 보통 크기의 눈높이에 평범하게 만들어진 조각품들을 보자 실망한다. 그리고 조각품이 영웅상으로 부적절하다며 시청 앞에 세우기를 거부한다. 조각품은 다른 곳으로 쫓겨 가는 수난을 겪다가 나중에 칼레 시로 다시 옮겨지게 되는데, 오늘날 세계 각처에서 여러 가지 형태로—어떤 것은 여섯 명이 함께, 어떤 것은 따로 따로, 발판이 높은 것과 낮은 것으로—사랑을 받게 된다.

그리고 이 '칼레의 시민들'은 오늘날, 자신의 도시와 시민들을 구하기 위해 죽음을 자청했던 지배층의 영웅들로서, 사회의 높은 지도층 신분들이 자신들이 누리는 명예만큼 도덕적 의무와 책임을 솔선수범하는, 진정한 노블리스 오블리주 Noblesse Oblige의 교훈을 남겨준다.

2 엉클 톰의 승리

해리엇 스토부인의 집 / 기념관

스토 방문자 쎈터

해리엇 스토(Stowe, Harriet Elizabeth Beecher: 1811.6.14~1896.7.1)
코네티컷주 리치필드(Litchfield, Connecticut)에서 태어난 소설가이자 노예 폐지론자. 『엉클 톰스 캐빈(Uncle Tom's Cabin』, 『목사의 구혼(The Minister's Wooing)』, 『올드 타운 사람들(Old Town Folks)』 등의 작품이 있다.

마크 트웨인의 집에서 마당을 끼고 마주 보는 곳에 해리엇 스토 부인Harriet Beecher Stowe의 집이 있다는 것은 여간 신나는 일이 아니었다. 한 곳에서 두 작가를 볼 수 있다니 특별 보너스다.

스토 센터는 관광객들로 떠들썩한 마크 트웨인의 집과는 대조적으로 조용했다. 기다리는 줄이 없어서 오붓하게 둘러볼 수가 있었다. 집 안에 진열된 스토부인의 편지, 수집품, 서류 등은 요란스럽지 않았다.

『엉클 톰스 캐빈』이 스토부인의 대표작인 만큼 그에 대한 자료가 대부분이었다. 어렸을 때 읽었던 소설이다. 옛날엔 그것이 어린이 책으로만 알았었다. 대부분 어렸을 때 읽는데다가 아동 문학전집에 꼭 끼어 있었기 때문이다. 아마도 책을 읽으면서 어린 나는 흑인 노예들의 비참한 스토리라고만 생각했을 것이다. 작가가 부르짖는 강렬하고 수준 높은 메시지를 들었는지는 매우 의심스럽다.

이 책은 본래 노예제도 폐지 운동지《국민시대 The National Era》에 연재됐던 것을 단행본으로 출간한 것인데 노예제도의 참혹한 실상과 부당함을 감상적으로 다룬 소설이다.

1850년, 미국의회에서 도주 노예 단속법(Fugitive Slave Act: 도망간 노예에 대하여는 재판을 금하고 그를 도와준 사람까지 처벌 받게 한 법)이 통과되자 스토 부인은 분노를 느껴 글을 쓰기 시작했다고 한다. 책은 노도와 같이 사람들의 마음을 움직였고 노예해방 전쟁인 남북전쟁을 일으키는 힘과 계기가 됐다는 평을 듣고 있다. 전쟁이 일어난 초기, 스토부인을 만난 링컨 대통령이

"아, 여사가 바로 이 대 전쟁을 일으킨 분이군요"라고 말했다는 일화는 유명하다.

내가 기억하는 『엉클 톰스 캐빈』은 다음과 같다.

흑인 노예 톰은 아내와 아이들과 함께 켄터키 농장의 작은 오두막집에서 산다. 진실하고 충실한 그는 주인의 신임을 받는다. 주인집 아들 조지도 톰한테 글을 배우는 등 톰을 아저씨처럼 따르며 좋아한다. 그러나 주인은 사업상 진 빚을 갚기 위해 톰을 노예상인에게 팔게 되고 어린 조지는 톰과 헤어짐을 슬퍼하며 돈을 벌면 꼭 데리러 가겠다고 약속한다.

노예상인한테 팔려가는 배 안에서 톰은 백인 여자아이 에바를 만나고 물에 빠진 에바를 구해주면서 친구가 된다. 선량한 성격의 에바 아버지는 톰을 사서 집으로 데려간다.

에바가 병에 걸려 죽으면서 톰을 노예 신분에서 해방시켜 주라고 아버지에게 부탁한다. 아버지는 그러겠노라고 약속하지만 톰을 해방시켜주기 전에 술집에서 싸움을 말리다가 칼에 찔려 죽고 만다.

톰은 다시 목화 농장으로 팔려가게 되고 악명 높은 농장주 레그리를 만난다. 톰은 동료 노예들을 채찍으로 때리라는 레그리의 명령을 거부하고 잊지 말라는 성경을 읽음으로서 주인의 미움을 산다. 여자 노예의 탈출을 도왔다는 이유로 심한 채찍을 맞고 모진 구타로 죽어가면서도 자신의 신념과 신앙을 굽히지 않는다. 그는 주인의 명령으로 자신을 죽도록 매질한 두 사람을 용서하고 그런 톰에 감동한 그들은 크리스천이 된다.

뒤늦게 옛날 주인집 아들 조지가 톰을 데리러 오지만 톰은 마지막 말을 토하며 죽는다.

"도련님, 이런 모습으로 죽어갔다는 말을 제 아내에게는 하지 말아주세요. 하나님을 찬

양하며 갔다고 전해 주세요. 하나님이 항상 곁에 계셔서 무슨 일이든 편하고 힘들지 않게 해주셨다고도요. 그리고 마님과 모든 이들에게 사랑한다고 전해 주세요. 그리스도의 사랑 안에서 누가 우리를 갈라놓을 수 있겠어요?' 한다. 눈부신 승리를 예감하는 순교자의 모습과도 흡사하다.

조지는 켄터키 농장으로 돌아가서 자신의 집에 있던 노예들을 모두 해방시키고 그들에게 톰의 희생과 신앙이 진정한 의미의 그리스도 정신임을 기억하라고 말한다.

책이 출판된 것이 1852년이다. 이 조그만 여류작가는 노예제도의 참담함을 지적하고 남부인들을 포함한 노예제도 지지자들의 온갖 협박과 공갈에 위협을 느끼면서도 자신의 소신을 굽히지 않는다. 그녀의 강한 목소리가 메아리 되어 세상을 울린다.

그로부터 160년 가까이 지난 오늘, 우리는 얼마만큼 앞으로 와 있는가. 그동안 인종과 성별과 인권에 대한 눈부신 법적인 진전을 이루어 왔음에도 불구하고 우리들 마음속에 여전히 살아 있는 이런 편견들이 완전히 없어지는 밝고 건강한 사회를 기대해본다.

3

엘 콘도르 파싸(El Condor Pasa)

:용맹한 콘도르는 날아가고

    후두두둑 소낙비가 하와이의 스콜처럼 무방비 상태의 우리한테 쏟아져 내렸다. 우루밤바계곡이 까마득히 아래로 내려다보이는, 섬뜩하기조차 한 산 꼭대기에서 피할 곳이라고는 딸랑 한 뼘 모자 속 밖에 없었다. 비밀의 '공중도시'라 불리는 잉카 유적지 마추픽추 위에서였다. '공중누각'이나 '잃어버린 도시'로 알려진 마추픽추는 현지어로 '늙은 봉우리'라는 뜻이라고 한다.

    아침 7시에 호텔을 나와 탈탈거리는 미니버스로 한 시간을 달리니 기차역이 나왔다. 우루밤바 강을 따라 2시간여를 달린 기차는 허름한 버스와 바톤 터치를 했다. 버스가 산을 깎아질러 만든 꼬불꼬불한 길을 뽀얀 먼지를 뒤집어쓰며 30여분 동안 올라간 곳은 마추픽추. 해발 2,430m(7,970피트). 높은 곳이다.

    여행가이드 말로는 잉카인들이 왜 그렇게 높은 곳에 도시를 건설했는지

마리오 바르가스 요사(Mario Vargas Llosa: 1936.3.28~)

페루 아레키파에서 태어난 스페인 소설가이자 수필가, 대학교수, 저널리스트, 정치가. 2010년 노벨 문학상을 수상했고 현재 미국 프린스턴 대학에서 교환교수로 재직하고 있다. 『영웅시대(The Time of the Hero)』, 『녹색의 집(The Green House)』, 『커시드럴에서의 대화(Conversation in the Ca-thedral)』 등의 작품이 있다.

정확한 이유를 알지 못한다고 한다. 전해 내려오는 설조차 분분하다는 얘기다.

잉카를 멸망시킨 스페인 점령군의 공격을 피하기 위한 것이라고도 하고, 점령군에 대항할 군사훈련을 위한 비밀 도시라는 말, 또는 하늘과 제일 가까운 곳에서 제사를 드리려고 건설했다는 등의 추측뿐이다. 여자들과 아이들의 유골이 많이 발견된 걸 보면 신녀信女들과 그 아이들이 침략자들과의 전쟁에서 승리를 기원하는 제를 올리기 위한 곳이었을 거라는 말이 신빙성 있다고도 한다.

이번 남미여행에서 페루를 우선으로 꼽은 이유 중 하나는 단연 마추픽추였다. 잉카인들의 한이 아직도 서려 있을 듯싶고, 언젠가는 땅속에서 벌떡 일어나 횃불을 들고 나올 것만 같은 곳, 그들의 마지막 터전, 그저 막연히 흥미롭다 하기엔 미안하고 측은한 감이 드는 곳. 신비스럽지만, 우리의 일제 강점기의 아픈 역사를 기억시키는 곳이었다.

또 하나는, 2010년 노벨문학상을 탄 마리오 바르가스 요사 Mario Vargas Llosa, 바로 페루 출신의 작가 때문이다. 아직 그의 문학세계를 접해보지 못한 형편에선 거꾸로 하는 여행이지만 여전히 마음 끌리는 곳이었다.

그에 대한 페루인들의 생각을 알아보려 했으나, 안타깝게도 그를 아는 사람이나 그에 흥미 있어 하는 사람을 찾지 못했다. 1990년 그가 대선에 출마했다가 패배한 후 후지모리 정권에 반대하여 스페인 국적을 취득한 일을 두고 페루인들의 실망과 그에 따른 분노가 아직 사그라지지 않은 모양이었다.

마추픽추는 고산지대라고는 하나 전날 갔던 꾸스코보다는 한결 낮은 곳이다. 이틀 연속 고산중에 시달렸다면 도중에 드러누워 버렸을 것이다. 잉카의 수도였던 꾸스코의 제일 높은 곳은 3,400m(11,200피트)였다. 심한 두통에 속이 메슥거려서 프로판 가스통 같은 산소통을 사 가지고 다니며 입 안에 불어넣어도 비칠거렸었다. 꾸스코 광장에선 여기저기 얼굴 노래진 사람들이 늘어져 있었다.

우루밤바에 있는 호텔로 돌아왔을 때는 저녁 8시가 다 되어서였다. 식사 예정 시간이 많이 지났기 때문에 우리는 곧 바로 식당으로 들어갔다. 식당엔 우리 일행 8명 외에 한 테이블이 더 있을 뿐 조용했다.

식사가 시작되자 젊은 부부 밴드가 나왔다. 남편은 악기를 불고 아내는 드럼을 두드렸다. 둘 다 원주민의 후손처럼 보였다. 얼굴은 건강한 구릿빛이었다. 입가의 환한 미소와는 다르게 연주하는 곡은 모두 애조를 띠었다. 잉카인의 후예일까.

'엘 콘도르 파싸 [(용맹한) 콘도르는 날아가고]'가 잉카의 전통악기 삼뽀냐로 연주되었다. 우리의 아리랑만큼이나 여기서 자주 듣는 곡이다. 식당에서나 거리에서나 악사들의 1번 곡이었다. 보통 가사 없이 음만 연주되었다. 미국의 보컬 듀엣 싸이먼과 가펑클이 가사를 붙이고 불러서 70년대 초에 대 히트했던 멜로디다. 부드러운 듯, 구슬픈 가락이다. 음악의 배경 이야기를 들어서인지 한이 절절이 서려있는 것처럼 들렸다. 우리에게는 '철새는 날아가고'라는 이름으로 알려진 곡이다.

콘도르는 안데스 산맥의 고산 지대를 날라 다니는 용맹한 독수리 종류로 잉카인들 사이에서는 신성시 되는 새이고 '무엇에도 얽매이지 않는 자유'라는 뜻을 가지고 있다고 한다.

'엘 콘도르 파사' 곡의 배경을 찾아보니 클래식 오페라 '콘도르 칸키'와 연결된다. 1800년대부터 전해오는 민속음악이라는 말이 있지만, 1913년 페루인 작곡가 알로미아 로블레스Daniel Alomia Robles가 민족의 영웅 '투팍 아마루 2세'를 기리기 위해 토속 음악 톤으로 작곡한 사르수엘라(뮤지컬) '콘도르 칸키'의 주제곡이라고 알려져 있다.

스페인의 침략으로 1533년에 멸망하여 나라를 잃은 잉카인들은 노예와 같은 식민통치에 저항하는 크고 작은 반란을 끊임없이 일으키는데, 가혹한 세금과 억압이 심해지자 1780년 점령군 스페인에 대항하는 대규모 농민반란이 일어난다.

반란군의 선봉자 콘도르칸키 Jose Gabriel Condorcanqui는 자신이 잉카의 마지막 왕, 투팍 아마루의 직계 후손이라며 이름을 '투팍 아마루 2세 Tupac Amaru II'라고 바꾸고 반란군을 모아 지휘한다. 시작은 가혹한 수탈에 대한 불만에서였지만 나중에는 잉카 제국의 복원을 꿈꾸는 움직임으로 발전한다. 콘도르칸키의 지휘 아래 농민들의 힘은 점점 커가고, 점령군은 위협적이 되어 가는 반란군의 주동 인물을 잡으려고 혈안이 된다. 칸키를 잡기 위해 온갖 수단을 동원하지만 실패한다.

점령군은 칸키의 아내를 잡아 대신 처형대에 올린다. 칸키도 자신의 수하 장교의 배반으로 체포되고….

반란의 다른 주모자들을 불라고 강요당할 때, 칸키는 "공범은 없다, 당신들과 나뿐이다. 당신들은 압제자고 나는 해방자다. 당신들은 황금에 미친 강탈자" 라고 그들을 경멸하며 온갖 형벌에도 굴복하지 않는다.

아내와 큰 아들, 삼촌, 처남, 부하 지휘관들이 바로 그의 눈앞에서 잔인하게 처형당한다. 그 참혹한 죽음을 목도한 그도 혀가 잘리고 사지가 묶인다.

그럼에도 그의 영혼을 제압하지 못하자 광분한 점령군은 그의 팔과 다리에 말 한 필씩을 매어 몸을 사방으로 찢게 한다. 몸통은 도시가 보이는 언덕으로 가져가 태우고, 머리는 잘라서 형장에 사흘간 전시한 후 도시 입구에 걸어놓는다. 팔과 다리는 다른 장소로 가져가 전시 시키는 등 철저하고 잔혹하게 그를 없앤다.

반란이 계속되자 점령군은 칸키의 나머지 가족들을 처형한다. 재산을 몰수하고 그와 그의 후손에 관련된 서류를 다 태워 버리는 등 그들에 대한 모든 기록물을 없애버린다. 그 후로 잉카인의 옷이나 문화, 풍속, 또는 잉카인이라고 부르는 사람들, 아니 잉카와 관련되는 어떤 흔적이라도 불법화 시키고 말살시킨다.

1781년, 잉카인들의 마지막 희망이던 콘도르칸키는 이렇게 사라지고 농민봉기는 가까스로 진압이 되지만 이 사건은 라틴아메리카 독립운동의 효시로서 그는 자유와 해방을 염원하는 상징으로 추앙받는다.

정신적 지주를 잃은 잉카인들의 마음속엔 슬픔과, 분노의 앙금과, 단단하게 덩어리진 한숨이 두 세기가 지나도록 살아있다. 나라를 잃고 민족이 말살된 울분 속에서도 그는 여전히 불멸의 영웅이고 잉카인의 가슴에 맺혀진 새카만 응어리는 빛나는 희망으로 승화된 것이다.

36년간의 일제치하에 대한 통한이 우리에게 '울 밑에선 봉선화야'를 부르게 했듯이 나라와 땅을 완전히 빼앗기고 민족마저 말살된, 스페인 점령군에 대한 잉카인들의 한은 그들의 가슴 깊은 곳에서 '엘 콘도르파사'의 애처로운 음률로 살아남아 그들과 함께 숨 쉬는 것이다.

잉카인들 사이에는 영웅이 죽으면 콘도르로 부활한다는 전설이 있다고 한다. 콘도르칸키도 죽어서 콘도르가 되어 높은 안데스 산의 하늘을 날고 있으며 언젠가는 다시 돌아와 잉카의 후손들을 지켜줄 것이라는 전설을 그들은 사랑한다.

원주민의 삼뽀냐음은 가슴 밑바닥을 긁어대는 애절한 퉁소의 바람소리처럼 가슴에 내려앉는다. 그리고 비명처럼 파고든다. 전설은 이렇게 슬프고도 절절한 '엘 콘도르 파싸'를 낳은 것이다.

삼뽀냐를 부는 손가락 사이에서, 세월에 시달린 부부 뮤지션의 눈매에서, 눈물 밴 자욱이 슬픔처럼 지나간다.

4 앵무새를 죽이는 것은…

TV에서 우연히 보게 된 영화에 풍덩 빠져들었다. '앵무새 죽이기 To Kill a Mockingbird'였다. 평소에 좋아하던 영화배우 그레고리 펙이 주연이어서 더 그랬던 것 같다.

보통은 영화가 책보다 나중에 나오므로 책을 먼저 읽게 되는데 어쩌다가 영화를 보고 난 후에 책을 읽고 싶어질 때가 생기기도 한다. 소설 『앵무새 죽이기』가 그랬다.

요즘도 가끔 다시 꺼내 읽고 되새김해 보는 책이다. 책은 처음 읽었을 때처럼 지금도 여전히 감동을 준다. 편견과 불평등과 부당함에 무디어지는 내 감각을 새콤한 레몬주스에 담근 것처럼 바짝 세워준다. 이젠 손 때 묻어 겉장이 다 너덜거리는 책의 메시지는 다른 어느 책보다 깊고 강해서 좋다.

하퍼 리(Lee, Harper: 1926. 4. 28~)
앨라배마 주 몬로빌(Monroeville, Alabama)에서 태어난 소설가. 『앵무새 죽이기(To Kill a Mockingbird)』로 퓰리처상을 수상했다.

트루먼 커포티(Capote, Truman: 1924. 9. 30~1984. 8. 25)
루이지아나 주 뉴올리언스(New Orleans, Louisiana)에서 태어난 소설가. 『티파니에서 아침을 (Breakfast at Tiffany's)』, 『다른 목소리, 다른 방(Other Voices, Other Rooms)』, 『인 콜드 블러드 (In Cold Blood)』 등의 작품이 있다.

『앵무새 죽이기』는 여류작가 하퍼 리 Harper Lee가 출간한 단 한 권의 책이다. 책은 1960년에 출간되자마자 큰 성공을 거두었고 그 다음해인 1961년에 풀리처상을 받아 이제는 현대 미국문학의 고전으로 사랑 받는다.

책은 1936년 작가의 고향에서 일어났던 사건들을 소재로 다룬다. 등장인물들이 작가 자신을 비롯하여 주변 인물들과 흡사하고 일어나는 사건들역시 비슷하기 때문에 작가의 자전적 소설이라고 전해진다.

이야기는 앨라배마 주 메이컴에서 일어난다. 작가의 고향인 몬로빌이 그모델이다.

바람이 잠이 든 이른 아침 길이어서 생각보다 길이 잘 뚫렸다. 지방도로는 넓지 않았지만 포장이 잘 돼 있었다. 몬로빌에는 예정 시간보다 일찍 도착했다.

책이 발간된 지 50년이 지났고 책 속의 이야기로 부터는 75년이 흘렀는데 인종차별 문제가 여전히 존재하고 있을 것만 같은 불안은 어디서 오는걸까. 강한 남부 액센트가 주는 이질감 때문인가. 작은 시골 도시가 완고해보여서일까. 책 속의 사건들이 너무나 생생하게 기억 속에 살아 있어서 잠시 현실과 혼동하고 있을 수도 있다.

2010년에 나온 인구센서스에 의하면 몬로빌은 주민 6,519명의 소도시다. 첨단 기계문명이나 하늘을 찌를 듯한 IT 산업과는 어울리지 않는 조용한타운이다. 작가 하퍼 리가 태어나서 자란 곳이고, 『티파니에서 아침을』을 쓴 그녀의 친구 작가 트루먼 커포티 Truman Capote가 어린 시절을 보낸 곳으로 유명하다.

우선 법원건물을 보러갔다. 영화에서 재판과정을 촬영했던 곳인데 현재는 기념관이 되어 있었다.

아래층은 재판이 이루어지던 법정이고, 방청석이 아래층 뒤편과 위층 발코니에 마련돼 있는 것이 영화 장면과 비슷했다. 2층 발코니 한쪽에 흑인 방청석이 따로 있던 자리가 눈에 거슬렸다.

2층 복도에는 하퍼 리와 트루먼 커포티의 사진들과, 둘 사이에 오 간 서

몬로빌 법원- 하퍼 리 기념관

신과, 작품들이 진열되어
둘의 우정을 폭 넓게 보
여 주었다.

트루먼 커포티

하퍼 리의 소설 『앵무
새 죽이기』에서는 커포
티가 주인공 스카웃의 친
구 '딜'로 묘사되고 커포
티의 작품 『다른 목소리,
다른 방 Other Voices, Other
Rooms』에서는 하퍼 리가 주인공 줄의 친구 '이다벨'로 나타난다. 커포티가
캔자스 수의 일가족 살인 사건을 다룬 『냉혈한 In Cold Blood』을 쓸 때는 둘
이 함께 살인자를 인터뷰 하러 다니는 등, 두터운 우정이 계속됐다. 후년에
커포티의 심한 마약과 알코올중독 때문에 둘의 관계가 소원해 질 때까지, 이
렇게 여섯 살에 시작된 남녀 사이의 우정이 평생 유지됐다는 것이 놀랍다.

기념관 밖에는 50대 후반으로 보이는 남녀 자원봉사자 몇 사람이 안내를
맡고 있었다. 아시아인을 처음 보는 것처럼, 적대적인 눈길은 아니나 충분히
호기심 어린 눈으로 우리 부부를 쳐다보며 저녁 7시에 있는 연극 '앵무새 죽
이기'에 꼭 와 보라고 했다. 혀가 도르르 말리는 강한 남부 액센트였다.

광고책자에 따르면 연극 '앵무새 죽이기'는 몬로빌에서 열리는 연중행사로
4월 중순에 시작해서 5월 중순까지 이어진다. 출연자들은 모두 현지 사람들

<앵무새 죽이기>
(Monroeville, Alabama)

작가 하퍼 리가 쓰던 타자기

법정 내부

법원,코트 하우스

하퍼 리- 몬로빌

로 구성되어 지난 20년간 계속되어 온다는 설명이다.

소설 『앵무새 죽이기』는 변호사며 지방유지인 아버지와 4살 위인 오빠 젬과 함께 사는 6살 먹은 여자아이 스카웃의 눈을 통해 전개된다. 아버지 핀치 씨는 자녀들과 같이 책을 읽고 아이들의 의견을 존중해주는 이해심 많은 아버지다. 변호비가 없는 가난한 사람들한 테는 무료로 도와주고 도움 받은 가난한 사람들은 감자나 호박, 옥수수 등으로 고마움을 표시한다.

스카웃네 옆집에는 조금 특이한 어른 부 래들리가 살고 있다. 부는 몇 년 동안 집밖에 나온 일도, 누구와 이야기한 일도 없어서 그를 본 이웃들이 거의 없다. 동네사람들은 그를 이상하게 생각하여 흉가처럼 그 집 근처에 가기를 꺼린다. 아이들은 부가 어떻게 생겼는지 호기심에서 부의 집에 돌을 던지기도하고 장난을 쳐보지만 부는 밖으로 나오는 일이 없으니 아무도 그를 본 일이 없다.

핀치 씨는 백인 처녀를 성폭행하고 때렸다고 기소된 흑인 청년 탐 로빈슨의 변호를 맡는다. 백인 주민들은 백인이 흑인을 변호한다는 것에 대해 강하게 반발하고 핀치씨를 협박한다.

핀치 씨는 신변의 위험을 무릅쓰고 신념대로 탐을 변호한다. 처녀를 때린 것은 탐이 아니고, 그녀의 술주정뱅이 아버지 유얼 씨의 짓이라는 것을 입증시킨다. 그러나 백인들로 구성된 배심원들은 탐에게 유죄평결을 내리고 겁에 질린 탐은 유치장에서 탈출하려다 그만 총에 맞아 죽는다.

탐은 잃었지만 흑인주민들은 핀치 씨가 지나갈 때 모두 일어나서 신뢰와 존경을 표한다. 스카웃과 젬에게도 "일어나거라. 너의 아버지가 지나가신다."며 경의를 표시하게 한다.

유얼 씨는 재판에서는 이겼으나 법정에서 봉변당한 것에 대한 복수를 결심하고, 깜깜한 밤에, 학교에서 돌아오는 스카웃과 젬을 뒤에서 덮친다. 젬은 팔이 부러져 널브러지고 어둠 속에서 아이 둘이 위험에 빠졌을 때 누군가가 나타나서 그들을 구해낸다.

스카웃은 자신들을 구해준 것이 바로 옆집의 이상하고 바보일 거라고 생각했던 부임을 알게 된다. 그동안 선물을 나무속에 놓아준 것 또한 부라는 걸 알게 되고, 부한테 못되게 장난친 것을 몹시 부끄럽게 느낀다. 스카웃은 말이 없고 뭔가 조금 다른 부를 조금씩 이해하기 시작한다. 부는 조용히 스카웃한테 손을 내밀고 스카웃의 조그만 손은 그 손을 마주 잡는다.

그리고 언젠가 아버지가 한 말을 기억한다. "누군가를 이해하려고 할때 그의 입장에 서 보기 전에는 그 사람을 진정으로 이해할 수가 없다. 그 사람의 피부에 들어가서 그 주위를 걸어보지 않는 한…." 그리고 부처럼, 탐처럼 "아무 죄 없는 앵무새를 죽이는 일은 죄가 된다."는 것을.

언제나 모든 것을 내 잣대로 보려 하는 나도 스카웃처럼 핀치 씨의 말을 가슴 속 깊이 새긴다.

5
쿠퍼스타운과 영웅들

제임스 페니모어 쿠퍼   쿠퍼스타운

제임스 페니모어 쿠퍼(Cooper, James Fennimore: 1789.9.15~1851.9.14)
뉴저지 주 벌링턴(Burlington, New Jersey)에서 태어난 낭만파 소설가. 『모히칸의 최후(The Last of the Mohicans)』, 『경계(Precaution)』 등의 작품이 있다.

펜실베니아 주 앨런타운에서 하루를 묵고, 다음 날 아침 출발하여 뉴욕 주 쿠퍼스타운 Cooperstown까지 210여 마일 거리를 달리는 여정이었다.

북쪽으로 가는 톨 로드 476번으로 74마일쯤 달린 후 81번 도로 북쪽 방향으로 갈아타고 조금 커 보이는 도시 빙햄턴까지 갔다. 잠간 쉴 겸 커피숍에 들러 진한 커피로 신경을 구석구석 깨운 후 동쪽 알바니 쪽으로 가는 88번 도로를 탔다. 88번 도로는 조금 구불거리기는 했지만 별 다른 교통 체증 없이 달릴 수 있었다. 다시 61마일쯤 달려서 작은 도로 28번 북쪽 방향으로 들어섰다. 28번 길은 1차선 지방도로였다. 18마일 정도 달리니 쿠퍼스타운이 나왔다. 4시간이 넘게 걸린 길이다.

쿠퍼스타운은 도시 이름이 말해주듯이 쿠퍼가의 도시였다. 뉴욕 주 위쪽에 위치한 이 도시는 인구 2,000여 명밖에 안 되는, 보통 작은 타운이 그렇듯이, 조용한 시골이었다.

식민지 쟁탈전을 벌이던 영국과 프랑스 사이에서 원주민 인디언들이 희생되는 이야기를 다룬 소설 『모히칸족의 최후 The Last of the Mohicans』를 쓴 작가 제임스 페니모어 쿠퍼 James Fennimore Cooper가 자란 곳이다. 그의 아버지 윌리엄 쿠퍼 William Cooper 판사가 가족과 함께 정착하여 세운 도시여서 도시 이름이 쿠퍼스타운이 됐다는 사실이 흥미로웠다.

여기저기 건물이나 상가 이름이 '쿠퍼스 오토', '쿠퍼스 보험', '쿠퍼스타운 꽃집'등 이름 앞에 쿠퍼나, 쿠퍼스타운이라는 말이 들어있는 것을 보면 오래전의 시골은 미국이나 한국이나 비슷한 역사를 가지고 있는 모양이다.

전주의 이 씨, 안동의 김 씨, 청송의 심 씨(나의 조상이 살던 곳), 조 씨네 동네처럼 함께 모여 살던 시절이 있었던 것 같다.

이 작은 전원도시에는 페니모어 쿠퍼의 유품들이 보존되어 있는 페니모어 하우스와 공원에 세워진 그의 동상 말고도 야구팬들에게 열렬한 사랑을 받고 있는 메이저리그 '명예의 전당 Hall of Fame'이 메인 스트릿에 있다. 모든 메이저리그 선수들이 이곳에 헌액獻額되어 역대의 영웅들과 함께 하기를 평생 소원하는 꿈의 전당이다.

이 '명예의 전당'이 작은 도시 쿠퍼스타운에 세워지게 된 경위는 1839년 남북전쟁의 영웅, 애브너 더블디 Abner Doubleday 장군이 여기서 야구경기를 창안했다는 이야기 (°주- 나중에 더블디 장군의 야구 창안설은 사실이 아니라는 것이 밝혀짐)에 의존하여 설립된 것이라고 했다. 이 전당 안에는 야구에 관한 자료들과 역대 유명 선수들의 초상화를 박은 플랙이 연대 별로 화려하게 전

야구 '명예의 전당' 건물

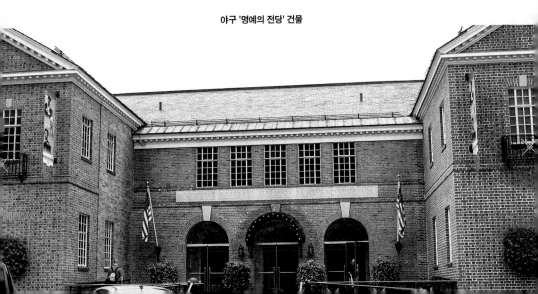

시되어 야구팬들을 흥분시키고 2층의 각종 기념상품을 진열하고 있는 야구 박물관은 관광객들을 끌기에 바빴다.

야구는 미국인들이 풋볼 football이라고 부르는 미식축구 다음으로 좋아한다고 한다. 미식축구는 정규 시즌이 9월에 시작해서 12월에 끝난다. 최종 우승컵을 향한 슈퍼볼 Super Bowl이 나중에 있지만 정규 시즌이 4개월 정도로 짧기 때문에, 결승전 월드시리즈까지 합해서 7개월(보통 4월부터 10월까지)에 걸친 긴 여정의 야구 시즌에 열광하는지도 모른다. 메이저리그 시즌에는 장소를 막론하고 TV에선 야구경기를 보게 되고 결승전인 월드시리즈 때는 경기가 있는 시간이면 대형 TV가 있는 식당은 초만원이다.

엊그제 뉴스에선 대여섯 살쯤 돼 보이는 작은 여자아이가 야구장에서 시구하는 모습이 보였다.

공은 멀리 못가고 바로 앞에서 떨어진다. 마스크를 쓴 캣처가 달려 나가 공을 집어 들고 아이에게로 다가간다. 캣처는 아이 앞에서 마스크를 벗어 보이지만 아이는 멍한 표정으로 그를 얼른 알아보지 못한다. 캣처가 아이 이름을 부른다. 아프간에 나가 싸우고 있던 군인 아빠다. 그제야 알아본 아이가 아빠에게 달려가 안긴다.

아빠와 아이의 활짝 웃는 얼굴이 클로즈업되어 화면을 가득 채웠다. 특별 휴가로 나온 군인의 부녀상봉을 야구장에서 깜짝 선물로 주선해준 것이다.

전쟁터에 나가 싸우는 군인들은 메이저리그 경기를 보면서 가족과 조국을 생각하며 어려움을 이겨내고, 멀리 외국에 나가 있는 사람들은 경기를 보며 고향에 대한 그리움을 달래는 것이다.

그들에게 야구는 단순한 스포츠 경기를 너머 생활필수품이고, 활력소이고, 삶 자체인 것이다.

명예의 전당- 영웅들'루 게릭'

소설가 페니모어 쿠퍼의 동네를 찾은 것인데 뜻밖에도 야구 '명예의 전당'을 덤으로 보는 횡재가 생겼다. 루 게릭과 행크 애론, 베이비 루스, 재키 로빈슨, 죠 몰건, 죠 디마지오, 싸이 영 등 역사 속의 굵직굵직한 선수들의 플랙을 보다보니 옛날로 되돌아가 당시의 현장에 서 있는 것 같은 느낌이 들었다.

아버지가 좋아하시던 죠지 브렛, 레지 잭슨, 단 써튼도 있었다. 생전에 열렬한 야구팬이던 아버지시다. 함께 오셨으면 얼마나 좋아하셨을까.

"나무가 가만있고자 하나 바람이 그치지 않고 자식이 효도하려 하나 부모는 기다려주지 않는다."는 옛말이 서럽게 가슴을 친다.

명예의 전당- 영웅들'베이브 루스'

6
스카츠데일에서의 나흘
: 나의 영웅들에게

6월의 아리조나 스카츠데일은 오븐 속처럼 뜨거웠다. 태양은 정수리 위에서 강하게 열기를 뿜어 내리고 등줄기를 타고 내리는 땀은 어디서 멈춰야 할 지를 몰라 쉬지 않고 이어졌다.

밤낮없이 화씨 100도(약 섭씨37.4도)를 넘나드는 아리조나 사막에서의 여름모임이 웬말이냐며 투덜대는 입들을 아랑곳하지 않고 모임은 예정대로 그곳에서 열렸다.

우리 집에서 아침 8시에 떠나기로 하고 쉐리는 브렌트우드에서, 부르스는 싼타 클라리따에서, 댄 부부는 패사디나에서 왔다. 지나 씨는 가는 도중에 합류하기로 했다. 자동차로 6시간은 걸릴 거리다. 로스앤젤레스 근교에 사는 여섯 명이 밴을 렌트해서 함께 가기로 한 것이다.

여러 사람의 짐을 밴에다 옮기고 나니 벌써 8시 45분이었다.

아리조나의 뜨거운 바람으로 땀을 식히며 휴게소에서 지나 씨가 준비해 온 아침 겸 점심을 먹고, 밴 앞에다 붙일 "스카츠데일로! 아니면 죽음을!(Scottsdale or Bust!)"이라는 배너를 만들고, 나무다운 나무 한 그루 보기 힘든 황무지 사막을 달렸다.

오래전 한국에 나가서 봉사하고 돌아온 미 평화봉사단 단원들의 동창회 모임에 가는 길이었다.

댄 과는 하와이 힐로에서의 프로그램 이후 작년에 41년만의 만남을 텄고 브루스는 40년만이다. 쉐리는 내가 미국에 들어온 이후 한국에 들어간 그룹이었으므로 처음 만남이다.

한국에서의 봉사 기간이 각기 달랐기 때문에 임기가 끝나고 처음 만나는 것이라면 나처럼 40여 년, 마지막 그룹의 단원이라면 30여 년은 족히 되었을 시간이 흘렀다. 2년 전 워싱턴 D.C.에서도 비슷한 모임이 있었지만 이번 스카츠데일 모임 참가자 명단에는 그때 만났던 단원이 한 명도 없었다.

스카츠데일에 도착한 것은 오후 4시가 조금 넘은 시각이었다. 모임을 위해 처음부터 끝까지 수고한 달수 씨(*주- 단원들은 모두 한국 이름을 하나씩 갖고 있다)가 이리저리 뛰고 있는 게 보였다. 마른 체구의 그는 40년 만에 보는데도 금방 알아볼 수 있었다.

호텔은 일찍 도착한 단원들로 북적거렸다. 우리는 서로가 잘 알아보도록 가슴 한쪽에 이름표를 찾아 달았다.

첫 눈에 알아보는 이와, 가슴에 단 이름표를 보고서야 '아~하' 하는 이, 이름표를 보고도 못 믿겠다며 벌린 입을 다물지 못하는 이, 서로 껴안고 소리 지르는 이, 눈물을 훔치는 이, 표현의 모양새는 각각 달랐지만 모두 흥분되어 있었다.

얼굴과 몸은 세월의 무게를 못 이겨 많이 변했어도 젊은 그때의 목소리를 변함 없이 그대로 지닌 것은 다행이었다. 무너진 겉모습에 당황하다가도 목소리를 들으면 금방 옛날로 돌아갈 수 있었다.

모임이 결정되기 전부터 페이스북 사이트는 한국 시골동네에서 살던 때의 에피소드로 가득 찼다. 김치 이야기로 시작하여 겨울에 두 겹 세 겹 껴입었던 내복, 한 밤중 매서운 겨울바람을 뚫고 밖으로 나가야 했던 변소(*주- 시골에 살았던 단원들은 화장실을 아직도 이렇게 부른다), 막걸리 이야기 등등….

LA 팀을 제외하고는 모두 멀리서 왔다. 뉴욕, 버지니아, 워싱턴 D.C., 위스콘신, 시카고, 네브래스카, 오하이오, 텍사스, 시애틀….

비행기로 오는 이들을 위해서 자동차로 가는 LA 팀이 뭔가 해 줄 수 있는 걸 찾다가 우리는 차에 실을 수 있는 만큼의 막걸리 30병과 김치 3통, 구운 김 한 박스, 밑반찬 몇 가지를 가져갔다. 트레이더 죠스에서 작은 봉지 김치를 사 먹는다는 어느 단원의 글과 시골 막걸리 얘기가 웹사이트에 올라온 적이 있었기 때문이다.

둘째 날 저녁은 한식이었다. 17마일(약 27km)쯤 떨어져 있는 한국식당에서 한국 음식을 배달해왔다. 시골에서 온 사람이라면 무척 오랜만에 먹는 한식이었을 텐데 톡 쏘는 고추에 매운 김치를 한국 사람보다 더 한국 사람처럼 즐기며 잘 먹는 게 신통방통했다.

호텔 본관에서 멀리 떨어진 하씨엔다 하우스건물을 독점으로 이용하도록 달수씨가 교섭한 것은 편리를 위해서였지만 천만다행이었다. 한국음식은 밖에서까지 마늘과 김치 냄새가 뒤범벅이 되어 스카츠데일의 공기를 마구 흔들어놓았다. 본관에서 가까왔더라면 다른 투숙객들을 모두 쫓아버렸을 것이었다.

막걸리의 기억에 들떴던 단원들을 위해 막걸리를 사 간 것은 아주 잘 한 일이었다. 막걸리를 사 가겠다고 말은 해놨지만 막걸리의 진맛을 모르는 나로서는 어떤 것을 골라야할 지 막막했다. 옛날 맛과 비슷한 것으로 골라 달라고 댄 부부에게 부탁했다. 하루에 한 병씩 다른 종류로 여섯 병이나 맛보느라고 한 주일 내내 취해 지냈다는 그들 덕분에 내가 사 간 막걸리는 요즘 말로 인기 짱이었다.

첫날밤부터 화제는 1960~70년대의 한국이야기가 절대 우세였다. 당시 단원들은 영어교사 그룹과 보건소 그룹으로 나뉘었었다. 영어교사 그룹은 중고등학교와 대학교로 나갔기 때문에 도시 쪽에서 생활한 반면 보건소 그룹은 병원이 없는 시골로 나가서 결핵퇴치를 위해 봉사했다. 결핵에 대한 바른 인식을 심어주고 환자를 치료하는 일과 열악한 시골 생활에 적응하는 일 모두 쉽지 않았다. 단연 당시의 시골생활에서 겪은 이야기가 훨씬 더 다양하고 풍부했다.

나흘간의 행사 중 하이라이트는 아무래도 매들린의 '추방명령'에 대한 이야기일 것이다. 1973년 12월, 미국 명문대학을 갓 졸업한 20대 초반의 매들린은 시골 보건소에서 일하고 있었다. 어느 날 가정 방문을 마치고 보건소에 돌아왔을 때 소장님은 급하게 그녀를 불러 세웠다. 소장님은 경직된 어조로 아무데도 가지 말고 가만히 앉아 있을 것을 주문하셨다. 그녀가 영문을 물으니 꼼짝 말고 앉아 기다리라고만 할 뿐 소장님의 태도가 심상치 않았다. 매들린은 가슴이 철렁했다.

긴장을 풀지 못하고 앉아있는 시간이 얼마쯤 지났을까. 경찰차 한 대가 삼엄하게 들이닥쳤다. 에구머니. 무슨 일일까. 추방이라도? 왜? 머릿속이 어수선해지며 하얗게 바래가고 있을 때 정복 차림의 경찰서장이 다가오더니 물었다. "미스 클락이십니까?" "네." "청와대에서 온 편지입니다." 하는 말과 함께 그가 커다란 누런 봉투를 내밀었다. 그녀가 얼떨결에 받아든 봉투 겉봉 상단에는 '대통령 각하 친서', 하단에는 '미 평화봉사단 보건요원 매들린 클락양 귀하'라고 쓰여 있었다.

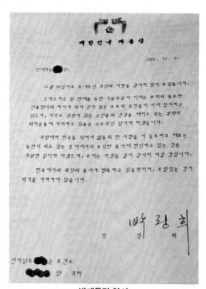
박대통령 친서

친서의 내용은 이러했다. "…아직도 상당히 많은 국민들의 건강을 해치고 있는 결핵의 퇴치운동에 기여하고 있음은 고무적인 일이라 하겠읍니다. 귀양께서 한국을 택하여 젊음의 한 시절을 이 중요하고 때로는 등한시 되고 있는 분야에서의 유익한 봉사에 헌신하고 있는 것은 가상한 일이라 하겠으며, 우리는 이것을 길이 감사히 여길 것입니다…."

봉투 속에는 영문판과 한글판이 따로 들어 있었다. 그것은 놀랍게도 추방명령이 아니라 박정희대통령의 사인이 담긴 감사장이었다.

매들린은 그때 결핵퇴치운동 기금을 마련하기위해 크리스마스 씰 판매를 하고 있었다. 그것은 연중행사였는데 어쩐 일인지 청와대에서 씰을 많이 사 주었다. 그녀는 고맙다는 편지를 청와대 앞으로 보냈고 그날 대통령으로부터 답장을 직접 전달 받은 것이다.

이제 박정희대통령의 친서를 박물관에 기증하겠다고 말하는 매들린의 홍조 띤 얼굴은 대학을 갓 졸업하고 일면식도 없던 동양의 한 조그만 나라에 가서 농촌에서 모내기를 하고 결핵 환자를 돌보던 당시의 시절로 되돌아간 듯 한껏 상기돼 있었다.

스카츠데일 모임을 위해 서울에 있는 어느 한국분이 슬라이드 쇼를 만들어 보내왔다. "한국에서 봉사했던 미 평화봉사단원들께 바칩니다."라는 부제가 붙어있었다.

"1966년, 한국은 극동의 아주 작은 나라였습니다. 사람들은 부지런했지만 가진 것이 너무나도 없는 가난한 나라였습니다."로 시작되는 슬라이드 쇼였다.

"가진 것이 너무나도 없는"이란 대목에서 느닷없이 가슴이 콱 메워왔다.

그리고 입 밖으로 내놓기조차 측은한 "가난한 나라"는 나를 울컥하게 만들었다.

비디오엔 1966년을 시작으로 초기의 미 평화봉사단 활동과 한국의 어제와 오늘이 담겨 있었다. '나의 살던 고향은'의 끈적한 멜로디 속에 누렇게 변한 사진들이 날개를 달고 돌아갔다.

전쟁의 상처에서 아직 벗어나지 못한 표정들. 시커먼 땟국물로 얼굴에 지도를 그린 아이들, 맨발, 제 키만 한 어린 아이를 등에 업고 있는 대여섯 살도 안 돼 보이는 작은 아이, 연탄가루로 눈만 빼꼼히 연 리어카 끄는 아저씨, 새까만 얼굴의 구두닦이 어린 소년, 지게꾼, 넝마, 뻥튀기, 거북이 등처럼 붙어 있는 산꼭대기 판자촌의 집들…. 우리들의 어제가 조그맣게 거기 있었다.

스크린에 눈을 고정시킨 우리도 머릿속에서는 그 힘들고 힘없었던, 곤궁하고 피폐했던 동방의 조그만 나라로 돌아갔다.

그러다가 차츰 정리되어가는 모습으로 바뀌면서 화면은 고층 건물이 바다를 이루고, 자동차로 꽉 차 주차장이 되어버린 시내 도로들, 김연아의 화려한 우승무대, 작금의 강남스타일까지…. 오늘의 한국은 어느새 우뚝 솟아 있었다.

60년대부터 70년대의 끔찍이 어려웠던 시절에서, 기적과도 같이 일구어낸 한국의 현재를 되돌아보는 감동을 무엇과 비교할 수 있을까. 뜨거운 무엇인가가 불뚝 가슴을 치고 올라왔다.

반복하여 돌아가는 슬라이드 앞에서 시선을 떼지 못하는 단원들의 눈가에도 어느새 놀라움과 반가움, 그리고 고마움의 이슬이 맺혔다.

보이지 않는 그 어느 한때 어디쯤 젊은 그들의 봉사와 희생이 밀알이 되었을 것임을 모르지 않기에 단원들은 모두 뿌듯해했고 감격의 눈물을 글썽거렸다. "고맙습니다. 우리는 결코 여러분을 잊지 않을 것입니다"로 끝나는 멘트를 보며 모두는 후드득 울음을 터뜨리고 말았다.

젊음이었고 열정이었고 용기였고 순수함이었던, 젊음의 가장 빛났던 한 시절을 되돌아보며, 스카츠데일의 마지막 밤을 흥분과 아쉬움과 감동과 감격속에서 우리는 모두 또 다른 추억을 만들며 하얗게 새웠다.

Four days in Scottsdale

: To my heroes

June in Scottsdale, Arizona, was scorching hot, like the inside of an oven. The sun poured down heat and we sweat nonstop from every pore, not knowing when it would stop.

Despite a bit of whining over meeting in the Arizona desert, where temperatures often top 100 degrees Fahrenheit(over 37 degrees Celsius), the gathering proceeded as planned.

We were to meet at my home, then leave together at 8 o'clock in the morning. Sherri came from Brentwood, Bruce from Santa Clarita, and Dan and his wife Myong from Pasadena. Jinna was to join us on the way. It would be a six-hour drive by car. People living in the Los Angeles area rented a van to make the trip together.

It was already 8:45 when loaded our luggage into the van.

At a rest stop, we ate the brunch Jinna had prepared and made a banner reading "Scottsdale or Bust!" We set out on a journey across a desert where scarcely any decent trees were to be seen.

This was our journey to a reunion of Peace Corps Volunteers who'd once served in Korea, a long time ago.

I met Dan last year, forty-one years since he was part of the training program in Hilo, Hawaii; for Bruce, it has been forty years. This is the first time I am seeing Sherri again, as she moved to Korea after I had come to the States.

Everyone served for different lengths of time in Korea. For those meeting for the first time since ending their service, roughly forty years have passed since leaving Korea, as was the case for me. For those who'd been in the last group of service, it has been about thirty years. There was a reunion similar to this one in Washington, D.C., two years ago, but I had met nobody there whose name was on the member list for this Scottsdale gathering.

It was a little past 4 o'clock in the afternoon when we arrived at the hotel in Scottsdale. 달수씨(Dal-soo, Ralph's Korean name) was seen running around everywhere; he was the one who had organized every detail of this reunion from the very start. It didn't take me long to recognize him, still of thin build even after forty years had passed.

The hotel was crowded with the people who'd arrived early. We all found our name tags, to be worn on our chests so we could be recognized.

Some people were recognized at first sight, others were identified only with the help of their name tag(along with the exclamation, Aha!), some could not believe their eyes and gaped openly, some hugged and yelled, and some wiped at tears. Everybody wore different expressions, but all were worked up with excitement.

It was a blessing that the tone of our voices remained unchanged even as our faces and figures have become a mere shadow of our former selves, pulled down by the gravity of time. We were bewildered by the physical changes at first, but aided by the sound of our voices, we were soon able to connect each other to our old selves.

Even before the reunion was organized, there were Facebook pages full of stories of the time spent in Korea, living in old country houses. Topics ranged from recollections of the awful smell of kimchi to the long johns worn in the winter, the outhouses that forced them to brave the arctic winds of a harsh winter night, makgoli, and so forth.

Everyone excepting the Los Angeles team came from afar: New York, Virginia, Washington, D.C., Wisconsin, Chicago, Nebraska, Ohio, Texas, Seattle… Those of us on the LA team wanted to get something for the people who flew in and brought thirty bottles of makgoli, three bottles of kimchi, a box of roasted seaweed, and a couple of Korean side dishes. That had been spurred by an article posted online about how someone bought a tiny bag of kimchi from Trader Joe's, and how they'd had a memory of rustic makgoli.

On the second evening, Korean food was served for dinner. It was catered by a local Korean food restaurant 17 miles(about 27 kilometers) away. For people who'd come from remote rural areas, it must have been a long time since they'd eaten Korean food, but it was amazing to see them enjoying fiery pepper and spicy kimchi even better than Koreans do.

달수씨 rented the Hacienda House, located at the west end of the hotel, for all of us. It was for convenience, but it was also fortunately a face-saver. Garlic and kimchi scents mingled strongly and filled the Scottsdale air. If we'd been close to the main building, we would have chased all the lodgers away.

It was a good idea to bring makgoli for the sake of those who recalled it with buoyant spirits. I had posted beforehand that I would bring some, but being a non-drinker I had no clue which brand to get. I asked Dan to find the right kind, one that would have a similar taste to the drink from the old country days. He spent a week drunk after tasting a different bottle every day, and his choice was a crowd-pleasing hit.

From the first night, talk about the 1960s and '70s in Korea absolutely dominated. There were two groups of Peace Corps service then, one for teaching English and another devoted to health care. The teaching group went to high schools and colleges so they lived mostly in the city, while the health care group lived in remote rural areas with no hospitals nearby, helping to control tuberculosis. To educate and treat people on tuberculosis (which was an epidemic disease in those days, with almost no cure for an uneducated general public), while adapting to their rural surroundings with poor working conditions, was no easy task. Their countryside experiences definitely made up the more diverse and abundant stories.

All in all, the most exciting highlight of the four-day event would have to be Madeline's story of a deportation order.

In December of 1973, Madeline, a graduate of an elite private university in the States, was serving at a health center in the southern part of Korea. One day when she returned from a round of home visits, the site chief called her in urgently to tell her to stay put and not move an inch. She asked why, but he didn't give any explanation and merely told her to wait. He looked dead serious and her heart sank.

How much time spent in such tension could have passed? A police car arrived in a state of high alert. *Oh my, what could this be? Deportation? Why?* Her thoughts were chaotic and her brain went blank. The uniformed police chief approached and asked, "Are you Miss Clark?" "Yes... I am." He handed a large brown envelope to her and said, "Here is a letter from the Blue House." She took it in confusion and saw "the President's Letter" written on the upper right-hand corner of the envelope, with "To Miss Madeline Clark, health care volunteer of U.S. Peace Corps" written at the bottom.

The letter read: "We find it encouraging that an increasing number of people are joining in this drive to control tuberculosis, which is still sapping the health of a considerable portion of our population.

"It is commendable that you have chosen to come to Korea and to devote part of the bloom of your youth to a most meaningful voluntary service in this vital but often neglected field. For this we will long be thankful..."

There were two pages enclosed in the envelope, one written in Korean and the other in English. Surprisingly enough, it was not an order of deportation but a signed letter of appreciation from President Park Chung Hee.

At the time, Madeline was participating in fundraising efforts to support the control of tuberculosis through the sales of Christmas seals. It was an annual event, and somehow the Blue House bought a considerable amount. She sent them a letter of appreciation and received a reply that day from the president, delivered thusly.

She said that she would donate the letter now to a museum. She looked aglow as though returning to the old days, reminiscing of the time she'd gone to a tiny country in the East right after graduating college, to a place with which she had no connection, where she helped to plant rice on farms and cared for tuberculosis patients.

Someone in Korea had made a slide show and sent it to us for the reunion. It was subtitled "Dedicating this to the Peace Corps volunteers who served in Korea."

It began with the narration, "In 1966, Korea was a very small country located in the Far East. The people were diligent but the country was very poor, having absolutely nothing." I felt choked with emotion hearing the words "having absolutely nothing." Even to hear the words "poor country" spoken aloud was enough to make my heart ache.

The slide show contained images of the Korea of yesterday and today, beginning with the activities of early Peace Corps Korea volunteers. To the infectious melody of "My Hometown," those faded, yellowed pictures spread their wings and took flight.

The scenes had not yet recovered from the scars of the war —images of children with a map of gray dirt drawn on their faces, barefooted children, a child not quite 5 or 6 years old carrying a baby almost his own size on his back, a man pulling a cart whose sooty face revealed only his eyes, a young shoe-shining boy with a face stained black, a man carrying an A-frame on his back, a ragman, a man with puffed corn, cardboard houses adjoined so tightly atop a mountain that they looked like the back of a tortoise... Our yesterday was there, standing small.

With our fixed eyes on the screen, in our minds we returned to that tiny country in the East that had borne such hardships, poor and powerless and devastated by warfare.

The slides gradually transitioned to more orderly scenes, neatly organized and depicting high-rise buildings, city streets turning into parking lots filled with cars, Kim Yuna's splendid victory stage, and even the recent "Gangnam Style" hit... Before we knew it, the Korea of today stood tall.

Despite terrible times of suffering in the '60s and '70s, Korea has miraculously produced a remarkable accomplishment in its present —what can I compare the emotional reaction of watching all this to? Something hot, something unknown, struck my heart and flared bright.

Unable to turn eyes away from the repeating slides, people with watering eyes came upon moments of surprise, delight, and gratitude. They were moved to tears, understanding that their service and devotion may not have been visible but must have become a grain of wheat sometime, somewhere. We all burst into tears at the ending statement, "Thank you all and we will not ever forget you."

Reminiscing on the days of youthful bloom, passion, courage, and purity, we were overwhelmed with emotion. And we stayed up the entire last night in Scottsdale —with excitement, with the sorrow of parting, and with wistfulness at making more memories.

7
빗속의 꼬마 영웅

휘청거리며 곡선을 그리는 빗줄기가 진종일 내릴 것 같은 예감이 든다. 어제 저녁부터 하늘이 꾸물거리더니 간밤에 내리기 시작한 비가 아침엔 가랑비로 변해 부슬거린다. 비는 반나절이 훨씬 지났는데도 여전히 그 타령으로 쉬엄쉬엄 끊이지 않고 온다. 병든 이의 걸음걸이처럼 기운이 다 스러져 버려 지친 기색이다.

9시에 오기로 약속한 딘은 정오가 다 되도록 무슨 일인지 소식이 없다. 약속 시간을 안 지키는 사람은 아닌데 시원하게 쏟아지지도 않고 잔뜩 찌푸리고만 있는 하늘을 보고 어차피 일을 할 수는 없을 터, 늘어지기로 작정한 모양인가.

한 달 후면 벌써 11월이다. 본격적인 우기가 시작될 것이고 잘못하다가는 해를 넘길 수밖에 없을 것이다. 나는 옥외 바비큐 그릴 위에 지붕을 세우기로 생각 중인 뒤뜰 쪽을 심란하게 내다봤다. 바비큐 그릴의 에메랄드색 카운터 탑 위가 비로 씻겨서 아주 맑아 보였다.

어쩔 수 없이 오늘은 틀렸나 보다는 생각이 들었다. 시계 보기를 그만 두고 반쯤 남은 『해리 포터 Harry Potter』 4권을 집어 들었다.

'딩딩 동동…' 도어 벨이 울린 것은 그로부터 한 15분쯤 흘렀을까. 읽던 책을 밀어놓고 일어나서 현관 인터콤 화면을 켜 봤다. 주머니에 한쪽 손을 찔러 넣고 서 있는 딘의 모습이 스크린 속으로 들어왔다.

딘은 집안에 수선할 데가 있을 때마다 우리를 도와주는 프랑스 혈통의 젊은 수선공이다. 오늘은 바비큐 그릴 지붕 견적을 받아보고 그의 의견을 들어보기로 한 날이다.

"늦어서 미안합니다." 키가 커서 언제나 나를 내려다 봐야 하는 그는 문을 연 나에게 작업복 위의 빗방울을 털어 내리며 말했다.

"죠이가 오늘 볼 일이 있어서 아이를 돌볼 수가 없다고 해서요" 아이 볼 사람을 급히 찾다가 늦어졌다는 설명을 덧붙였다. 죠이는 그의 전 부인이다.

딘은 14년간 함께 산 아내와 이혼하고 아들 하나를 데리고 사는 30대 후반의 홀아비다. 이혼은 했지만 둘 사이에 아이가 있으니까 진 부인을 자주 만나게도 되고, 필요할 때는 서로 돕는, 전 부인과 그런대로 꽤 괜찮은 관계를 유지하며 지낸다.

죽도록 사랑해서 가족 모두가 반대하는 결혼을 하고도 헤어지면 원수처럼 지내는 사람도 있지 않은가.

그런 사이가 아니어서 그들은 옆에서 보기에 썩 좋다. 가끔씩 그는 가족 얘기를 해 주곤 하는데, 죠이의 남자 친구 얘기를 아무렇지 않게 할 때는 저 속은 어떨까 싶기도 하지만, 그가 정말 앞서가는 사람이 아닐까하는 생각이 들기도 한다.

그들도 이혼하기까지는 고통과 고민 속에서 서로를 헐뜯고 많이 헤맸을

지 모른다. 그러나 헤어지고 나서는 다시 친구 사이로 지낼 수 있다는 사실 자체가 쿨하고 존경스럽다.

적은 양이지만 비가 계속 내리고 있어서 우리는 뒤뜰로 나가지 못한 채 현관 앞 포치에 서서 의견을 나누었다. 견적을 내려면 치수가 있어야 하겠지만 빗속에서 잴 수도 없는 일이고 또 아직 디자인이 결정되지 않은 단계이므로 다음에 잰다 해도 무리가 될 것은 아니었다.

갑자기 집 앞 드라이브웨이에 세워둔 그의 밴에서 쾅 하고 문 닫히는 소리가 나는 바람에 우리는 거의 동시에 차 쪽으로 고개를 돌렸다. 네댓 살은 됐음직한 작은 사내아이가 열린 차 문에 기대서서 우리 쪽을 보며 피식 웃었다. 수줍음이 묻어났다. 아이의 얼굴에서 딘의 모습이 보였다.

운동화 한 짝이 시멘트 바닥에 떨어져 뒹굴고 있는 걸 보면 아마 내려오다가 벗겨진 모양이었다. 아이는 운동화가 벗겨진 발을 다른 발 위에 올려놓고 비스듬히 한쪽 발로 서 있었다.

"테디, 이리 와서 인사해라. 차 안에서 기다리라고 했는데 지루했던 모양입니다." 아이한테 한 마디 던지고는 이어서 고개를 내 쪽으로 돌리며 그가 말했다.

아들을 바라보는 그의 눈 속엔 매우 부드러운 미소가 들어있었다. 아이는 떨어져 있던 운동화를 재빨리 찾아 신고 우리 쪽으로 오더니 나를 향해 "하이" 하고 짤막한 한마디를 던지고는 어느새 빗속으로 들어가 버렸다.

우리가 다시 공사에 대한 얘기에 빠져 있는 사이 아이는 저 혼자 빗속을

왔다 갔다 하며 뭔가 잡기도 하고 물이 고인 곳을 철벅거리며 부산하게 움직였다. 운동화 밑에서 부서지는 빗물이 제법 요란한 소리를 냈다.

딘은 나와 얘기를 하면서도 아이의 행동을 계속 지켜보고 있었던지 얘기가 끝나자 "아들아, 뭐가 잘 안 되느냐? 내가 도와줄까?" 하고 묻는다.

"응. 이 쪼그만 놈이 미끄러워서 자꾸 빠져 나가네. 물이 없으면 금방 죽어버릴 텐데." "저기 봐. 물이 없으니까 벌써 죽었잖아. 빨리 물 있는 데로 보내줘야 돼. 이 바보." 늘어져 있는 지렁이를 가리키며 아이가 종알종알 쉬지 않고 말했다.

아이는 미끈거리는 지렁이를 손으로 잡기도 하고, 짧은 나뭇가지 두 개를 양 손에 들고 잡기도 하면서 지렁이 이사를 시켜주고 있었다. 물이 없는 곳에서 꿈틀거리는 지렁이를 잡아서는 물이 있는 곳으로 보내주고 있었는데, 그나마 아주 작은 새끼들은 손가락 사이에서 자꾸 빠져나가기 때문에 애를 먹고 있던 터였던가 보다.

딘은 얼른 아이에게로 다가가서 지렁이를 맨 손으로 잡아 올리더니 물이 있는 곳을 찾아 던져주었다. 아이가 좋아라 얼굴빛이 밝아지며 아비를 따라 깡충 발을 뛰어 보였다. 아이는 아버지라는 커다란 나무를 우러러 보며 그의 주위를 맴돌면서 마냥 신나했다. 아비가 잠시 아이와 함께 지렁이 이사에 공을 들였다. 아비를 올려다보는 작은 아이의 똘망똘망한 눈망울에 믿음이 가득 차 있었다.

지렁이도 죽으면 안 되니까 살려야 한다는 아이의 티 없는 생각과 계산

없는 주견主見에 아비의 이해와 사랑이 합세한다.

　둘이 하고 있는 짓이 하도 고와서 나도 잠시 그 한 폭의 그림 속으로 빠져 들어갔다. 아이의 신뢰가 따뜻하게 전해졌다. 칙칙하기만 하던 비 오는 날의 음산함이 가시는 듯 했다.

　빗속에서 지렁이 이사시키기에 여념이 없는 크고 작은 두 개의 초상, 어린아이는 아버지가 자랑스러워 어쩔 줄 모르고 아버지는 사랑하는 아들을 바라만 봐도 흐뭇한 미소가 입가에서 떠나지 않는다. 어느 수채화가 이보다 더 아름다울 수 있을까.

　잠시 후, 아버지와 아들은 손을 마주하여 물기를 탁탁 털어 버리고는 아무 일도 없었다는 듯이 차에 올라탔다. 그리고 오늘의 내 꼬마 영웅은 나를 향해 손을 흔들어 보이며 빗속으로 사라져 갔다.

　아들을 처다보던 아비의 사랑이 소복이 담긴 눈길이 아직까지도 내 가슴 속에 긴 여운으로 남아있다.

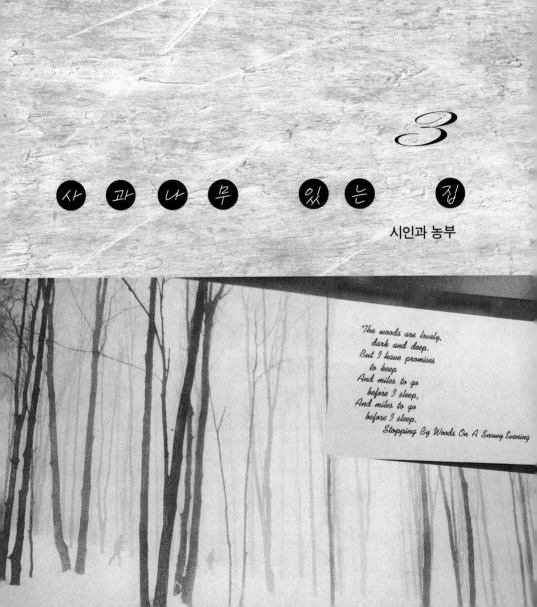

3

사 과 나 무 있 는 집

시인과 농부

The woods are lovely,
  dark and deep.
But I have promises
  to keep
And miles to go
  before I sleep,
And miles to go
  before I sleep.
  Stopping By Woods On A Snowy Evening

1
사과나무 있는 집

프로스트 팜 알뜰의 사과나무

로버트 프로스트(Frost, Robert Lee: 1874.3.26~1963.1.29)
캘리포니아 주 샌프란시스코(San Francisco, California)에서 태어난 시인. 『뉴햄프셔(New Hamp-shire: A Poem with Notes and Grace Notes)』, 『시 모음집(Collected Poems)』과 『더 먼 경계(A Further Range)』, 『표지의 나무(A Witness Tree)』로 퓰리처상을 네 번 수상했다.

졸업을 앞두고 교생실습을 나간 일이 있었다. 사직동에 있는 여학교로 대여섯 명의 같은 반 친구들과 함께였다. 실습기간이 끝날 때 연구수업을 해야 하는 마무리 행사가 있었다. 그룹에서 한 명만 하면 되는 일이었는데 소풍 가서 보물찾기 한 번 찾아본 적이 없던 내가 덜컥 당첨이 된 것이다.

고등학교 1학년 영어수업이 배당되었다. 그때 수업 교재로 내가 선택한 것이 로버트 프로스트 Robert Frost의 시, 「눈 오는 저녁 숲가에 서서 Stopping by Woods on a Snowy Evening」였다. 팔랑거리며 내려오는 눈, 어스름한 저녁, 하얀 숲가, 묵묵히 주인을 따르는 말, 고요가 깃든 호수, 마음을 흔드는 이런 자연의 조명 때문이었던 것 같다. 영시문학 시간에 배웠던 것이고 평소에 즐겨 외우던 시였다.

읽는 이마다 느낌이 다를 수 있는 시를, 어떻게든 학생들의 마음에까지 전달해서 정해진 50분 수업에 공감대를 형성해야 하는 과제다. 경험 없는 실습생 초짜한텐 힘에 부치는 일인 줄 알면서도 시를 택한 건 물론 과욕이었다. 영어과 지도 선생님들과 동료 교생들, 그리고 대학 주임교수님까지 초대된 자리에서였다. 지금도 생각하면 아찔 현기증이 난다.

처음부터 버벅거리기 시작하여 아마도 수업이 끝날 때까지 구슬땀을 흘리지 않았나 싶다. 풋내기 교생의 연구수업이 성공적으로 끝났을 리 없지만 학생들과 함께 '눈 덮인 숲' 속에서 이리 저리 헤맸던 한 시간은 지금도 잊을 수 없는 추억으로 남아있고 여전히 그 시에 남다른 애착을 갖고 있다.

이즈음에도 하얀 눈이 그리워지는 날엔, 인적이라곤 없는 눈 덮인 숲가

로버트 프로스트 팜- 집-뮤지움

프로스트 팜- 뮤지움

에 쫄랑거리는 말과 말을 탄 멋진 남자가 생각나고 그는 다시 시인 로버트 프로스트로 오버랩 되곤 한다.

'프로스트 팜 Frost Farm'은 미동북부 뉴잉글랜드 지방의 조그만 도시 데어리 Derry 근교에 있다. 시인 프로스트가 1900년부터 1911년까지 살았던 집이다. 지금은 국립사적지로 지정되어서 뉴햄프셔 주 주립공원으로 보호·유지되고 있다.

하얀 2층집 뒤로 평원이라고 불러도 손색이 없을 만한 넓은 들판이 있고 그 주변을 빽빽한 나무숲이 성처럼 두른다. 끝이 안 보이는 64에이커(약 78,347평)의 광대한 면적이 10년 묵은 체증이라도 뚫을 것처럼 시원하게 펼쳐진다. 시야에 다른 집이나 건축물은 하나도 들어오지 않는다.

2년 전 10월 초에 왔을 때는 비가 추적추적 내렸었다. 아직 열려 있어야 할 시간이었는데 기념관 문이 닫혀 있었다. 궂은 날에 찾아오는 이가 없으니 일찍 철수한 모양이었다. 탑을 돌며 소원을 비는 여인네처럼 빗속에서 집 밖을 돌고 또 돌았다. 3,050여 마일(약 4,900km)이나 되는 먼 길을 돌아서야 하는 마음 달래기가 장난감 앞에서 떼쓰는 어린아이처럼 쉽지 않았다.

기념관 오픈 시간까지는 아직 몇 분 남아 있다. 프로스트의 많은 시가 이 데어리 시절을 토대로 나왔다는 말이 충분히 이해될 듯했다. 연구 수업했던 시를 중얼거리며 한참 동안 뜰에서 서성거렸다. 하얗게 눈 덮인 겨울

풍경이 눈에 어른댔다.

눈 오는 저녁 숲가에 서서

이 숲이 뉘 것인지 알 듯도 하다.
그러나 그의 집이 마을에 있으니;
내 여기 멈추어 서서 그의 숲이
눈에 쌓이는 걸 바라보고 있음을 그는 보지 못하리.

내 작은 말은 이상하게 생각하리라.
농가라고는 가까이 하나도 없는데
일 년 중 가장 어두운 저녁에
숲과 얼어붙은 호수 사이에서 멈추는 것을.
말은 방울을 딸랑 흔든다.
무슨 잘못이라도 있는가 묻는 것처럼
그 밖에 다른 소리라고는 가볍게 스치는 바람 소리와
부드러운 눈이 쌓이는 소리 뿐.

숲은 아름답고 어둡고 깊다.
허나 난 지켜야할 약속이 있으니
잠들기 전에 길을 가야 하리.
잠들기 전에 길을 가야 하리.

Stopping by Woods on a Snowy Evening

Whose woods these are I think I know.

His house is in the village though;
He will not see me stopping here
To watch his woods fill up with snow.

My little horse must think it queer
To stop without a farmhouse near
Between the woods and frozen lake
The darkest evening of the year.

He gives his harness bells a shake
To ask if there is some mistake.
The only other sound's the sweep
Of easy wind and downy flake.

The woods are lovely, dark and deep,
But I have promises to keep,
And miles to go before I sleep,
And miles to go before I sleep.

기념관 북쪽으로 멀리 떨어진 곳에 숲 속으로 난 길이 하나 보일락 말락
좁은 입구만 드러내었다. 프로스트의 시, 「가지 않은 길 The Road Not Taken」
을 생각나게 했다. 자석에 끌리듯 넓은 풀밭을 지나 그 오솔길로 들어섰다.
5월의 숲 속은 완전 초록이었다. 싱그러운 아침의 맑은 공기에 온 몸을 적
시고 길이 이끄는 대로 걸었다. 나뭇잎을 스치는 바람이 알랑거리듯 귓속

에서 소곤거렸다. 그가 '가지 않은 길'을 나는 걷는 것이라고.

관리인의 차가 기념관 오픈 시간인 10시에 맞춰 들어왔다. 그는 집에 붙어 있는 차고처럼 생긴 곳의 넓은 문을 열어주었다. 그 안에는 시인이 농사를 지을 때 썼을 법한 삽이며 괭이, 호미, 갈퀴 등 농기구들이 진열되어 있었다. 농가를 연상하기 어렵지 않았다. 그는 농부였고 농부는 시인이었다.

집 안쪽으로 들어가니 시인의 모습을 영상으로 볼 수 있는 홈 씨어터가 있었다. 앞자리에 앉아서 시인의 농사 짓던 생전 모습을 보고 녹음으로 남겨진 그의 육성으로 직접 시 낭송을 들었다. 바로 앞에서 시인과 마주 앉아 대화하는 느낌이었다. 구름 속을 유영하듯 잠시 붕 뜬 기분이 들었다.

청명한 날이었다. 건물 앞뜰엔 여러 그루의 사과나무가 오래전에 떠나간 주인을 추억하며 서 있었다.

지난번 방문 때는 10월 초의 쌀쌀한 날씨에도 아직 어린아이 주먹만 한 사과를 품고 있었다. 땅바닥 여기저기에 떨어져서 주인을 못 찾아 뒹굴던 사과는 기념관 문이 닫혀 쓸쓸이 돌아서는 마음 한 구석에 작은 불을 지펴주었었다. 제일 큰 사과 알 하나를 집어 깨물었을 때 싸아~ 하니 입 안에 돌던 단물.

상큼한 향 생각으로 마른 입안에 단맛이 가득 돈다.

지금 우리가 사는 집으로 처음 이사 왔을 때, 뒤뜰 한가운데에는 커다란 사과나무가 한 그루 서 있었다. 먼저 주인이 관상용으로 키웠는지 가지를 쳐주지 않아서 나무가 휘어 꺾일 정도로 사과가 다닥다닥 열렸었다. 뒤의 시야를 가로막기 때문에 어지럽게 늘어져 있는 잡목들과 함께 나무를 베어 버려야 했다. 집 둥치보다 더 큰 나무가 시야를 막는 게 꼭 눈에 박힌 가시처럼 불편해서였다.

그런데 이젠 창밖을 내다보면 훤히 드러나는 그 자리가 뭔가가 허물 벗어 놓은 것처럼 자꾸 눈에 거슬린다. 꿈도 야무지게 그 자리에 팔각정을 짓겠다고 둥그렇게 기초 콘크리트 바닥만 해 놓고는 내버려둔 것이 까까머리 민둥산처럼 밉다. 철근 기초를 심어 놓은 자리가 꼭 폐허에 살아남은 흔적 같아 뒤숭숭하기만 하다.

이즈음엔 그 자리에 있었을 커다란 사과나무가 까닭 없이 아쉬워진다. 그리고 그리워지는 것이다.

여름에 서늘하게 만들어 주었을 폼 나게 멋진 그늘이 눈앞에 아른거린다. 어디 그뿐인가. 요즘 인기 절정인 유기농의, 농약이 겉에 남아 있을까 봐 식초를 듬뿍 풀어 닦고 또 닦는다고 아침마다 부산떨지 않아도 되는, 집에서 기른 자연산 사과. 사람들이 집에 올 때 한 봉지씩 손에 쥐어주면 모두 그 향에 취해서 얼마나 즐거워할까. 한 소쿠리 따다 탁자 위에 올려놓으면 집 안에 환하게 퍼질 향긋함. 생각만 해도 부자가 된 기분이었을 것을 몹시 아쉬워하는 것이다.

사과나무 위에 걸쳐 있는 하얀 구름 한 조각이 뉴잉글랜드 지방의 맑은 5월 하늘을 더욱 파랗게, 그리고, 다음 목적지로 떠나는 발걸음을 한결 가볍게 만들어 주었다.

2 롱펠로의 '웨이싸이드 인'

헨리 워즈워쓰 롱펠로(Longfellow, Henry Wadsworth: 1807. 2. 27~1882. 3. 24)
메인 주 포틀랜드(Portland, Maine)에서 태어난 시인이자 대학교수. 「웨이싸이드 인 이야기(Tales of a Wayside Inn)」, 「에반젤린(Evangeline)」, 「하이와타의 노래(The Song of Hiawatha)」, 「마일스 스탠디시의 구애(The Courtship of Miles Standish)」 등의 작품이 있다.

웨이싸이드 인 The Wayside Inn은 도중에 길을 가르쳐준 친절한 아저씨 말대로 그냥 지나치기 쉬운 곳은 아니었다. 주소랑 약도를 손에 들고도 혹시 잘못해서 놓치게 될까 봐 여러 번 차에서 내려 물어 봤었다. 마지막에 갈라지는 길에서 만난 아저씨가 재차 확인하겠다며 붙들고 놓아주지 않는 나를 불쌍하다는 표정으로 보더니 조금만 더 가면 된다고, 절대 놓칠 리가 없는 곳이니 안심하라고 했었다.

보스턴 근교 케임브릿지에서 시인 롱펠로 Henry Wadsworth Longfellow의 집을 둘러보고 난 후 이미 기울어진 오후의 나머지 조각 시간에 급히 찾은 곳이었다.

웨이싸이드 인에 도착했을 때는 서쪽으로 얼굴을 돌린 저녁 빛이 그래도 제법 남아 있었다. 한눈에도 쾌적하고 운치 있는 곳이었다.

그렇게 오랜 동안 숙박업을 이어온 곳이라고 보기엔 건물이나 정원, 뜰, 잔디 등이 너무나 깔끔하게 잘 정돈되어 있었다. 125에이커(약 153,021평)의 방대한 면적의 어마어마한 장원이었다. 빨간 벽돌 건물엔 긴 역사가 배어 있었고 탁 트인 대지는 빨아들이는 힘이 있어서 발길을 돌려야 할 때가 훨씬 지난 후에도 좀처럼 그곳을 떠날 수 없게 만들었다.

웨이싸이드 인이 객실 아홉 개의 숙박시설을 갖춘 별장식 호텔이라는 수식어는 어림없는 설명이었다. 단순한 호텔이 아닌 것은 모르는 바 아니었지만 그 규모와 외관이 예측불허였다.

벌겋게 물들기 시작한 노을 아래서 호텔은 기대했던 대로 웅장했고 우아했다.

호텔에는 현재 운용되고 있는 숙박업소 중 미국에서 제일 오래된 곳이고 매사추세츠 주의 사적지로 정해져 있다는 레이블이 붙어 있었다. 1716년에 개인이 방 두어 개를 여인숙 형태로 활용하기 시작하여 현재에까지 이른다니 중간에 문을 닫았던 기간은 있었지만 거의 300년을 바라보는 오랜 흥망을 기억하고 있는 곳이다. 보스턴에서 25마일(약 40km) 정도, 자동차로 40여 분 거리에 있는 도시 써드베리 Sudbury의 역사인 셈이다.

웨이싸이드 인을 찾아간 것은 투숙하거나 호텔 식당에서 음식을 먹기 위한 것은 아니었다. 호텔의 아름다운 모습에 매료되어서도 물론 아니었다. 시인 헨리 롱펠로 Henry Wadsworth Longfellow의 장長시 「웨이싸이드 인 이야기 Tales of a Wayside Inn」 때문이었다.

시리즈로 되어 있는 장시에 주눅이 들어서 읽겠다고 뛰어 들었다가는 포기하고 다시 시도했다가는 아예 접어버린 일이 여러 번 있었다. 앞부분만 수시로 만지작거렸을 뿐이다. 한글 번역이 아직 나와 있지 않은 것을 보면 주눅이 든 사람은 나만이 아닌 모양이었다. 대학에서도 다룬 적이 없었다. 시인에게 영감을 불어 넣어준 곳이라면 당연히 내 방문 리스트에서도 빼놓을 수 없는 곳이었다.

1862년 케임브릿지에 사는 롱펠로가 웨이싸이드 인(*주·당시 이름은 '빨간 말의 태번 Red Horse Tavern' 또는 '하우이 태번 Howe Tavern'이었음)을 방문하면서 시

롱펠로의 '웨이싸이드 인'

는 시작된다. 인의 아늑한 분위기와 전원적인 풍경에 영감을 받은 롱펠로는 그곳에서 정기적으로 모임을 갖는 그룹의 이야기를 일련의 시로 쓰는데 「서곡」, 「주인의 이야기-폴 리비어 라이드」, 「학생의 이야기」, 「스페인계 유태인의 이야기」, 「시실리 사람의 이야기」 등 파트 1로 시작하여 파트 3의 마지막 피날레까지 장대한 이야기가 시의 형태로 엮어진다.

다음해에 시집이 『웨이싸이드 인의 이야기 Tales of a Wayside Inn』이라는 이름으로 출판되어 큰 반응을 얻게 되자 인은 단번에 유명해지고 나중엔 이름도 '롱펠로의 웨이싸이드 인'으로 바뀐다. 그리고 명실공히 문인들의 순례지 내지는 은거지가 되어 명소가 된다.

1923년, 자동차 부호 헨리 포드가 인을 사면서 인은 더욱 넓고 크게 확장되어 한때는 3,000에이커(약 3,672,522평)에까지 달한다. 포드는 죽기 몇 년 전인 1944년, 중심이 되는 땅 125에이커를 비영리 재단으로 넘겨서 전설적인 인을 보존하게 만든다. 이렇게 포드재단에서 관리하던 것을 1957년 국립재단으로 하여금 사적지로 보호하게 하기에 이른다.

이제 인은 숙박업소로서가 아니라 사적지로서, 그리고 시인 '롱펠로의 웨이싸이드 인'으로 더 많이 알려져 있으며 특별행사가 자주 열리고 호텔과 식당은 상징적인 의미로 경영되는 것 같다.

붉은 저녁노을이 등 뒤에서 머뭇거렸다. 곧 떠나야 하나 돌아서지 못하는 마음을 아는 것처럼 노을은 조금씩 천천히 멀어져갔다.

그 엄청난 건물에 왜 객실은 아홉 개뿐인지, 건물 뒤쪽에는 무엇이 있는지, 많은 숙제를 풀지 못하고 돌아섰다. 하룻밤이라도 그곳에서 쉬고 왔으면 좋았을 것을 사전에 미리 치밀한 준비를 못했기 때문에 서운한 마음만 안고 돌아섰다. 다음엔 반드시 그렇게 하겠다는 다짐을 빼놓지 않고서였다.

그 '다음'은 아직 이루어지지 않은 채 '그때 그곳에 들어가서 커피라도 한 잔 하고 나왔더라면 좋았을 걸' 하는 미련이 남아 여전히 아쉬움을 털어내지 못하고 있다.

3

스산한 버몬트(Vermont)의 숲을 지나며

펄 벅의 동상(Up lift)

퍼케이시에 있는 펄벅의 집, 기념관(Perkasie, Pennsylvania)

펄 벅(Buck, Pearl Comfort: 1892.6.26~1973.3.6)
웨스트버지니아 주 힐스버러(Hillsboro, West Virginia)에서 태어난 소설가이자 교육자. 장편소설 『대지(The Good Earth)』로 퓰리처상과 노벨문학상을 수상했고, 『동풍, 서풍(East Wind: West Wind)』, 『차이나 스카이(China Sky)』, 『북경에서 온 편지(Letter from Peking)』 등의 작품이 있다.

이제 막 10월로 접어 들어섰을 뿐인데 가을의 끝자락처럼 공기가 차가웠다. 단풍을 볼 수 있으면 좋겠다는 생각으로 뉴햄프셔 주에 있는 와잇 마운틴을 거처 가기로 했다. 프린스에드워드 섬에서 돌아오는 길이었다. 단풍이라면 버몬트 주가 먼저 떠오르지만 돌아오는 길에서 벗어나 있는 버몬트 주보다는 조금 가까운 와잇 마운틴을 택한 것이다. 그곳은 작가 나다니엘 호손이 죽기 전, 쇠진해가는 자신의 건강을 회복하려고 찾았다가 도중에 죽은 곳이기도 하다.

프라이버그까지 가서 컨웨이 쪽으로 들어서면 산속으로 들어가는 112번 도로가 나온다. 와잇 마운틴 중심부를 가로질러 가는 길이다. 3,440평방마일(8,910km²)이나 되는 방대한 와잇 마운틴을 효과적으로 볼 수 있는 방법이다.

안개비가 옷을 적실 만큼 내렸다. 차 창밖으로 빠르게 지나가는 나무들

은 벌써 고운 색을 잃어갔고 바람에 떨어진 잎사귀들만 세우細雨 속에서 붉은 색을 더 붉게 만들며 뒹굴었다. 연기가 깔린 듯이 뿌연 안개비 속에서 산은 더욱 높고 깊어 보였다.

가을이면 유난히 단풍을 타는 성격이다. 어느새 가을 산의 만산홍엽滿山紅葉이 붉은 색을 벗어 던지고 있었고 와잇 마운틴은 단풍에 대한 나의 갈망을 모르는 체, 진작부터 등을 돌리고 있었다. 버몬트 주라고 특별히 더 나을 것 같지는 않았지만 내친 김에 버몬트 주의 그린 마운틴 쪽으로 핸들을 꺾었다.

버몬트도 단풍이 벌써 지나가긴 마찬가지였다.

버몬트 하면 아름다운 단풍 외에 마술사의 손끝에서 줄줄이 빠져 나오는 수건처럼 딸려 나오는 연상聯想이 하니 있다. 소설 『북경에서 온 편지 Letter from Peking』 속의 스산한 버몬트의 겨울 숲이다. 1932년 소설 『대지 The Good Earth』로 퓰리처상을 받고 1938년에 노벨문학상을 탄 여류작가 펄 벽 Pearl S. Buck이 1957년에 출간한 소설이다.

주인공 엘리자벳이 남편의 편지를 기다리며 살고 있는 버몬트의 숲은 물론 내가 찾고 있는 형형색색의 화려한 숲은 아니다. 그것은 기다려도 오지 않는 소식처럼 마음을 마르게 만드는, 바스락 나뭇잎 떨어지는 소리조차 서러울 추운 겨울 숲이다.

엘리자벳은 조부가 남겨준, 버몬트 주 랠리에 있는 농장에서 17살 난 아들 레니와 함께 사는 미국 여성이다.

그녀는 어머니의 반대를 무릅쓰고 하버드 대학 출신의 중국계 미국인 제럴드와 결혼하여 중국으로 건너간다. 아들 레니가 12살 될 때까지 북경에서 살다가 중국이 공산화 되면서 백인들의 신변이 위험해지자 제럴드는 사랑하는 아내와 아들을 미국으로 보내고 자신만 혼자 중국에 남는다. 중국인과 백인의 피를 반반씩 나눠 가진 혼혈인으로서 중국에서 태어나고 자란 그는 중국이 자신의 나라임을 의심치 않는다. 자신의 조국인 중국을 버리거나 떠날 생각은 애초에 없다. 아니 떠나지 못한다. 그리고 마지막까지 대학 총장으로서의 의무를 다 하려 한다.

그렇다고 공산국가에서의 그의 입지가 탄탄대로로 열려있는 것은 아니다. 100% 중국인도, 100% 미국인도 아닌 그는 어디에서도 꼬리표 없는 완전한 환영을 받지 못한다. 중국에서도, 미국에서도 편견을 등에 업고서만 존재한다.

서방 국가와의 통신과 접촉이 금지된 공산국가에서 편지 왕래는 불가능하다. 몰래 제3국을 통해서만 비밀리에 전달될 뿐이다. 엘리자벳은 한 여름 가뭄 속의 단비처럼 몇 달에 한 번 전달되는 남편으로부터의 편지를 받기 위해 날마다 애타게 집배원을 기다린다. 그러나 간간히 받는 편지의 발신지가 북경에서 홍콩, 마닐라, 방콕 등으로 달라지는 것을 보면서 그녀는 그가 자유롭지 못하고 포로로 잡혀있다는 걸 직감한다.

정치적 그리고 인종적으로 다른 두 개의 세계, 동과 서 사이에서 사랑하는 이를 잃고 고립되는 아픔을 겪는 그녀는 다시 아들 레니가 커가면서 똑같은 인종문제에 부딪침을 알고 당혹해한다.

17살 레니가 여자 친구를 사귀면서 자신이 완전한 백인이었기를 바라는 것이다. 여느 백인들과 다른 자신의 존재를 곤혹스러워하며 갈등을 겪는 아들의 모습은 엄마의 마음을 천 길 벼랑 끝으로 떨어뜨린다.

기다리던 남편의 편지는 오지 않고, 자기 대신 남편을 잘 보살펴 달라고 간절히 기도했던 남편의 현지 처 매란으로부터 편지 한 통을 받는다. 남편의 죽음을 알리는 편지다. 기다리고 그리워하던 그에게서는 한 마디 마지막 말조차 없다.

그녀는 매란의 부탁대로 매란을 동생으로, 매란이 낳은 남편의 또 다른 아들을 레니의 동생으로 마음속에 받아들인다.

그녀가 안쓰러워 가슴이 먹먹해오는 걸 막지 못한다. 가슴 깊은 곳에서 슬픔인지 분노인지 모를 복잡한 감정이 올라온다. 어느새 비바람으로 바뀐 버몬트의 숲길을 달리며 엘리자벳의 아픔이 내 것인 양 기슴속에 파고든다.

이미 가버린 단풍은 아쉬워할 여유도 없이 기억 저편으로 가고 없다. 상념은 다시 인간의 본질과 자유를 외면하고, 사랑마저 갈라놓는 이데올로기란 무엇이며 왜 필요한지에 대한 의구심으로 남는다.

두 인종의 피를 똑같이 갖고 있으면서도 두 나라 모두에서 유언, 무언으로 거부당하고 차별 없이 받아들여지지 못하는 수많은 제2의 제럴드가 아직도 곳곳에 산재해 있음을 부정하지 못하는 현실이 안타깝고 슬프다.

4
디킨슨의 도시 애머스트(Amherst)

디킨슨의 생가 / 기념관

에밀리 디킨슨(Dickinson, Emily Elizabeth: 1830. 12. 10~1886. 5. 15)
매사추세츠 주 애머스트(Amherst, Massachusetts)에서 태어난 여류 시인. 사랑, 자연, 죽음, 영원
등을 주제로 한 1,775편의 시를 남겼다.

회색 비구름 사이를 비집고 나타난 조그만 햇살에도 눈이 부셨다. 계속되는 흐린 날씨와 비 오는 날의 우중충함에 눈이 익숙해진 탓이다.

매사추세츠 주에 들어선 지 이틀째 되는 날이었다. 해들리에서 하룻밤을 보낸 다음 날 아침, 애머스트대학 캠퍼스를 돌아보기로 했다. 학교 안에 애머스트 토박이인 여류 시인 에밀리 디킨슨 Emily Elizabeth Dickinson의 전시관과 시인 로버트 프로스트 이름을 딴 도서관 Robert Frost Library이 있어서다.

애머스트는 조그만 대학 도시다. 딸아이의 대학 재학 시절에 몇 번 왔던 곳인데 이젠 아이가 없으니 감회가 달랐다. 학부모로서가 아니고 방문객이라는 이유 때문일 것이다.

로버트 프로스트 도서관에 먼저 들어갔다. 여름방학이 끝나고 이제 막 새 학기가 시작되었다. 도서관 안엔 학생들로 꽉 차서 바쁘게 돌아갔지만 비에 젖은 내 발자국 소리가 크게 들릴 만큼 매우 조용했다. 공부하는 학생들이 방해 받지 않도록 한 바퀴 휘익 돌아 조용히 발을 들고 빠져 나왔다.

입구 쪽에 앉아 있는 안내인의 안내를 받아서 아래층에 있는 에밀리 디킨슨실로 들어갔다. 거기엔 시인에 관한 기록들과 사진이 유리관 속에 전시되어 있었다. 원고 속의 시인의 독특한 필체가 살아 움직이는 것처럼 꼬불거렸다. 운 좋게 사진을 찍어도 좋다는 허락을 받았다.

대학 캠퍼스에서 나와 11시에

에밀리 디킨슨의 시작노트

개관하는 에밀리 디킨슨 기념관으로 갔다. 대학에서 멀지 않은 곳이다. 기념관은 시인이 살던 집 The Homestead과 디킨슨의 오빠네 가족이 살던 집 The Evergreens으로 나뉘어 애머스트 중심 지역에 위치해 있었다.

디킨슨의 할아버지는 변호사로 애머스트대학을 세운 이 지방의 저명 인사였으며 아버지는 애머스트대학과 예일대학을 다녔고 주의원과 연방의원을 지낸 변호사였다. 오빠 역시 하버드 법대 출신의 변호사인, 디킨슨은 사회적으로 성공한 청교도 집안에서 태어났다.

그녀는 열일곱 살에 여자 신학교에 진학했지만, 공개적으로 신앙고백을 요구하는 등의 종교 형식에 회의를 느끼고 갈등하다가 10개월 만에 중퇴했다. 집으로 돌아온 이후로 그녀는 집안일로 시간을 보내면서 바깥 출입을 줄이고 사람들 만나는 일을 꺼렸다.

친구들과의 교류는 서신으로 했고 차츰 은둔생활로 빠져 들었다. 사람들과의 교류는 점점 줄어들어 나중에는 자신의 방 밖으로 나가지도 않았다. 왕성하게 사회 활동을 한 다른 가족들과 달리 그녀는 평생을 독신으로 시작詩作에만 몰두하며 칩거했다.

그녀는 30대 후반부터 항상 흰옷을 입은 것으로 알려져 있는데 그 이유에 대해서는 모두 추측일 뿐, 특별히 알려진 바가 없다. 그녀의 생애에 중요한 부분을 차지했던 학교 교장, 목사, 변호사, 판사, 편집자 등 여러 명의 남자가 주변에 있었지만 그들이 디킨슨의 시에 나타난 사랑이었는지, 로맨틱한 관계였는지는 분명치 않다.

디킨슨은 20대 후반과 30대 초반에 거의 1,100편에 달하는 시를 썼는데 그것은 그녀가 쓴 총 1,775편의 시 중 60%가 넘는 숫자다. 생전에 그녀의 시는 가족들과 일부 친지들 사이에서만 나뉘어 읽혀졌을 뿐 외부에 발표된 것은 손으로 꼽을 정도로 적어서 그녀가 살아있는 동안에는 시인으로서 대중의 주목을 받지 못하다가 사후에 1,147편의 시가 그녀의 캐비닛에서 발견되면서 시인으로서 재조명을 받게 되었다.

기념관은 시인이 살았던 오래된 집인 까닭에 집 안이 그리 넓지 않았다. 대부분의 뉴잉글랜드에 있는 기념관이 그렇듯이 좁은 통로를 따라서 제한된 인원이 안내인과 함께만 관람할 수 있었다.

대학도시답게 기념관엔 안내자 대부분이 젊은 학생들로 보였는데 앳된 안내인은 시인의 가족들과 생애, 소장품들, 작품, 유품 등을 설명하느라 이미 서늘해진 가을 날씨에도 땀을 흘렸다. 자신의 가족을 소개하는 것처럼 정성들여 설명을 늦추지 않는 순수함이 보기 좋았다.

관람은 대학에서 시를 가르치고 있는 현역 여류시인이 디킨슨의 시 1,775편에 대한 간단한 소개와 함께 아래의 시를 포함한 몇 편의 시를 낭송해 주고 함께 감상하는 것으로 마쳤다. 디킨슨의 시 대부분에 제목이 없듯이 아래의 시에도 제목이 없다.

지상에서 천국을 찾지 못한 사람은
하늘에서도 찾지 못한다.
그것은 천사들이 우리 옆집을 빌리기 때문이다,
우리가 어디로 옮겨가든 간에-

Who has not found the Heaven—below—
Will fail of it above—
For Angels rent the House next ours,
Wherever we remove—

내가 만약 누군가의 마음의 상처를 멈추게 할 수 있다면
나 헛되이 사는 것 아니리.
내가 만약 누군가의 아픔을 위로해 주고,
고통 하나라도 덜어줄 수 있다면,
또한 지쳐 떨어지는 로빈새 한 마리를
다시 제 둥지로 돌아가게 도울 수 있다면,
나 헛되이 사는 것 아니리.

If I can stop one heart from breaking,
I shall not live in vain;
If I can ease one life the aching,
Or cool one pain,
Or help one fainting robin
Unto his nest again,
I shall not live in vain.

애머스트 대학 내 디킨슨 실

지친 새 한 마리를 제 둥지로 돌아가게 돕기는커녕 도망가기 바쁠 나는
누군가의 아픔을 진정으로 아파해준 적이 있었던가.

5
달리며 생각하며

: 트로이에서 커밍턴까지

1. 밀레이의 '오후'

밀레이를 찾는 이들을 위하여

'밀레이의 예술촌' 이란 팻말이 붙은 집

에드나 쎄인트 빈슨 밀레이(Edna St. Vincent Millay: 1892. 2. 22~1950. 10. 19)

메인 주 록랜드(Rockland, Maine)에서 태어난 시인이자 극작가. 낸시 보이드(Nancy Boyd)라는 가명으로 산문을 쓰기도 했으며, 1923년 시 「하프 제작자(The Ballad of The Harp-Weaver)」로 퓰리처상을 수상했다. 「재생(Renascence)」, 「신의 세상(God's World)」, 「베토벤의 교향악을 듣고서(On Hearing a Symphony of Beethoven)」 등의 시를 썼다.

에드나 쎄인트 빈슨 밀레이 Edna St. Vincent Millay의 사적지 스티플탑 Steeple-top은 뉴욕 주 어스틸리쯔 Austerlitz에 있었다. 1923년에 퓰리처상을 받은 시인이 1925년부터 1950년 그녀가 죽을 때까지 25년간 살면서 시작에 힘쓰며 친구 문인들과의 사교공간으로 사용했던 곳이다.

트로이에서 스티플탑까지는 약 50마일, 1시간 거리다. 90번 동쪽 방향을 타고 내려가다가 작은 길로 들어서면서부터는(90번 도로 동쪽방향→타코닉 팍웨이 Taconic Pkwy → 203번 도로 남쪽방향→22번 도로 남쪽방향→힐 로드 Hill Rd) 길이 한산해졌다. 길 양 옆으로 높은 나무들이 울창하게 버티고 있었다. 길이 조용해서 말이나 마차를 타고 다니는 산촌의 깊은 숲 속을 가는 기분이 들었다.

스티플탑은 표지판을 확인하고 나서도 숲 속으로 난 길을 한참 들어가게 돼 있었다. 대낮인데 앞뒤에 자동차가 보이지 않았고 길가엔 인가가 없었다. 멀지 않은 곳에 고즈넉한 산사라도 있을 것 같은 분위기였다. 주변의 아름다운 풍경 또한 다른 세상 같았다.

포장된 길의 막다른 곳에 이르자 '밀레이의 예술 촌'(Millay Colony for the Arts)이라는 현판이 달린 건물 하나가 보였다. 그 아래쪽에 집이 한 채 있고 밭을 가로질러 건너편에 곳간으로 보기엔 엄청나게 커다란 가건물이 서 있었다. 무슨 공장처럼 보이기도 했다. 집은 문이 굳게 닫혀 있었고 집 안에 인기척은 없었다. 길 건너 언덕 위에도 집이 한 채 더 있었는데 울창한 5월 숲에 반쯤 숨겨져 있는 모양이 폐허 같기도 하고 은자隱者의 집 같기도 했다.

깨끗이 다듬어진 잔디밭은 곧 기울어질 하늘 위의 태양처럼 아래쪽으로 경사져 있었다. 파란 목초지를 바탕색으로 하여 내리막으로 비스듬하게 펼쳐진 숲과, 숲 가운데로 난 붉은 황톳길은 인적이 끊긴 산길같이 고적했다. 호젓한 스케치에 넋을 잃고 두리번거리는 동안, 가을 햇살은 숲 속에서 사람을 처음 만나기라도 한 것처럼 반가이 내 머리 위로 내려 쪼였다.

  버려진 듯, 고요하고 한적한 농가 마당의 그늘에서 벤치에 앉아 잠시 밀레이의 오후를 즐겼다. 그리고 나도 시인처럼 '태양 아래서 가장 즐거운 존재'가 되기를 소망했다.

언덕 위의 오후

나는 태양 아래서
가장 즐거운 존재가 되리라.
백가지 꽃을 만져보고
한 송이도 꺾지는 않으리라.

절벽과 구름을 바라보리라.
평온한 눈으로
바람이 풀을 고개 숙이게 하고
풀이 다시 일어나는 걸 지켜보리라.

그리고 시내로부터
불빛이 보이기 시작하면
나는 내 집이 어디인지 찾아내어
그곳으로 내려가리라.

Afternoon on a Hill

I will be the gladdest thing
Under the sun!
I will touch a hundred flowers
And not pick one.
I will look at cliffs and clouds
With quiet eyes,
Watch the wind bow down the grass,
And the grass rise.

And when lights begin to show
Up from the town,
I will mark which must be mine,
And then start down!

2. 백경과 애로헷(Arrowhead)

랜싱벽 집

허먼 멜빌(Melville, Herman: 1819.8.1~1891.9.28)
뉴욕에서 태어난 소설가이자 수필가, 시인. 『백경(Moby-Dick)』, 『타이피족(Typee)』, 『사기꾼(The Confidence Man)』, 『빌리 버드(Billy Budd)』, 『마디(Mardi)』 등의 작품이 있다.

트로이 랜싱벅(Lansingburgh, Troy)을 지나며

트로이 랜싱벅에 있는 허먼 멜빌 Herman Melville의 집, 2011년 9월 21일, 아침 9시쯤 도착했다.

관리 부족인지 곧 다시 보수를 할 것인지 금방이라도 허물어질 것처럼 집은 많이 훼손돼 있었다. 문은 닫혀있었고 마당 한쪽의 허먼 멜빌이 살았었다는 안내팻말이 아니었으면 잘못 찾은 줄 알고 돌아설 뻔 했다. 잡초가 수북한 마당을 걸어 들어가는 것조차 마음에 내키지 않았다. 전혀 사적지처럼 보이지 않았다. 마당 끝의 팻말이 잘못 꽂혔나하는 생각이 들어서 집 쪽으로 걷던 발길을 멈추고 돌아 나오려다 현관 앞에 색 바랜 표지판이 있는 걸 발견했다. 사적지 확인은 됐지만 들어가고 싶지 않았다. 무슨 흉악범이라도 숨어 있다가 튀어 나올 것만 같았다. 머리카락이 쭈뼷 올라서서 그냥 돌아섰다. 매사추세츠 주 피츠필드에 있는 멜빌의 또 다른 기념관 애로헷 Arrowhead으로 가던 길이었다.

일주일 후면 그가 죽은 지 꼭 120년이 되는 날이다. 특별한 기념행사라도 있을 법한데 흉가로 낙인찍힌 집처럼 온기 없이 조용한 것이 마음을 씁쓸하게 했다.

애로헷(Arrowhead)에서 백경을 보다

허먼 멜빌의 사적지 애로헷. 밀레이의 집 스티플탑에서 동북쪽 방향으로 20마일(약 32km, 40분 거리) 떨어진 곳. 매사추

허먼 멜빌

세츠 주 피츠필드시다.

허먼 멜빌의 집 '애로헤드'

길은 차가 밀리는 출퇴근 시간이 아닌데
다 차량이 적은 시골길이어서 애로헷에 도
착한 것은 예정 시간보다 이른 오후 1시쯤
이었다. 다행히 기념관이 열려 있었다. 다른 방문객
은 보이지 않았고 직원들 몇 사람만 자리를 지키고
있었다.

안내인으로부터 멜빌의 생애에 대해 들은 후 그
가 살았던 집 안팎을 돌아보았다. 13년간 살면
서 소설 『백경 Moby Dick』을 비롯해 『사기꾼 The Confidence-Man』, 『피에르
Pierre』 등 그의 대표작을 쓴 곳이다.

멜빌은 봄철에 땅을 파다가 집 주변에서 화살촉이 나온 걸 보고 집 이름
을 화살촉이라는 뜻의 '애로헷'이라 불렀다고 한다. 45에이커(약 55,088평)의
땅에 높게 앉아 있는 집과 건초를 보관하는 헛간을 제외하고는 온통 연한
그린 색이었다. 눈이 시원했다.

여러 해 동안 포경선을 타고 고래잡이 항해에 나갔다가 돌아온 후에는
여기에서 옥수수, 감자, 양배추 등을 재배하며 살았다고 한다. 안내인의 설
명이 없더라도 농사를 지었을 법한 크기의 끝 모르게 펼쳐진 넓은 땅을 보
면 농토였으리라는 걸 짐작하기 어렵지 않았다.

그러면서도 그는 언제나 바다를 마음속에 그리고 있었던가 보다. 그가

친구에게 보낸 서한에서 "이 시골에 땅이 눈으로 하얗게 덮여있는 걸 보니 바다에 떠 있는 것 같은 느낌이 드오. 아침에 일어나면 대서양 바다에서 배 안의 둥근 창을 통해 밖을 내다볼 때처럼 창문 밖을 바라보지요. 내 방은 배의 선실 같고 밤에 잠에서 깨어나 세찬 바람 소리를 듣는다오. 집 안이 온통 돛으로 차 있는듯하여 지붕 위로 올라가서 출범 준비를 하고 싶어진다오."라고 바다에 대한 그리운 마음을 내보였다.

멜빌이 바다로 본 이 평평한 대지 위에서 나는 『백경』의 선장 에이헙의 집념을 떠올린다. 다리 한쪽을 빼앗기고 의족을 달게 만든 하얀 고래 모비 딕에 복수할 것을 천명하는 에이헙. 모비 딕을 잡으려고 대서양에서 인도양으로, 그리고 태평양으로 쉬지 않고 항해하는 그 집착과 고집은 어디서 나온 걸까. 배의 나침반이 고장 나고, 폭풍우를 만나 배가 부서지고 선원들을 모두 잃은 상황에서도 포기하지 않던 에이헙의 병적인 끈기와 집념은 멜빌만의 것이리라. 마침내 모비 딕이 나타나자 사투를 벌이다가 고래를 작살로 찌르지만 작살줄에 자신의 몸이 감겨 모비 딕과 함께 바닷속으로 가라 앉고 마는 그를 멜빌의 모습에 겹쳐본다.

거친 파도와, 고래와, 난파된 배와, 삼킬 듯 달려드는, 끝이 안 보이는 망 망대해를 머릿속에 그려보며 하얀 고래 『백경』이 태어난 곳에 한동안 마음을 빼앗긴다.

윌리엄 브라이언트의 생가 / 기념관

3. 브라이언트의 '죽음에 대한 묵상'

윌리엄 컬른 브라이언트(Bryant, William Cullen: 1794.11.3~1878.6.12)

매사추세츠 주 커밍튼(Cummington, Massachusetts)에서 태어난 낭만파 시인이자 저널리스트, 신문 편집자. 「죽음에 대한 묵상Thanatopsis(Meditation on Death)」, 「물새에게(To a Waterfowl)」 등의 시가 있다.

저택 뒤에 있는 빨간색 곳간이 멀리서부터 상큼하게 눈에 들어왔다. 파란 초원 위에 기품 있게 서 있는 저택과 산뜻하게 조화를 이루어 어느 유명인의 그림 같았다. 집으로 들어가는 입구가 언젠가 봤던 영화에서처럼 깊숙하고 고풍스러웠다. 길 양 옆의 혈통 좋은 사탕단풍나무가 만들어준 그늘 밑을 달리며 자동차 창문을 열고 산들바람에 가을 잎 떨어지는 바삭

소리를 들었다. 볼에 닿는 바람의 감촉도 영락없는 가을이었다.

낭만파 시인이자 저널리스트이며 《뉴욕 이브닝 포스트》지의 편집인으로 50년을 지냈던 윌리엄 컬른 브라이언트 William Cullen Bryant가 어린 시절에 살았던 집이다. 이제는 국립 사적지로 지정되어 일반에게 오픈되고 있다.

브라이언트의 기념관에 도착한 것은 해가 서쪽으로 기운 오후였다. 피츠필드에서 동쪽으로 25마일(약 40km) 떨어진 커밍턴 시로, 멜빌의 집 애로헷에서 40~50분쯤 걸린 것 같다.

집으로 들어가는 길과 넓고 탁 트인 대지 위에 시원하게 위치한 것이 애로헷과 비슷한 분위기였다. 집 주변의 풍경은 대부분이 150여 년 동안 바뀌지 않은 그대로라는 안내인의 설명을 들었다.

브라이언트가 17세에 썼다는 그의 대표 시 「죽음에 대한 묵상 Thanatopsis」을 생각하며 찾은 곳이다. 의사이자 주 의회 의원이었던 브라이언트의 아버지가 아들 책상 위에 놓인 이 시를 보고 자신의 시와 함께 《노스 아메리칸 리뷰 North American Review》지에 제출하는 바람에 아버지 작품으로 잘못 발표되기도 했던 시다.

집 주변은 너무나 평화롭고 전원적이었다. 어떻게 이런 곳에서 초연하게 죽음을 맞으라는 시구 詩句가 떠올랐을까. 생존을 위한 피 터지는 투쟁이나 치열한 경쟁의 소음 속이 아니라서 오히려 가능했을까.

길 양 옆으로 높고 두툼하게 그늘 지워주는 나무 밑을 걸으며 한동안 9

월의 맑고 서늘한 바람을 맞았다. 잔디밭 너머로 비스듬히 기울어지는 태양빛이 나뭇잎 사이에서 반짝거렸다. 그의 시 「죽음에 대한 묵상」을 음미하기에 좋은 시간이었다.

죽음에 대한 묵상

...
그대가 조용히 세상 떠났을 때
그대가 떠난 것을 알아차리는
친구가 하나도 없다한들 어떠하리.
숨 쉬는 모든 만물이
그대의 운명을 함께 나눌 것이거늘.
...

적막한 죽음의 전당에 각자 자리를 잡아야하는
그 불가사의한 곳을 향해 가는
무수한 캐러밴의 행렬이 그대를 오라할 때
지하 감옥에서 극심한 고통을 당하며
어두운 밤에 돌을 캐는 노예처럼 끌려가지 말고.
한결같이 흔들리지 않는 믿음을 갖고
마음 편하게 묵묵히 죽음을 맞이할지니.
마치 포근한 잠옷을 몸에 두르고
기분 좋게 꿈길로 들어가는 것처럼.

Thanatopsis

...
and what if thou withdraw
In silence from the living, and no friend
Take note of thy departure? All that breathe
Will share thy destiny.
...

So live, that when they summons comes to join
The innumerable caravan which moves
To that mysterious realm, where each shall take
His chamber in the silent halls of death,
Thou go not, like the quarry-slave at night,
Scourged to his dungeon, but, sustained and soothed
By an unfaltering trust, approach thy grave
Like one who wraps the drapery of his couch
About him, and lies down to pleasant dreams.

　사람은 흙에서 나와 자랐으니 다시 흙으로 돌아가는 게 자연의 이치라고, 우리는 모두 자연으로 돌아가는 것이며 죽음이 걱정될 때는 밖에 나가 자연의 소리를 들어보면 고통이 덜어질 것이라고 시인은 말한다. 죽는다는 것은 혼자됨이 아니므로, 땅 속엔 이미 묻혀 있는 사람들이 있고 지금 살아있는 사람도 곧 죽어서 땅에 묻힐 것이므로, 죽어도 혼자가 아니라고 한다.

　죽음을 행복하고 즐거운 꿈속으로 들어가는 것처럼 생각하라는 시인의 말이 왠지 편안하게 가슴에 와 닿는다.

6
게리 씨네 농장

아침에 앞뜰에서 풀을 뽑고 있는데 옆집 게리 씨가 찾아왔다. 작은 소쿠리에 크고 작은 토마토를 담아가지고 부인 메리와 함께였다. 집에서 기른 것을 가져온 것이다.

게리 씨는 여느 농부들 못지않게 부지런하다. 제법 넓게 자리 잡고 있는 뒷마당 공터에 흙을 사다가 직사각형 모판을 여러 개 만들더니 그 속에 그럴 듯한 채마밭을 일구었다. 잔디가 있던 부분도 이젠 텃밭이 되었다.

이것저것 심고 가꾸기를 생업으로 하는 사람 이상으로 열심이다. 이사 오자마자 사과나무 몇 그루를 심는 것으로 시작했다. 그리고는 우리 뒷마당과의 경계선 부근에 도마도 묘목을 심고 아침저녁으로 물을 주며 가꾸기를 어린아이 키우듯 한다.

원래 그 집 뒤뜰에는 우리 집 뒤나 마찬가지로 낮에는 다람쥐가 나무를 오르락 거리며 과일을 모두 흠집 내기 일쑤고 땅 밑으로는 두더지가 판을 치는 곳이다. 게다가 밤에는 야행성인 라쿤이나 스컹크, 코요태 등살에 어린 싹이 남아나지를 못한다.

몇 해 전 우리 집 뒤에도 매실나무, 대추나무, 감나무, 아보카도, 레몬을

한 그루씩 심었었다. 제때에 거름을 제대로 해 주지 못해서이기도 했지만 우리의 손이 닿기 전에 놈들이 먼저 건드려서 수확을 본 것이라고는 감 몇 알 정도와 신 레몬뿐이었다. 물론 정성껏 키워내는 게리 씨의 열성과 재능이 없어서기도 하다.

게리 씨도 몇 번이나 놈들의 횡포에 포기하는 것 같았는데 이제는 본격적으로 채소밭 주변으로 단단한 철망을 치고 밤새도록 등을 켜 놓는다. 야행성 동물이 가까이 못 하도록 하자는 것이다. 그리고 날렵하게 생긴 개 헨리를 데려와 지키게 한다.

그런데 이 헨리란 놈이 나에겐 골칫거리다. 내가 뒤뜰에 나가 화초에 물이라도 줄라치면 어디서 나타나는지 쏜살같이 울타리 철망 사이로 얼굴을 내밀고 컹컹대는 것이다. 내가 저를 싫어하고 무서워하는 걸 알아챈 모양이다. 어떤 때는 너무 심하게 짖어 대서 울타리를 넘어오지나 않을까 염려되기도 한다. 게리 씨와 메리가 곧바로 불러들여서 조용하게 시키지만 그때뿐이다. 옆에서 메리가 친구라고 좋은 사람이라고 아무리 가르쳐줘도 놈은 막무가내다.

내가 싫어하는 걸 영민하게 아는 놈이 왜 메리의 말은 못 알아듣는지 모르겠다. 바보인 모양이다. 그 놈 때문에 주인이 번갈아 가며 나에게 사과를 하게 만드니 여간 민망한 일이 아니다.

이제 게리 씨네 집 뒤는 완전 농장이다. 오렌지와 레몬 나무, 자몽, 라임, 사과나무, 도마도, 고추, 이름 모르는 파란 채소 등이 뒷마당에 가득하다.

얼마 전부터는 닭장을 만들어서 닭을 또 여러 마리 키운다. 정성이 지극하니 농장 수확이 꽤 쏠쏠한 모양이다. 우리 집 뒤뜰에서 보면 나무마다 열매가 주렁주렁 달려 있는 게 마치 우리 것인 양 마음이 뿌듯하다.

나는 가끔 게리 씨네 풍성한 채마밭을 볼 때면 아스라이 잊었던 고향집이 생각나고 닭이 우는 소리가 들릴 때면 문득 어린 시절의 시골집에 있는 착각마저 든다.

내가 자란 고향집 뒤에는 울타리 너머로 작지 않은 텃밭이 하나 있었다. 거기엔 게리 씨네 채마밭처럼 언제나 먹을 것이 가득했다. 어렸을 때 식사 때가 되면 밭에서 고추 따오는 일은 내 차지였는데 한 입에 쏙 들어가는 작은 고추를 좋아하는 나는 고추가 크기도 전에 애리애리한 작은 것만 골라 따서 고추가 크지를 않는다고 어른들한테 꾸중을 듣기도 했다.

텃밭엔 머리에 하얀 수건을 쓰신 어머니가 언제나 계셨다. 방학 때 시골집에 내려갈 때면 언제쯤 자식이 올까 기다리느라 서성이시는 어머니를 텃밭에서 먼저 만났고 집을 떠나올 때는 점점 작아지는 자식의 뒷모습을 놓칠세라 동구 밖까지 눈을 못 떼고 바라보시던 곳이다.

그곳엔 마늘, 고추, 상추, 가지, 파가, 어머니의 손길이 닿았던 모든 것들이 어머니의 사랑처럼 언제나 가득했다.

4

친 구 이 야 기

1
마지막 강의

브랜다이스 대학교 캠퍼스

Old & New 의 조화

10월의 하늘엔 해가 없었다. 하루 종일 가는 비가 오더니 저녁때가 가까워지면서 폭우로 변했다. 빡빡한 3주일간의 동북부 여행 막바지였다.

브랜다이스대학교(Brandeis University)를 알게 된 것은 작가 밋치 앨봄 Mitchell David Albom의 논픽션 『모리와 함께 한 화요일 Tuesdays with Morrie』을 읽고 난 후였다. 이 대학교에서 만난 학생과 교수, 졸업 후 다시 만난 제자와 멘토, 옛 스승의 마지막을 지켜주는 학생과 죽음의 침상에서도 삶의 지혜를 들려주는 스승의 욕심나는 관계, 뜨겁게 가슴을 달궈주는 이야기였다.

쏟아지는 빗속을 뚫고 매사추세츠 주의 조그만 도시 월뗌에 있는 브랜다이스대학교를 찾았다. 1948년에 유태인들이 설립한 사립대학으로 캠퍼스 한쪽 코너엔 유태인 대참사의 희생자들을 기념하는 기념비가 세워져 있었다.

캠퍼스에서 제일 먼저 눈에 들어온 것은, 교정 언덕 위에 서 있는 고풍스런 벽돌 건물들이었다. 오래된 성곽 모양을 한 건물들은 학교의 전통을 알리는 나팔수 같았다. 그런가 하면 길 건너엔 21세기 첨단의 최신 건물들이 앞서가는 리더십을 외치며 깃발을 높이 올리고 있었다. 신구의 조화가 되는 것 같기도 하고 고풍과 모던이 마주 보고 있는 것이 짝짝이 양말을 신은 것처럼 엇박자로 보이기도 했다.

미치 앨봄(Albom, Mitch: 1958.5.23~)
뉴저지 주 퍼세이익(Passaic, New Jersey)에서 태어난 소설가이자 저널리스트. 『모리와 함께 한 화요일(Tuesdays with Mori)』, 『단 하루만 더(For One More Day)』, 『천국에서 만난 다섯 사람(The Five People You Meet in Heaven)』 등의 작품이 있다.

모리 교수와 밋치 앨봄의 끈끈한 이야기는 이 교정 어디쯤에서 만나 시작된 걸까.

　모리 쇼워츠 교수는 이 대학에서 35년간 강단에 섰고 학생들과 동료 교수들로부터 사랑 받던 사회학 교수다. 밋치 앨봄은 그의 강의를 수강하면서 그와 가까이 지냈고 졸업논문을 준비하는 동안 매주 화요일을 함께 보낸 특별한 인연이 있다.

　앨봄은 졸업 후 신문사의 스포츠 칼럼니스트로 일을 하며 성취감에 파묻혀 눈코 뜰 새 없는 바쁜 삶을 산다.

　그는 어느 날 심야 TV 프로그램에서 모리 교수를 본다. 졸업 후 16년 동안 잊고 있었던 스승이요, 훌륭한 멘토였던 그다. 졸업 후에도 계속 연락하겠다던 약속을 공수표로 떼고 십 수 년이 지나도록 한 번도 찾아보지 못한 일에 죄책감을 느낀다.

　모리 교수는 촛농처럼 몸의 신경이 녹아 버린다는 루게릭병을 앓고 있었고 앞으로 2년밖에 더 못 사는 불치병 환자로서의 삶과 죽음에 대해 쇼 진행자와 인터뷰 중이었다.

　앨봄은 모리 교수의 연락처를 알아내어 찾아간다. 노교수는 앨봄을 아주 잘 기억했고 몹시 반가워한다. 노교수의 숨소리는 메마르고 거칠다. 둘은 대학 때의 화요일 강의를 기억하며 화요일마다 다시 만나기로 한다.

　디트로이트에서 모리 교수의 집이 있는 보스턴까지는 비행기로 두 시간, 1,100km가 넘는 거리다. 앨봄은 화요일마다 비행기로 날아가서 나날이 사그라져가는 스승의 모습을 지켜보며 마지막 시간을 함께 한다. 휠체어를 밀어주고 발을 씻겨준다. 그가 좋아하는 하이비스커스 화분의 위치를 그가 잘 볼 수 있도록 바꿔준다. 그리고 그의 마지막 강의—삶의 의미와 죽음, 삶과 죽음을 받아들이는 태도와 가치관, 의식의 개방, 가족, 용서, 후회, 행복 등에 대한 주제—를 듣고 의견을 나눈다.

모리 교수는 앨봄에게 화두를 던진다.

"불치병으로 얼마 못 산다고 할 때, 시름시름 앓다가 스러져 죽을 것인가, 아니면 남은 시간을 최선을 다해 쓸 것인가?", "이 세상에서 그대로 물러날 것인가, 아니면 계속 뭔가 뜻있는 일을 하며 살 것인가?", "침대에서 누워 지낸다는 것은 바로 죽는 것이 아니겠는가?"

죽어가는 것은 단지 슬퍼할 거리에 불과한 것이지 불행한 것은 아니라며 죽는다는 생각과 화해하라고 그는 가르친다. 어떻게 죽어야 할지를 배우면 어떻게 살아야 할지도 알게 된다며 의미 없는 생활을 쫓느라 바삐 뛰지 말고 사회에 헌신하고 목적 있는 삶을 위해 힘쓰라고 가르친다.

앨봄은 모리 교수의 병원비를 구하기 위해 백방으로 알아보다가 그와의 만남을 책으로 쓴다. 책은 5개월간 뉴욕 타임스 베스트셀러 1위 자리를 지켰고 41개 국어로 번역되어 1,400만 부가 팔리는 성과를 올린다. 그렇게 모리 교수의 병원비는 마련된다.

50대에 들어섰을 때 친구 하나가 슬며시 내게 귀띔해주었다. "이젠 사진 같은 거 다 정리할 때라더라. 우리가 떠난 후 자식들한테 짐 되지 않게." 평소에도 사진 찍히는 걸 유난히 싫어하던 나는 그 후부터 사진 찍히는 게 무척 부담스러워졌다. 남편은 그런 나를 긍정적이지 못하다고 못마땅해했다. 나중에 때가 되서 버리면 될 것을 당장 큰일 난 것처럼 무슨 방정이냐는 뜻이었다.

원래 나는 못 말리는 걱정박사다. 올해처럼 시원한 여름에는 언젠가 들이닥칠 남은 더위가 걱정이고, 비가 와서 잔디가 예쁘게 파란 걸 보면 금방 커서 쳐내야 할 나뭇가지를 염려한다. 잦은 여행이 몸에 배어 있는데도 매번 장문의 편지를 유언처럼 아이들한테 써 놓고서야 길을 떠난다.

다행히 이제 사진 걱정 하나는 덜어졌다. 디지털 카메라라는 것이 있는 것이다. 사진을 프린트해 놓을 필요 없이 컴퓨터에 저장해 두었다가 언제든 보고 싶을 때 꺼내 보고, 싫으면 단추 하나로 없애버리면 그만이다.

이렇게 걱정이 태산이면서도 요즘엔 왜 그렇게 하고 싶은 일이 많은지 가슴 속에 헛바람만 잔뜩 들어 뒤뚱거린다. 마음을 비우고 욕심을 버리라는데 '할 일은 많고 시간은 없고'다. 디지털 카메라에 빠져서 밤 11시에 출사지로 떠나 밤을 꼬박 새우고 다음 날 밤에 돌아오기도 하고 수시로 길을 떠난다. 엉뚱하게 설쳐대는 나한테 친구들은 말한다. "아직도 그런 열정이 살아있다니 참 보기 좋다."

말은 그렇게 하지만 나는 모르지 않는다. "집 안에 들어앉아 손주나 볼일이지 이 나이에 무슨 수를 당하려고 웬 수선이냐." 하는 핀잔이 그 속에 숨어 있다는 걸. 그러나 난 아직 봐줘야 할 손주가 없으니 어쩌랴.

지난주부터 집안의 캐비닛 색을 바꾸느라 정신이 없다. 주름이 늘고 흰머리가 엄청 많아졌다. 며칠이면 끝난다던 것이 3주일이 넘어도 끝날 기미가 없으니 왜 안 그럴까. 캐비닛 속 물건들이 다 기어 나와 가관이다. 한 번도 쓰지 않은 박스 속 잡동사니가 산을 이룬다. 부질없는 탐욕창고를 아직 비우지 못한 탓이다.

이 하소연을 들은 친구가 또 한 마디 정면으로 쏘아댄다.

"이젠 대충대충 살자, 잉. 얼마나 살 거라고 캐비닛 색깔을 바꾸고 생난리냐." 옳으신 말씀이다. 그래도 친구여, 손녀에게 예쁜 옷 입히고 싶은 마음은 나이 들어서도 여전하지? 나도 그래. 기왕이면 다홍치마!

가파른 언덕길을 올라가는 것이 무리임을 모르지 않는다. 내려가는 것이라고 올라가는 것보다 쉽지 않다. 금방 뻣뻣해지는 허벅지가 거짓을 말할까. 언덕 너머에 오색 무지개가 있으리라는 기대가 헛것임을 묻지 않아도 세월은 야속하게 시시각각 일깨워준다.

그러나…. '나이는 숫자에 불과하다'고 달콤하게 속삭여대는 자기 기만성 주술에 홀딱 넘어가서가 아니다. 어쩌면 모리 교수의 애포리즘인 "침대에서 누워 지낸다는 건 바로 죽는 것", 아무것도 할 수 없다는 건 결국 죽은 거나 마찬가지라는 그의 말이 내 오두방정을 설명해주지 않을까.

그의 조언대로 마지막 순간까지 몸과 마음을 녹슬지 않게 하고 싶은 것뿐이다. 열심히 움직이다가, 때가 되면 가볍게 떠나는 철새처럼 마지막 시간엔 가던 길 멈추고 미련 없이 떠나는 것을 배우면서 말이다.

2
37년 후, 그 남

워싱턴 D.C.에서 미평화봉사단 기념행사가 있다는 메일을 받은 것은 한 달 전쯤이었다.

한국 정부는 지난 몇 년간 미평화봉사단의 일원으로 오래전(1966~1981) 한국에 나가 봉사했던 미국 봉사단원들을 한국으로 초청하고 있다. 일종의 감사행사 같은 것이라고나 할까. 봉사자들을 한국에 초청해서 그동안 한국이 얼마나 발전했는지, 그들의 봉사가 어떤 의미를 갖고 있는지 보여주자는 뜻일 듯싶다. 그동안 획기적인 성장을 이루어 낸 한국을 확인시킬 기회로, 홍보의 차원 또한 큰 몫을 했을 것이다.

누구한테나 젊음은 꿈 많고 아름다운 장미 밭이듯, 까마득하게 잊혀 가는 젊은 날의 황금기를 다시 끄집어내서 추억한다는 건 매우 즐거운 일이다. 초청 받은 이들의 호응은 매우 좋았다. 길게는 40여 년, 짧아도 30년 가까이 묵혀 두었던 자신들의 역사를 되짚어 보는 기회를 그들은 진심으로 반겼다.

오 헨리(O, Henry: 1862.9.11~1910.6.5, **본명**: William Sydney Porter)
노스캐롤라이나 주 그린스버러(Greensboro, North Carolina)에서 태어난 소설가. 「20년 후(After 20 years)」, 「경찰관과 찬송가(The Cop and the Anthem)」, 「마지막 잎새(The Last Leaf)」, 「크리스마스 선물(The Gift of the Magi)」 등의 작품과 단편집 『운명의 길(Roads of Destiny)』이 있다.

아마도 그런 움직임에서 시초한 것이 아닐까 싶은 비슷한 행사가 워싱턴 D.C.에서 9월에 열린다는 소식이었다. 이번엔 반대로 한국에서의 봉사를 마치고 미국으로 돌아와 살던 봉사단원들이 주관하고 주미 한국 대사관이 후원하는 형식 같았다. 한국에서의 봉사활동 기록을 전시하는 사진전시회를 시작으로 봉사단원이었던 이들의 재회의 장과 그들의 봉사활동에 참여했던 한국인 직원들에게 감사 표시를 하는 행사가 포함되었다. 몇 년간 그들과 함께 했던 인연으로 내게도 초대장이 보내진 것이다.

우연이었지만 동부 여행을 계획 중에 있던 터여서 참석하겠다는 메일을 띄우기까지에 망설임은 없었다. 마음은 바빠졌고 가슴에선 쿵쿵 소리가 났다. 누구를 만나게 될지 기대감이 높은 만큼 설렘도 컸다. 내가 가르쳤던 단원들도 있겠고 함께 일했던 동료직원들도 있을 터였다.

동료직원 중에는 대학 동기동창으로 함께 일했던 친구도 하나 있다. 워싱턴 D.C. 가까이 버지니아 주에 살고 있다는 말은 들었지만 서로 못 만난 지 30년이 넘는다. 그녀가 동부로 가는 길에 로스앤젤레스에 들려서 번개처럼 잠깐 만난 후로 소식이 끊겨버렸다.

대학 4학년 때라고 생각된다. 심리학 여교수님이 이런 말을 하셨다. 졸업하면 친구들과 헤어지기 전에 20년 후에 만날 곳을 꼭 약속해 둬라, 알에서 막 나온 거미 새끼 흩어지듯 졸업하자마자 뿔뿔이 헤어져서 다른 길을 가다보면 평생 만나지 못하는 일이 생기기도 한다, 뭐 이런 내용이었다. 지금이 어느 시대인데 무슨 고리타분한 그런 말씀을 하시느냐고 쿡쿡 거리며 우리들은 20년 후에 만나는 환상을 제멋대로 즐기곤 했다.

오 헨리O. Henry의 단편소설 「20년 후After 20 Years」에서도 그랬다.

뉴욕에 살던 절친한 두 친구는 헤어지면서 20년 후에 같은 자리에서 같은 시각에 만나기로 약속한다. 18살 밥이 한 밑천 잡겠다며 서부로 떠나고 20살 지미는 뉴욕에 남아 형제같이 지내던 두 청년은 서로 다른 길을 가게 된다.

20년이 흐르고, 약속한 날 밤, 밥은 약속 장소에 조금 일찍 나간다. 곧이어 형사가 된 지미는 밥이 지명수배된 범죄자라는 정보를 갖고 나타난다. 어둠 속에서 밥은 그가 지미인 줄 모르고, 지미는 그가 밥인 것을 확인하나 자신의 손으로 친구의 손에 수갑을 채울 수는 없다. 둘은 잠시 낯선 타인으로서 대화를 나눈다. 아직 약속 시간이 3분 남아있다.

지미는 밥에게 묻는다. 친구가 조금 늦는다면 기다리겠는가? 밥은 친구를 만나기 위해 천 마일이나 달려왔으니 물론 기다린다고 대답한다. 밥과 헤어진 지미는 돌아가서 동료 경관에게 임무를 대신 부탁한다. 경관은 지미를 가장하여 밥에게 접근하고 둘은 걸으면서 너무나 멀리 와 버린 20년을 이야기한다. 밝은 전등 아래서 밥은 그가 친구 지미가 아님을 알아차리게 되고 경관은 밥을 체포한다. 그리고 지미가 써 준 짧은 편지를 밥에게 건네준다.

편지에는 "밥, 나는 우리가 약속한 그 장소에 약속 시간에 맞춰 갔었다네. 자네가 성냥불에 담배를 붙일 때 자네가 지명수배 중인 사람이란 걸 확인할 수 있었지. 그러나 내 손으로 자네를 체포할 수는 없었어. 그래서 동료에게 부탁한 것이라네."라고 쓰여 있었다.

20년을 건너 뛴 세월이 있었지만 밥도 지미를 처음 만났을 때 이미 알아봤을지 모른다. 쫓기는 범죄자라면 적어도 갈 자리 안 갈 자리를 구별하지 못할 리 없다. 더구나 20년 동안 그리던 친구의 음성을 어떻게 잊을 수가 있겠는가. 막다른 골목으로 쫓기는 초라한 범죄자인 자신을 친구에게 맡기자는 생각은 아니었을까.

두 달 전, 오 헨리의 동상을 찾아갔을 때도 동상은 마치 소설 속의 밥처럼 초라해 보였었다. 오 헨리 동상은 그가 태어난 노스캐롤라이나 주 그린스버러 Greensboro, North Carolina시내 중심부에 있었다. 시청 앞 한 모퉁이, 노스 엘름 가와 벨르미드 가 N. Elm St.&Bellemeade St.가 만나는 곳에 세워져 있었는데 안내 표시도 없이 마당 한쪽에 서 있어서 몇 바퀴를 돌다가 겨우 찾았다.

전신상이 나무 그늘 밑에 혼자 묵묵히 서 있는 게 왠지 쓸쓸하게 느껴졌다. 아무도 관심 갖고 보는 이가 없어보였다. 그의 동상이 거기에 서 있다

오 헨리 전신상

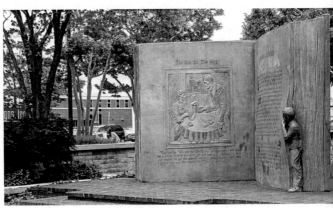

오 헨리 기념판- '크리스마스 선물'

는 걸 아는지 모르는지, 오히려 그곳을 찾은 낯선 두 동양인 얼굴에 더 호기심 있는 시선을 보내왔다.

동상 옆에는 그의 단편, 「크리스마스 선물 The Gift of the Magi」 속의 한 페이지와 아이들 모습이 새겨진 돌판이 바람을 막아 주고 있었다. 기대만큼 요란하거나 복잡하지 않아서인지 그가 까닭 없이 무척 외로워 보였다.

그의 순탄치 못했던 삶 때문인가 보다. 아버지가 의사였으나 세 살 때 폐병으로 어머니를 잃은 후 학교 교육도 제대로 못 받으면서 그는 외가로, 다른 친척집으로 전전한다. 약국에서 일하기도 하고 택사스로 가서 카우보이나 요리사 등으로 목장 일을 하기도 하면서 틈틈이 잡지나 신문에 글을 발표한다. 은행에서 일하다가 공금횡령죄로 감옥에 가기도 하고, 보석으로 나왔다가는 뉴올리언스와 온두라스로 도망을 다닌다. 아내의 병 때문에 돌아와서 다시 3년간 감옥생활을 하고, 아내의 사망 후에는 술에 의존해 지내다가 간질환으로 죽는…. 밥의 초상처럼 이렇게 롤러코스터 같은 삶을 살다가 쓸쓸히 죽어간 그가 기념탑의 미소한 규모와 접목된 때문일 것이다.

행사장에는 옛 봉사단원들과 그 가족들 그리고 직원들로 꽉 차 있었다. 홀을 메운 참석자들 사이에서 나는 37년이 만들어낸 변화를 벗겨내느라 열심이었다. 옛 모습을 찾기는 쉽지 않았다. 용케 금방 알아볼 수 있는 이도 있었지만 맞선 보는 자리처럼 상대를 이리저리 탐색해야 했던 이도 있었다. 시간이 지나면서 흐릿한 회색의 기억 속에서 옛 모습이 구석구석 튀어

나오는 게 신기했다.

　함박꽃 피우는 얼굴들, 하얗게 바랜 머리 밑에서 더욱 파래 보이는 눈동
자들, 세월을 잊고 단번에 되돌아 온 밝은 웃음소리, 그리고 힘차게 마주
잡는 거칠어진 손과 손이, 멀리 달아났던 시간들을 쪼으며 조금은 부담스
러웠을 37년간의 얼음을 깨는 작업에 들어갔다. 떨어진 천과 해진 천을 꿰
매며 만남은 천천히, 그리고 오랫동안 이루어졌다.

오 헨리 기념판

3
레너의 깊은 안개 속으로

가뭄에 사람들은 풍요로웠던 지난 날을 잊고
비가 많이 오는 때에는 가뭄의 각박했던 기억들을 잊는다

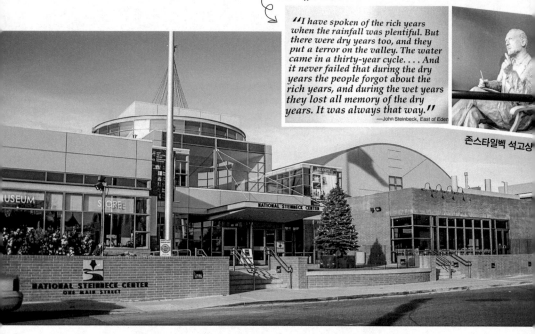

"*I have spoken of the rich years when the rainfall was plentiful. But there were dry years too, and they put a terror on the valley. The water came in a thirty-year cycle. . . . And it never failed that during the dry years the people forgot about the rich years, and during the wet years they lost all memory of the dry years. It was always that way.*"
—John Steinbeck, East of Eden

존 스타인벡 석고상

존 스타인벡(Steinbeck, John Ernst: 1902.2.27~1968.12.20)

캘리포니아 주 쌜리너스(Salinas, California)에서 태어난 소설가. 『분노의 포도(The Grapes of Wrath)』로 퓰리처상을 수상했고 1962년에는 노벨문학상을 수상했다. 『생쥐와 인간(Of Mice and Men)』, 『에덴의 동쪽(East of Eden)』, 『승부 없는 싸움(In Dubious Battle)』 등의 작품이 있다.

캘리포니아의 12월, 싸아한 새벽 공기가 쾌적하게 가슴에 닿는다. 아침 일찍 서둘렀는데 쌜리너스에 도착한 건 오후 3시가 넘은 시각이었다. 주인 없는 길가 농장에서 시간을 보내다가 작가 존 스타인벡 John Steinbeck의 국립기념관 National Steinbeck Center에 도착하니 겨울 낮의 따스하던 햇살이 벌써 스러져 가고 있었다.

기념관은 5시에 문을 닫는다. 겨우 1시간 남짓 남겨두고 있었다. 시간이 부족할 것 같아서 마음이 조급했다. 서두를 때면 늘 그러듯이 로스앤젤레스에서부터 5시간 동안 자동차에 묶여 있던 다리가 덩달아 뻣뻣해왔다.

기념관 인테리어는 노벨문학상 수상(1962) 작가 존 스타인벡의 작품 속 주요 배경인 농사라든지 농토나 노동자들을 상징하는 농기구와 소품들로 꾸며져 있었다. 앞쪽 유리관 속의 스타인벡이 하얀 석고 속에서 방문객들에게 얘기하며 환영하는 모습이 진지해 보였다.

기념관은 그의 문학 세계를 소개하는 유품들과 책들과 명언들로 가득 차 있었다. 뒤쪽 벽 한 면에 걸려 있는 일꾼들의 작업복과 모자와 작업화가 농기구들과 함께 '생쥐와 인간 Of Mice and Men'이라는 제목 아래서 시선을 끌

존스타일벡 국립기념관- 쌜리너스

었다.

1937년에 발간된 소설의 제목 『생쥐와 인간』이 스코틀랜드 시인 로버트 번즈 Robert Burns의 시 「생쥐에게 To a Mouse」라는 시에서 따 온 것이라는 안내인의 설명이 재미있었다. 문을 닫을 시간이 가까웠는데도 다른 기념관들과 달리 안내인 없이도 자유롭게 둘러보게 해 주었다.

『생쥐와 인간』은 작가 스타인벡 자신이 1920년대에 경험했던 떠돌이 노동자의 생활에 기반을 두고, 대공황 시기에 캘리포니아에서 여기 저기 일자리를 찾아다니는 뜨내기 일꾼들의 빈궁한 모습을 이야기한다.

농장 일을 찾아 떠도는 뜨내기 일꾼들 중에 죠지와 레니는 형제처럼 친구처럼, 그림자처럼 붙어 다닌다. 작은 체구의 죠지는 날렵하고 강단이 있는데 레니는 대부분의 거구들이 그렇듯이 서두는 법 없이 느긋하다. 덩치가 크고 힘이 장사인 레니는 일은 잘 하지만 지능은 어린 아이 수준이어서 가는 곳마다 사고를 친다. 악의는 없으나 자제 능력이 없으니 시한폭탄을 안고 노는 어린아이와 다를 바 없다.

죠지는 자기밖에 의지할 곳이 없는 이 사고뭉치를 뒷수습하는 일이 골칫거리이고 고역스럽긴 해도 내치지 않는다. 그런 죠지가 레니에게는 절대적인 존재다. 죠지 외에는 누구도 레니를 통제하지 못한다.

둘이는 언젠가 땅을 사서 함께 농장을 일구고 돼지와 토끼를 기르자며 소박한 꿈을 키운다. 사실 레니는 농장을 갖는 일보다 그저 부드러운 토끼를 실컷 쓰다듬고 싶은 생각 밖에 없다.

레니는 부드러운 촉감을 유별나게 좋아해서 주머니에 생쥐를 넣고 털을 쓰다듬다가 생쥐를 죽이거나 개의 부드러운 털을 만지다가 개를 죽이기도 한다. 죠지에게 야단을 맞으면서도 죽일 생각이 없었던 그는 뭐가, 왜 잘못됐는지 깨닫지 못한다. 그저 죠지가 아니라면 안 될 뿐, 죠지의 말을 자주 잊어버리는 게 문제지만, 죠지가 바로 그의 법인 것이다.

어느 날, 레니가 농장 주인의 말썽꾸러기 아내와 둘이만 있게 되면서 어처구니없는 대형 사고가 터진다. 그녀의 끈질긴 유혹으로 여자의 머리칼이 레니의 손에 닿자 레니는 머리칼을 만지기 시작한다. 여자가 빠져 나가려 할 때 레니는 멈추지 못한다. 그는 머리칼의 부드러움이 좋을 뿐 다른 아무 욕심이 없다. 여자는 그의 괴력에 놀라서 소리 지르고, 당황한 레니는 여자의 외침소리를 막으려다가 여자를 죽게 만든다.

죠지는 사태의 중대성을 파악 못하는 레니를 잡아끌고 함께 도망길에 오른다. 주인이 이끄는 사람들에게 쫓기면서도 태평하게 농장에 대한 꿈을 얘기하는 레니를 죠지는 어떻게도 구해낼 수 없다는 현실에 절망한다. 수렁 속에 빠진 돌처럼 그들에겐 더는 갈 곳이 없다. 둘이는 도망가던 길을 멈추고 앞뒤로 앉아서 얘기한다. 곧 갖게 될 꿈 속의 농장과 토끼와 돼지 얘기를…

죠지는 앞만 보고 앉아서 토끼 키울 이야기에 들떠 있는 레니의 머리 뒤로 총을 들어올린다. 농장을 빠져나올 때 훔쳐온 총이다. 레니를 성난 야수처럼 쫓아오는 사람들에 찢기도록 버려둘 수는 없다. 얼굴을 고정시키고 손을 똑바로 잡아 방아쇠를 당긴다.

자신들 소유의 농장을 가져보겠다는 젊은 노동자의 아메리칸 드림은 이와 함께 안개 속으로 사라진다.

존 스타인벡의 도시 쌜리너스. 도시를 둘러싸고 농토는 넓게 그리고 끝없이 펼쳐져 있다. 밭들은 저마다 텅 빈 채 겨울휴식을 즐기고 있다. 다가올 농본기의 북적거림과 몸살을 예견한 것인지 미리 몸을 단련시키고 있는 모양이다.

농토를 바라다보며 잠시 그의 작품 속에 들어가 있는 환상에 빠져든다. 그가 1940년에 퓰리처상을 받은 소설 『분노의 포도 The Grapes of Wrath』와 『에덴의 동쪽 East of Eden』이 여기서 태동했고, 『생쥐와 인간』 또한 여기서 25마일(40km) 떨어진 쏘울대드가 배경이다.

도로 주변의 밭을 바라보며 기념관 안에 있던 농기구들을 그 위에 올려놓아본다. 분주하게 돌아가는 농토들이 흙먼지로 뿌얗다. 『생쥐와 인간』의 풍경도 눈에 아스라이 들어온다. 바쁘게 움직이는 뜨내기 일꾼들의 구리 빛 얼굴과 거친 일손들. 봄이 오면 일자리를 찾아 떠돌아다니던 노동자의 행렬. 그 속에 죠지와 레니가 있다. 재빠르고 단단한 죠지가 앞에 그리고 거대한 몸집의 레니가 그 뒤를 바짝 따른다.

언젠가 그들만의 농토를 가져보겠다는 꿈에 둘은 부풀어 있다.

4
B&B가 남긴 것

빵굽는 냄새가 일품이던 버덱의 민박집

B&B(Bed and Breakfast), 그들의 독특한 아침을 나는 좋아한다. 아침에 빵 굽는 구수한 냄새와 향긋한 커피 향은 몸 속 구석구석의 솜털까지 깨워 놓는다.

글자 그대로 아침을 제공하는 B&B 스타일의 숙소는 한국의 민박과 비슷한 듯하면서도 기실 많이 다르다. 보통 일반 개인주택을 영업용으로 쓴다는 면에서는 같겠지만 B&B 숙소는 아침을 홈 스타일로 준비해주기 때문에 주인 가족과, 때로는 다른 여행객들과 함께 이야기도 나누고 교류할 수 있는 여유가 있다.

내가 처음으로 B&B를 이용한 것은 아들이 다닐 대학교를 정하기 위해 학교를 방문하던 때였다. 학교가 뉴욕 주 이타카에 있었는데 아이도 우리 부부도 가본 적이 없는 데다 학교 근처에 호텔을 찾으니 학교 촌이어서인지 마땅치가 않았다.

초행길인 만큼 학교에서 가까우면 좋겠다고 찾은 곳이 가정집에서 운영하는 B&B였다. 그때는 지금처럼 인터넷 사용이 자유롭지 못한 때였다. 공항에 내려서 약도를 알아보려고 숙소에 전화를 했더니 전화 속의 메리 아주머니는 장황하게 설명해주는 대신 선뜻 공항으로 데리러 나오겠다는 거였다. 길지 않은 동안이고 여행 목적이 아닌 때여서 차를 렌트하는 번거로움을 피하고 택시를 이용할 생각이었는데 전혀 예상치 못한 대답이었다. 대도시에서처럼 멀거나 복잡한 거리는 아니었지만 아주머니의 제안은 우리 일행의 첫걸음을 가볍게 해 주었다.

짐을 풀고 나서 저녁식사를 하기 위한 식당을 찾는 우리에게 아주머니는 늦은 시각이어서 아직도 문을 여는 식당이 있을지 모르겠다고 했다. 난감해 하는 우리를 보고 따로 식사준비를 해놓은 건 없지만 구워놓은 케이크랑 빵이 있는데 그걸 먹겠느냐고 했다. 낯선 지역에서 저녁 늦게 식당을 찾아다닐 일이 은근히 걱정이던 우리로서는 무엇보다 반가운 말이었다.

아주머니의 따뜻한 인정이 그릇마다 소복이 담겨 나왔다. 구수한 한국 시골의 것과 다름없었다. 인정이란 어디서나 같은 모양이다. 둥글고 말랑말랑하고 보드랍고 푸근하고 따스하다.

그리고 최근에는 캐나다 동부의 노바 스코시아 Nova Scotia 여행길에서였다. 케잎 브리튼 Cape Breton의 버덱 Baddeck이라는 곳에서 묵게 되었는데 역시 작은 도시여서 우리가 알 만한 이름의 호텔들이 없었다. B&B에 머물기로 했다.

숙소는 깨끗했다. 시골에서 그렇듯이 밤에도 현관문을 잠그지 않고 드나들었다. 호수를 마주보고 있는 2층 방으로 안내되어 짐을 풀었다. 오래된 집이어서 호텔처럼 편안하거나 편리하지는 않았다. 마룻바닥이 삐걱거리고 화장실은 방 맞은편에 복도를 사이에 두고 떨어져 있었다. 5월 하순인데도 추웠는데 난방이 제대로 되지를 않아서 썰렁했다. 앞으로 B&B는 다시 생각해봐야할 것 같다는 생각을 하며 잠이 들었다.

차가운 아침공기에 눈을 떴다. 해맞이를 할 수 있겠다는 생각으로 바로 앞 길 건너편에 보이는 브러도어호수 Bras D'Or Lake로 나갔다. 전날 체크인할 때 주인아저씨 쟌이 정해준 아침식사 시간까지는 두 시간 정도가 남아 있었다.

이른 아침 공기가 싸아 하니 신선했다. 흠뻑 들이키며 물 맑은 호숫가를 걸었다. 아침호수는 고요했고 물은 바닥에 있는 둥근 돌들이 다 보이도록 파랗게 맑았다. 파라다이스가 따로 없었다. 간밤에 삐걱 소리를 내던 마루는 더는 흠도 불평거리도 되질 않았다. 웬만한 불편쯤은 차라리 사치였다.

8시가 되자 숙박인들이 하나 둘씩 식당으로 모여들었다. 빵 굽는 냄새가 구수하게 식욕을 돋웠다. B&B라고 하기에는 큰집인 모양이었다. 한 테이블에 4커플씩 두 테이블에 나눠 앉았다. 우리 테이블에는 캐나다 알버타에서 온 부부와 미국 메인 주에서 온 부부가 함께 했다. 모두 처음 만나는 사람들이지만 자연스럽게 대화가 이어졌다.

멀지 않은 곳에 있는 그레이엄 벨 박물관으로 화제가 이어졌다. 전화기를 발명한 알렉산더 그레이엄 벨이 어느 나라 사람이냐에 대한 의견이 갈라졌다. 스코틀랜드에서 났으니 영국 사람이다(우리 생각), 캐나다로 이사 와서 오랫동안 살았으니 캐나다 사람이 맞다(캐나다 알버타 부부의 이론), 나중에 미국으로 귀화해 미국 시민이 되었으니 미국 사람이다(미국 메인 주 부부의 답) 등으로 설전을 벌이다가 랍스터는 이곳 노바 스코시아 것이 더 맛있느냐, 아니면 메인 주에서 잡은 것이 더 맛있느냐로 옮겨져 자기 고장 자랑에 아침 밥상의 대화가 풍성했다.

식사는 주인아저씨 쟌이 서브했다. 집에서 만든 잼과 크랜베리소스가 바

로 구워 낸 따끈따끈한 빵과 함께 나왔다. 싱싱한 블루베리와 씨리얼은 원하는 사람을 위해 한쪽에 따로 준비되어 있었다. 깔끔한 식탁이었다.

커피를 리필해 주던 쟌이 우리 대화에 끼어들었다. 식당 벽에 걸려 있는 그림들을 설명하더니 오래 보관하고 있었던 듯 책갈피가 너덜거리는 책을 들고 나왔다. 그리고 자랑이 시작됐다. 이집은 단순히 B&B가 아니다. 오래 전, 알렉산더 그레이엄 벨이 일을 하느라 자주 이용하던 곳이며 캐나다인으로 처음 비행기를 이륙시킨 맥커디 JAD McCurdy 가족이 살던 집이다. 그뿐인가. 모험가이며 저널리스트인 죠지 케넌 George Kennan 이 작업하고 러시아와 쿠바 여행 때 근거지로 삼았던 곳이라는 등 집에 대한 역사였다. 책을 돌려보며 흥미로워하는 사람들에 신이 난 쟌은 자랑을 멈출 줄 몰랐다. 잠시 집과 관련된 위인들에 대한 역사공부 시간이 계속되었다.

후식으로 나온 아이스크림을 먹으며 이것이 바로 B&B의 매력이 아닌가 하는 생각이 들었다. 그 지방의 진정한 아름다움과 역사나 특색을 알 수 있다는 학습지의 일등 모범답 말고도 다른 여행객들의 자랑거리를 들어주며 교류하는 새로운 만남은 신선하다. 긴 여행길에서 질릴 수 있는 식당 음식보다 집에서 만든 음식을 맛보는 것 또한 여행의 커다란 즐거움이다.

바람은 살짝 지나치면서도 흔적을 남긴다. 아무리 짧은 여행이라도 남는 것 하나 없이 의미 없이 운동화만 닳게 하는 일은 공허한 일이 아니겠는가.

5
메이의 눈물

딸네 집에 도착했을 때 문간에서 제일 수선스럽게 우리를 반긴 것은 메이였다.

딸이 들으면 분명 화를 내겠지만 메이는 솔직히 생긴 건 별로다. 상큼한 이름하고는 전혀 거리가 멀다. 앙증맞게 작기라도 하면 좀 봐 줄까, 적당히 투실투실한 것도 밉상이고, 별로라는 내 시선에 맞장 뜨겠다고 뚫어지게 쳐다보는 누리끼리한 눈도 마뜩찮다. 털 색깔도 흔해 빠진 회갈색이고 뭐 눈에 뜨이게 예쁘다거나 귀여운 면이 보이지 않는다.

메이는 딸네 집 고양이 이름이다. 번득이는 눈은 마치 내 속을 들여다보는 것 같아 섬뜩하기까지 하다. 아무튼 하나도 특이한 게 없고 마음에 드는 구석이라곤 없는 지극히 평범한 그저 그런 고양이일 뿐이다.

나는 고양이를 좋아해본 적이 없다. 옛날부터 고양이라면 검은 고양이의 살기가 연상돼서 가까이 하고 싶지가 않았다. 에드거 앨런 포 Edgar Allen Poe

에드거 앨런 포(Poe, Edgar Allan: 1809.1.19~1849.10.7)
매사추세츠 주 보스턴(Boston, Massachusetts)에서 태어난 시인이자 소설가. 『검은 고양이(The Black Cat)』, 『어셔 가의 몰락(The Fall of the House of Usher)』, 『모르그가의 살인 사건(The Murders in the Rue Morgue)』, 『풍뎅이(The Gold-Bug)』 등의 작품이 있다.

의 단편 소설「검은 고양이 The Black Cat」가 생각나서 그냥 으스스하다. 사실 소설「검은 고양이」에서 사악했던 것은 고양이가 아니라 주인공이었는데 고양이는 꼭 복수한다는 옛말과 접목이 되는 것이 소름을 돋게 했다.

「검은 고양이」에서 알코올중독자인 주인공에게는 여러 해 동안 어디를 가나 함께 다니며 아끼고 좋아하던 검은 고양이가 한 마리 있다. 어느 날 자신의 고양이가 술에 취하고 거칠어진 자신을 피하고 손에 상처를 입히자 발작적으로 악마와 같은 분노에 휩싸인다. 그는 칼로 고양이의 한쪽 눈을 파 버리고 나중에는 나뭇가지에 매달아 죽인다. 바로 그날 밤에 그의 집에 불이 나서 집을 다 태우고 그는 온 재산을 모두 잃는다. 다음날 그가 화재 현장을 보러 갔을 때, 집 한가운데 그의 침대 머리 쪽에 서 있던 타다 남은 하얀 벽에 마치 새겨놓은 것처럼 커다란 고양이 상이 하나 맺혀 있는 걸 본다. 그 목에는 그가 자신의 고양이에게 걸어준 것 같은 끈이 걸려 있는 것이다.

딸아이가 고양이를 한 마리 사왔다고 전화기 너머 들뜬 어조로 말했을 때 조금은 실망스러웠다. 왠지 고양이가 내 몸에 살을 대고 부벼 오는 것처럼 몸이 근질거리고 머리가 쭈뼛거렸다. 왜 강아지가 아니고 고양이냐고 추궁 아닌 추궁을 해대는 내게 딸아이는 별 저항 없이 말했다.

딸의 이론은, 강아지는 애기처럼 하나부터 열까지 손이 가야 하는데 자신은 그럴 만한 시간이 없다. 고양이는 제 자신이 몸도 닦고 뒤처리를 깔끔하게 하기 때문에 특별히 손 갈 일이 없어서 시간에 쪼들리는 생활 중에도 키울 만하다는 것이다.

사실 나는 그게 더 찜찜했다. 제가 제 몸을 핥아서 닦는다는 게 얼마나 깨끗할 것이며 제가 내놓은 분비물을 제가 알아서 처리한다는 게 오죽할까 싶었기 때문이다.

내가 고양이와 같이 살 일은 없을 거라고 철석같이 장담했던 일이 생각보다 일찍 현실로 들이닥쳤다. 딸아이를 방문해야 할 일이 생긴 것이다. 딸아이가 병이 나서 며칠 동안 밥을 못 먹고 있다는 걸 알고서 가만히 있을 수가 없었다.

시애틀 공항에 픽업 나온 딸과 함께 현관문을 들어섰을 때 문 앞에 앉아 있던 메이는 확실히 흥분해 있었다. 제 주인을 반기느라 꼬리가 돌아갈 지경으로 흔들면서도 생전 처음 보는 낯선 객 때문에 어리둥절한지 눈 굴리기를 쉬지 않았다. 나 역시 생면부지 첫 상봉에 반갑기는커녕 소름이 머리 끝에서부터 돋는 걸 어쩔 수가 없었다. 이것이 나와 메이의 감격적인(?) 첫 상봉이었다.

메이는 딸아이가 제 이름을 부르며 앞장서자 쫄랑거리며 따라 들어가더니 어느 틈에 여러 개의 여행 가방과 낯선 얼굴들로 어수선해진 상황에서 재빨리 빠져 나갔다.

　내가 그곳에 머무는 닷새 동안, 고맙게도 메이는 비교적 조용히 지내주었다. 먹는 시간 빼고는 늘어져서 잤다. 따뜻한 창틀 위가 아니면 스팀 가까이에서 게으름을 피웠다. 집 안에서 키우는 고양이어서 먹는 것도 제 밥그릇이 아니면 안 먹고 물도 제 물그릇에서만 먹으니 달리 신경 쓸 일이 없었다. 집안에 널려 있는 제 놀이기구 사이로 가끔씩 혼자 달리고 재주넘고 물어뜯고 하는 게 고작이었다.

　글 쓰는 게 직업인 딸은 늘 시간이 모자라 애쓴다. 주인이 항상 저와 놀아줄 수 없는 걸 아는지 메이는 책상 앞에 앉아 일하는 딸아이의 발끝에 앉아 가끔씩 깔짝거린다. 봐 달라는 뜻이다. 그래도 아는 척을 안 하면 날카로운 발톱으로 발을 할퀴어댄다. 동물도 사람처럼 주의를 못 받으면 심사가 사나워지는 법인가 보다.

　나한테로 와 보려고 은근히 다가오기도 하지만 나는 언감생심, 꿈도 꾸지 말라다. 내 서슬에 눈치 한 번 빠르다. 육탄공세는 못하도록 훈련 받은 모양으로 내가 먼저 저를 안기 전에는 달려들지 않는다. 그저 탐색의 끈을 놓지 않을 뿐이다.

　개나 고양이털에 알러지가 심한 아들한테 첫날부터 나타나기 시작한 반응이 점점 심해지고 있었다. 일 때문에 동행하지 못한 남편 대신에 짐을 들고 따라와 준 아들이다. 아들은 걱정했던 대로 재채기가 심하고 눈이 빨갛게 충혈되는 등 힘들어했다.

집안은 온통 털투성이다. 아무리 조심한다 해도 털에서 벗어날 수는 없었다. 짐을 털이 안 닿는 곳에 놓으려고 안전한 곳을 찾아봤지만 헛수고였다. 옷을 벗어도 딱히 놓을 만한 곳이 없고 잠자리 역시 털로부터의 해방은 불가능했다. 괜히 몸이 근시러웠다.

메이를 쳐다보는 내 눈길이 찌그러들었다. 옆에 와 기대려는 놈을 짜증스럽게 발로 건드리며 밀어냈더니 나를 보는 딸의 눈길이 곱지 않았다. 제 자식이라도 되는 양, 이뻐해 주지는 못 할망정 웬 구박이냐는 눈치였다.

누군가가 자식이 키우는 애완견하고 문제가 생기자 개는 내보낼 수가 없으니까 어머니가 나가라고 했다더니 지어낸 말이 아닌 듯하다. 나야말로 집 밖으로 떠밀려나기 전에 얼른 꼬리를 내리는 게 상책이었다.

메이를 입양할 때 딸아이는 메이가 전 주인한테서 훈련을 잘 받은 것 같다고 좋아했다. 부엌엔 절대로 들어가지 못하는 것으로 알고 있고, 제 밥이 아닌 음식에는 손을 대는 법이 없다. 책장 위의 선반같이 높은 곳에도 올라가지 않는다.

제 주인이 화장실에 들어가면 따라 들어가지 않고 문 밖에 몸을 세우고 앉아서 딸아이가 나올 때까지 기다린다. 참으로 신기한 일이다.

딸아이가 여전히 밥을 못 먹고 있었다. 약 처방을 받을 겸 병원에 데리고 가 진료를 마치고 들어온 날이었다. 보통의 경우는 밖에서 들어오는 대로 문 앞에서 기다리고 있는 메이를 안아주거나 손으로 등을 긁어주곤 하는데 몸이 힘드니 딸아이는 곧장 침대로 올라가서 누워버린다.

메이는 제 주인한테 뭔가 변고가 생겼다는 걸 즉각 감지한다. 똥마려운 강아지처럼 안절부절 못한다. 딸아이 방문 앞에서 잠시 서성대더니 열려 있는 방문 사이를 비집고 소리 없이 방 안으로 들어간다. 그래도 선뜻 침대로 따라 올라가지를 못한다. 침대 위에 늘어져 있는 제 주인을 보고 또 볼 뿐, 뒤에서 지켜보고 있는 내 거취는 안중에도 없다. 잠시 후 방문 안쪽에 자리를 정하고 조용히 앉더니 화장실 앞에서처럼 꼿꼿이 앉아 제 주인을 근심스럽게 올려다보는 것이다.

그 눈은 내가 첫날 움찔했던, 나를 꿰뚫어보던 당찬 눈은 아니었다. 눈은 켜켜이 염려와 슬픔으로 그렁거리는 것처럼 보였다. 그 눈에서 눈물이 반짝 하는 것 같았다. 저 마음은 어떨까. 아파 보였다. 메이를 향해 꽁꽁 언 내 마음의 얼음이 천천히 녹아 내렸다.

딸아이가 메이에게 오라는 손짓을 했다. 그제야 메이는 침대로 팔짝 뛰어 올라가 주인의 품에 안기며 얼굴을 파묻는다. 둘이 서로에게서 위안을 받는 모습이 사이좋은 친구 같고 형제 같았다. 포근하고 편해보였다. 내가, 어미가 줄 수 없는 위로이고 편안함인 것이다. 어미가 메이처럼 폴싹 딸에게 안길 수는 없지 않은가.

멀리 있는 부모형제가 가까이서 기쁨과 어려움을 함께 나누는 메이보다 딸한테 더 큰 도움을 줄 수 있다고는 말할 수 없다. 몸이 아플 때나 마음이 울적할 때 곁에 있어 주는 친구가 진정한 위로가 될 것임은 분명한 일이다.

메이의 딸에 대한 신뢰는 언제 깨질지 모르는 위험은 없다. 절대적이다. 예쁘지 않다고, 털이 많다고, 밉상이라고, 투정해서는 안 될 것을 메이의 근심 어린 눈은 말해 주고 있었다.

6
레드벗나무 한 그루

길 건너 앞집의 키이쓰 씨네와는 우리가 이 집을 짓기 전부터 알고 지냈으니까 12년을 훌쩍 넘게 봐온 지기다. 아주 가까운 사이는 아니어도 멀리서 보게 되면 손들어 "하이" 하고, 마주치면 악수하고, 차를 타고 가다가 서로 빗겨 지나갈 땐 손을 흔들어 아는 체하고, 얼굴만 아는 그런 뜻뜨미지근한 사이다. 이건 두세 달 전쯤까지의 얘기다.

그 날 아침, 우체부 차가 막 지나간 후였다. 편지를 꺼내러 밖에 나갔다가 키이쓰 씨 부인 낸시 여사와 마주쳤다. 편지함에서 편지를 꺼내던 여사는 우체통으로 다가서는 내게 손을 흔들어 보였다. 벌써 초가을로 접어들었다고 나무에선 잎사귀들이 하나씩 둘씩 잔디 위로 떨어졌다.

여사네 집 앞에는 잎사귀가 큼직한, 조금은 우아해 보이는 그런 나무 한 그루가 우리 집 쪽을 바라보고 서 있다. 잎사귀가 도톰한 느낌을 주는 그런 나무다. 그 나무도 사철 푸른 나무가 아니어서 잎사귀를 반쯤 잃은 상태다. 나무를 볼 때마다 무슨 나무일까 궁금했던 터여서 여사에게 물었다.

"저 나무 이름이 뭐지요?"

"레드벗나무일 걸요, 아마."

"어디서 사오셨어요?"

"잘 모르겠네요. 키이쓰가 사 온 거니까 그이한테 물어봐 드릴게요."

휴지통으로 곧장 들어갈 정크메일을 골라내며 여사가 말했다. 우편물이 너무 많다보니 버려야 할 메일을 잘 가려서 곧바로 버리지 않으면 정작 중요한 우편물이 휴지에 휩쓸려 버려질 때가 있어서다.

"감사합니다. 나뭇잎이 참 보기 좋아요."

우린 서로에게 다시 손을 흔들어 보이며 헤어졌다.

며칠이 지난 후, 저녁때였다. 밖에 나갔다가 집에 돌아와 보니 현관문 앞에 웬 비닐봉지로 싼 키가 제법 큰 뭔가가 하나 벽에 비스듬히 기대져 있었다. 싸리나무처럼 비쩍 마른 나뭇가지 하나가 위로 비죽이 나온 게 보였다. 잎사귀가 하나도 없는 것이 누가 버린 것이거나 아니면 장난치느라 던져 놓은 것 같았다. 자세히 볼 필요도 없어 그대로 놔두었다가 학교에서 밤늦게 돌아온 아들에게 웬 것인지 물어봤다.

"앞집 키이쓰 씨가 낮에 가져온 건데요. 엄마 드리라고." 한다. 그제야 그게 뭔지 알 것 같았다. 레드벗나무였다. 낸시 여사의 말을 들은 키이쓰 씨가 사 온 게 분명했다.

다음 날 낮에 고맙다는 인사도 할 겸 키이쓰 씨네 집으로 갔다. 내가 누른 인터콤에 대답해준 사람은 바로 키이쓰 씨였다. 친절하게도 키이쓰 씨는 문 밖으로 나와서 레드벗나무 심는 법을 상세하게 가르쳐주고 심을 장소도 골라주었다.

남편과 나는 앞뜰에 커다랗게 땅을 파고 물을 많이 준 다음 레드벚나무를 정성들여 심었다. 그곳은 2년 전 배나무를 심었던 곳인데 네 그루 중 하나가 죽어서 휑 하니 이가 빠진 곳처럼 보기 싫던 곳이다. 키이쓰 씨가 지정해 준 장소도 바로 그곳이었다. 나무가 아주 가느다란 게 여려보였다. 살리지 못하고 죽이면 어쩌나 하는 걱정이 먼저 들었다. 키이쓰 씨가 사다 준 나무를 그가 보는 앞에서 죽게 할 수는 없는 일이었다.

나무를 어떻게든 살려내야 하는 일 외에 우리에겐 또 하나의 숙제가 남아 있었다. 이제 감사의 표시를 어떻게 해야 할까 였다. 한국적인 걸 찾고 싶은데 도무지 아이디어가 떠오르질 않았다. 갈비나 불고기 같은 음식은 대부분 외국 사람들이 좋아하니까 무난할 테지만 육류를 안 먹는 사람일 수도 있고 음식 취향이 다를 수도 있으니까 조심스러웠다. 과일은 특별할 게 없는 데다 키이쓰 씨네 앞마당엔 여러 종류의 과일나무가 빼곡하게 들어차 있다. 자몽, 오렌지, 대추, 레몬 등등 보기만 해도 입 안에 신맛이 도는 과일밭이다.

선물이란 어느 누구에게나 마찬가지겠지만, 특히 서양 사람들에게는 과하지도 말고 빈약하지도 않아야 했다. 넘치면 의아해서 불편할 것이고 약하면 기분 언짢을 일이기 때문이다.

남편과 둘이 고심 끝에 생각해 낸 것이 한국 배였다. 서양 배는 달지만 아삭 하는 맛이 없고 단물이 많지 않다. 우리 집에서 키운 것이라면 좋겠지만 우리 집엔 열매는 맺지 않고 꽃만 피는 배나무 몇 그루가 있을 뿐이다.

벌레와 벌이 꼬이는 게 싫다고 내가 우겨서 열매 맺지 않는 걸로 사다 심었으니 누굴 탓할 것인가. 시장에서 구할 수밖에. 다행이 배가 한창 나올 때여서 좋은 배를 구할 수 있을 것이었다.

그렇게 해서, 어린아이 머리통만한 배가 키이쓰 씨네로 건너갔고, 키이쓰 씨네의 잘 익은 자몽이 우리 집으로 건너왔다. 다음엔 홍삼차가 건너갔고 키이쓰 씨네 베리가 건너왔다. 홍삼차가 씁쓸하다며 꿀가루를 함께 가져갔더니 키이쓰 씨네는 뒤뜰에서 직접 양봉을 한다고 해서 한바탕 웃고는 다시 들고 왔다. 키이쓰 씨가 다음에는 포도 묘목을 주마고 했는데 목까지 올라온 벌레가 싫다는 말은 삼켜버렸다.

그 이후부터 키이쓰 씨네하고는 각별하게 지내오고 있다. 서로의 따뜻한 마음을 주고받는다.

나는 때때로 "가는 말이 고와야 오는 말이 곱다."보다 "오는 말이 고와야 가는 말이 곱다."에 많이 끌리는 편이다. 고운 말이 오는데 어찌 가는 말이 험할 수 있겠는가. 내가 먼저 잘 하지 않아도 된다는 사실에 무한한 매력을 느끼는 것이다. "가는 게 있어야 오는 게 있다."는 말은 좀 부담스럽다. 옹졸함 때문이다. 내가 먼저 노력해야 된다니 말이다. 먼저 손을 내밀어야 할 때조차도 자주 꾸물거린다.

키이쓰 씨는 아주 자연스런 방법으로 이웃 간의 정 나눔을 가르쳐 준 것이다. 키이쓰 씨의 레드벗나무 한 그루가 없었더라면, 그가 먼저 손을 내밀어주지 않았다면 지금과 같은 푸근한 이웃의 정을 나누게 되었을까 되짚어본다.

5

작 지 만 가 장 거 대 한

1
작지만 가장 거대한

    뉴잉글랜드 지방 답사 길은 숨이 무척 가빴다. 3,000여 마일(약 4,828km) 되는 이곳과의 간격은 하루 8시간씩 5일을 운전해야 닿을 수 있는 단순한 물리적 거리가 아니었다. 내가 사는 로스앤젤레스와 뉴잉글랜드는 서부와 동부, 그리고 남쪽과 북쪽의 문화적 차이를 두루 가지고 있었다.

    스트레스는 길에서부터 시작됐다. 뚫렸다고 다 길이 아니듯 길이라고 마음 놓고 달릴 수 있는 곳이 아니었다. 잘 포장된 도시길 같다가 금방 시골길처럼 좁고 한적한 외길로 접어들기도 했다. 고속도로는 돈을 받는 톨 로드가 많아서 미리 알아보고 들어서야 했고 운전 제한속도가 로스앤젤레스 지역보다 낮은 것이 편하게 달릴 수 없게 만들었다. 시내 길에선 보행자 우선이 철저하게 지켜졌고, 길을 찾느라 자칫 방심하면 운전 규칙을 모르거나 안 지키는 노란 얼굴의 맹맹이로 알아 지나가는 차들이 빵빵댔다. 심할 때는 지나가는 이의 가운데 손가락이 불쑥 튀어 올라오기도 했다.

    매사추세츠 주의 콩코드에서였다.

    콩코드는 사방 25.9마일(약 67.4km) 크기로 지도상에서는 작은 점 하나로밖에 보이지 않는 도시다. 2010년 인구집계에 따르면 인구 17,668명 중 백인

90.8%, 아시아인 2.9%, 히스패닉 2.8%, 흑인 2.2%, 기타가 1.2%다.

그러나 내가 만난 도시 콩코드는 결코 작지 않았다. 점 하나의 이 도시는 230여 년 전, 막강했던 대영제국에 대항하여 독립, 즉 미국의 자유와 독립을 이끌어냈던 곳이다. 역사 속에 찬란한 한 페이지를 장식한 도시. 그에 대한 긍지가 온 타운에 스며있다. 독립전쟁의 최초 격전지였던 만큼 전쟁 당시의 민병대 긴급 소집병을 기념하는 동상을 비롯하여 영국군과의 전투가 벌어졌던 싸움터, 길, 다리 등을 문화적·역사적 사적지로 지정하여 곳곳에서 기념한다. 한 마디로 콩코드는 기념관과 유적지로 도배된 역사와 문화의 도시였다. 이렇게 풍성한 역사가 도시에 흘러넘치도록 깔려 있다는 사실이 보는 마음까지 흐뭇하게 했다.

콩코드는 이름 있는 사상가와 문필가, 그리고 저명한 문학인들을 낳은 곳이기도 하다. 사상가이며 철학자인 랄프 왈도 에머슨과 데이빗 소로, 교육가 브론슨 앨콧, 소설가 루이자 메이 앨콧과 나다니엘 호손 등 굵직굵직한 문인들이 이곳에서 동시대에, 그것도 아주 가까이에서, 함께 숨 쉬며 교류하고 살았다는 사실이 무척 흥미로웠다. 그리고 사후에도 같은 곳, 슬리피 할로우 묘지 Sleepy Hollow Cemetery에 함께 잠들어 있다는 것이 꼭 드라마 '전설의 고향'에서 꾸며낸 픽션 같았다. 생전에 가까이 살며 교류한 이들이 사후엔 기념관 안에서 그리고 영원한 영혼의 쉼터에서까지 함께 한다는 것이 그저 놀라울 뿐이었다.

콩코드가 갖고 있는 부유한 역사와 사상과 철학, 그리고 문학은 조용하고 평화스러운 한 조그만 도시가 가질 수 있는 한계 밖의 무게였고 위엄이었다. 주민들이 민병대를 조직하여 자신들의 모국이었던 영국 군대에 맞섬으로써 미국 독립전쟁의 시발지가 되고 결국은 독립을 이루게 했다는 그런 도시를 어떻게 소화해야 할까. 콩코드가 미국을 낳게 한 곳이라는 표현이 터무니없는 과장은 아닐 것이다.

콩코드의 매력은 자료 수집을 계획할 때부터 마음을 사로잡았었다. 데이빗 소로의 『월든』을 다시 읽으면서 그의 '오두막'이 있었던 월든호수를 상상했다. 「큰 바위 얼굴」과 『주홍 글씨』를 쓴 나다니엘 호손과 『작은 아씨들』이 살았던 '과수원 집', 진정한 성공이 어떤 것인지 가르쳐 주는 에머슨을 생각하며 도시에 빠져들었다.

콩코드를 지도와 역사 기록만 갖고 이해한다는 건 어림없는 일이었다. 두 번의 방문을 통해 접한 수일간의 현장답사는 여전히 코끼리 다리 만지기였을 뿐이고, 설렘과 긴장과 기대감 속에서 보낸 콩코드 여행은 아직도 많이 미흡하다.

작가 헨리 제임스 Henry James가 『미국 기행』에서 말한 것처럼 콩코드는 정말 '미국에서 작지만 가장 거대한 곳 the biggest little place in America'이라는 생각에 의심이 없다.

"세상에서 가장 존중 받을 만한 곳 most estimable place in all the world, 콩코드에서 낳았다"고 자랑한 콩코드 토박이 헨리 데이빗 소로의 도시를 걸으면서 생각하며 흥분하고 즐거워했던 날들이 어느새 그리워진다.

2 에머슨의 '성공이란'

랄프 왈도 에머슨

The Home of
Ralph Waldo Emerson
from 1835 - 1882
Author • Philosopher • Poet
── **Hours** ──
Thurs - Sat: 10 - 4:30
Sun & Holidays: 1 - 4:30
Adult $8 • Ages 7-17, 62 & over $6
Call: 1-978-369-2236

케임브릿지 턴파이크와 렉싱턴가 코너에 있는 에머슨의 집 / 사적지

랄프 왈도 에머슨(Emerson, Ralph Waldo: 1803. 5. 25~1882. 4. 27)
매사추세츠 주 보스턴(Boston, Massachusetts)에서 태어난 수필가이자 철학자, 시인, 사상가. 『자연(Nature; Addresses and Lectures)』, 『영국의 특성(English Traits)』, 『일상(The Conduct of Life)』 등의 작품이 있다.

시인이자 수필가이며 사상가인 랠프 왈도 에머슨 Ralph Waldo Emerson의 집은 생각만큼 작지도 조촐하지도 않은 제법 규모가 큰 네모난 이층집이 었다. 세계적인 철학자이며 자연관을 가진 사상가이기에 까닭 없이 조촐한 작은 집을 연상했었나 보다.

집은 1828년에 지어진 것으로 1835년부터 에머슨이 살기 시작하여 보수하고 확장하여 브론슨 앨콧 부녀와 데이빗 소로 등 많은 철학자, 문학인, 논객들의 모임장소가 되었던 곳이다. 대부분의 사적지가 국가 소유이거나 사회단체 이름으로 유지되고 있는 것과는 달리 아직도 에머슨 후손들이 소유하고 있다는 게 조금 뜻밖이었다.

에머슨은 보스턴에서 태어났지만 생의 대부분을 이곳 콩코드에서 글을 쓰며 살았다. 아마도 19세기 미국에서 가장 잘 알려진 사상가이자 철학자이고 시인이 아니었나 싶다. 7대에 걸쳐 성직에 있던 그의 종교적 배경은 그가 범신론적 자연관으로 교회와 충돌하면서 성직을 떠나게 만들지만 그의 사상적 배경에서 종교를 떼어놓을 수는 없는 것 같다.

입장료 8불을 내고 안내원을 따라 집 안으로 들어갔다. 밖에서 본 집은 큰 저택이었는데 내부는 대부분의 옛날 집처럼 통로가 좁아서 정해진 인원으로만 움직여야했다. 그의 철학과 사상을 뒷받침하는 서한들과, 메모, 스케치 등 기념품들로 집 안이 가득 차 있어서 더 좁아 보였다.

실내장식이나 전시품들 대부분이 몇몇 복제품 (*주- 오리지널은 콩코드 박물관과 하버드 대학에 소장되어 있음)을 제외하고는 오리지널이고 에머슨 가족이 살

앗을 때와 다르지 않게 진열되어 있다는 안내인의 설명을 들었다. 200년 전의 무대에 내가 동참하는 기분이 구름 위를 걷는 것처럼 묘했다.

안내인은 에머슨이 미국과 유럽을 광범위하게 여행하며 사람들에게 전달하고자 했던 정신적 통찰력, 교육, 정치적 파워에 대한 강의와 글에 대해 설명을 곁들였다. 짧은 시간이었기는 해도, 그래서 깊고 넓은 그의 세계에 몰입하지는 못 했다 해도, 구경꾼의 자세로나마 그에 대해 듣고 볼 수 있었다는 것이 고마웠다. 함께 설명을 듣는 다른 방문객들의 표정이 경건해보이기까지 했다.

날마다 오늘이 제일 좋은 날이라고 가슴에 새기라는 그의 말이 신선하게 가슴에 와 닿았다. 그의 집에서 그를 만난 오늘은 정말 멋진 날이었다.

그를 좀 더 많이 이해할 수 있도록 공부라도 좀 하고 왔더라면 알아듣기 쉬웠을 것을, 늘 그러듯이 아쉬움만 앞 세웠다.

돌아 나오다가 5불을 주고 『콩코드의 작가들』이라는 작은 책자를 샀다. 거의 동시대에 살았던 문인 다섯 명―랠프 왈도 에머슨, 헨리 데이빗 소로, 나다니엘 호손, 에이머

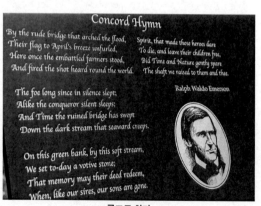

콩코드 찬가

스 브론슨 앨콧, 루이자 메이 앨콧—의 연보를 차트로 그려놓은 것인데 책
속에는 다음과 같은 에머슨의 시 한 장이 들어 있었다. 우연히도 그것은 내
가 책상 옆에 붙여놓고 자주 읽어보는 시였다.

성공한다는 것은

자주 웃고 많이 사랑하는 것
지혜로운 사람들로부터 존경받고
아이들에게서 사랑 받는 것
정직한 비평가들에게 인정받고
거짓된 친구들의 배반을 견뎌 내는 것
아름다움에 감사하는 것
다른 사람에게서 선을 찾아내는 것
자기 자신을 아낌없이 주는 것
건강한 아이를 기르든
마당의 땅 한 뙈기를 가꾸어서든
보다 나은 사회적 환경을 만들어서든
이 세상을 조금 더 좋은 곳으로 만들어 놓고 떠나는 것
열광적으로 즐기고 웃으며
환희에 가득 차 노래하는 것
당신이 있음으로 해서
단 한 생명이라도 삶이 좀 더 수월해진 것을 아는 것
이것이 바로 성공한 것이다.

To Have Succeeded

To laugh often and love much;
To win respect of intelligent people
And the affection of children;
To earn the approbation of honest critics
And endure the betrayal of false friends;
To appreciate beauty;
To find the best in others;
To give one's self;
To leave the world a little better,
Whether by a healthy child,
A garden patch,
Or redeemed social condition;
To have played and laughed with enthusiasm
And sung with exultation;
To know even one life has breathed easier
Because you have lived.
This is to have succeeded.

　내용이 에머슨의 자연사상과 철학에 부합되지 않는다고 출처를 의심하는 사람들도 있다지만 나에게는 늘 잊지 말고 기억하기를 바라는, 시라기보다는 교훈 같은 말들이다. 값있는 삶은 이런 것이라고 꼭 집어 준다. 가슴 속에 찔리는 것, 켕기는 것이 너무 많다.

　내가 있음으로 해서 단 한 사람의 삶이라도 나아지게 될 수 있을까.

3 앨콧 가의 '오처드 하우스'

브론슨 앨콧이 지은 철학학교

루이자 앨콧의 아버지 에이머스 브론슨 앨콧

브론슨 앨콧(Alcott, Amos Bronson 1799. 11. 29~1888. 3. 4)
코네티컷 주 월컷(Wolcott, Connecticut: 현재의 Farmingbury)에서 태어난 작가이자 교육자, 철학자.

루이자 메이 앨콧(Alcott, Louisa May 1832. 11. 29~1888. 3. 6)
펜실베이니아 주 저먼타운(Germantown, Pennsylvania)에서 태어난 소설가. 『작은 아씨들(Little Women)』, 『병원 스케치(Hospital Sketches)』, A.M. Barnard라는 필명으로 쓴 『긴 운명적인 사랑 이야기(A Long Fatal Love Chase)』와 『폴린의 정열과 형벌(Pauline's Passion and Punishment)』 등의 작품이 있다.

1. 에이머스 브론슨 앨콧(Amos Bronson Alcott)

에머슨의 집을 나와 렉싱턴 길로 들어섰다. 동쪽 방향으로 반 마일쯤 떨어진 곳에399번지, 앨콧 가의 집이 나온다. 당시로서는 신교육가였던 에이머스 브론슨 앨콧의 집이고, 그의 딸이며 소설 『작은 아씨들 Little Women』을 쓴 루이자 메이 앨콧(Louisa May Alcott)이 살던 집이다.

집을 살 당시에는 사과 과수원이던 곳이어서 '과수원 집 Orchard House'이라는 이름이 붙었다. 채식주의자이던 가족들이 과일과 채소를 얻기 위한 선택이 아니었나싶다.

에머슨과 소로, 마거릿 풀러 등과 친목하고 교류했던 아버지 브론슨 앨콧은 당시의 전통적이던 체벌방식보다는 학생들과 대화하며 교류하는 신교육방법에 중점을 둔 신교육 주창자였다. 그의 교육이론은 어릴 때의 교육이 지속적으로 훗날의 상상력과 도덕적 삶에 영향을 미친다고 믿었고 교육이 즐거운 경험이 되어야 한다는 데에 강한 신념을 갖고 있었다.

그는 자신이 실험학교를 세워서 당시로서는 획기적인 음악, 체육, 무용, 자연공부, 일기 쓰기 등을 교과 과정에 넣어 교육하고 흑인 아이들의 입학을 허가함으로서 주위의 강한 반대에 부딪쳐 개혁자로서의 어려움을 겪었다. 그는 또 여성의 투표권을 지지하는 등 여권을 옹호하고 노예제도의 철폐를 위해 활발히 활동했다.

'오쳐드 하우스'는 옛날 앨콧 가가 살던 때의 모습과 다름이 없고 집 안에 진열된 가구들 역시 19세기 중반의 것으로 가족들이 쓰던 오리지널 그대로라고 했다.

브론슨 앨콧이 헛간을 개조하여 만들었던 콩코드 철학학교가 '오쳐드 하우스' 왼편 뒤에 그대로 서 있었다. 건물이라기보다는 허술한 창고처럼 다 쓰러질듯 힘겹게 서 있는 형상이었다. 그러나 초라한 모습 그대로를 두 세기 가까이 보존하여 오늘날에도 여전히 여름학교와 특별 강의장으로 쓰고 있다는 사실은 의외였다. 단순히 남는 공간을 이용하자는 뜻인지, 아니면 브론슨 앨콧의 신교육철학을 지지하는 뜻에서인지는 알 수 없으나 옛 것을 귀히 여기고 철저히 보호, 유지하고 있는 마음에서 밝은 빛을 본다.

2. 루이자 메이 앨콧(Louisa May Alcott)

브론슨 앨콧의 둘째 딸 루이자 메이 앨콧. 그녀는 어린 시절 소로에게서 교육을 받기도 했는데 주로는 신교육자 부모, 특히 아버지로부터 철저한 정신교육을 받았다. 가정이 경제적으로 어려워서 어릴 때부터 바느질이나, 임시교사, 가정 도우미 등 일을 해야 했으므로 공교육은 제대로 받지 못했지만 에머슨이나 호손, 소로 같은 저명한 친지 작가들과 교류하며 자연스럽게 그 사이에서 창작에 대한 가르침을 받았다.

LOUISA MAY ALCOTT

Although best known for her children's books, Louisa was also the author of many short stories, "blood-and-thunder" tales, and novels. Before she was recognized as an author, she helped support her family in other ways, often working away from home. Louisa took her experiences, including many from her childhood at The Wayside, and created from them the most popular and enduring novel of a family – *Little Women*. Mothers and daughters all over the world have found that it captures most typically their closest relationships.

Louisa May Alcott.

어려운 가정환경의 중압감 속에서 글쓰기는 그녀에게 창의적이고 감성적으로 발전하는 출구가 되었고, 17세 때 에머슨의 딸을 위해 썼던 이야기를 모은 처녀작 『꽃의 우화 Flower Fables』를 1849년 세상에 내어놓았다.

남북전쟁이 일어나자 그녀는 간호병으로 참전하여 6주 동안 병원에서 일했는데 그때 자신이 써 보냈던 편지를 수집하여 1863년에 『병원 스케치

'작은아씨들' 정원

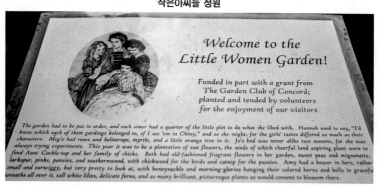

Welcome to the Little Women Garden!

Funded in part with a grant from
The Garden Club of Concord;
planted and tended by volunteers
for the enjoyment of our visitors

The garden had to be put in order, and each sister had a quarter of the little plot to do what she liked with. Hannah used to say, "I'd know which each of them gardings belonged to, ef I see 'em in Chiny," and so she might, for the girls' tastes differed as much as their characters. Meg's had roses and heliotrope, myrtle, and a little orange tree in it. Jo's bed was never alike two seasons, for she was always trying experiments. This year it was to be a plantation of sun flowers, the seeds of which cheerful land aspiring plant were to feed Aunt Cockle-top and her family of chicks. Beth had old-fashioned fragrant flowers in her garden, sweet peas and mignonette, larkspur, pinks, pansies, and southernwood, with chickweed for the birds and catnip for the pussies. Amy had a bower in hers, rather small and earwiggy, but very pretty to look at, with honeysuckle and morning-glories hanging their colored horns and bells in graceful wreaths all over it, tall white lilies, delicate ferns, and as many brilliant, picturesque plants as would consent to blossom there.

Hospital Sketches』를 펴내면서 문단의 주목을 받았다.

그리고 1868년, 이 '오처드 하우스'에서 자전적 소설 『작은 아씨들 Little Women』을 써서 발표했다. 아버지 브론슨 앨콧을 소설 속 작은 아씨들의 아버지 모델로 한 이 책은 출간되자마자 큰 상업적인 성공을 거뒀고 영화로도 제작되어 지금까지 변함없는 사랑을 받고 있다.

그녀는 노예폐지를 위해서도 활발한 활동을 했다. 그녀의 가족들은 도망 나온 흑인노예들이 숨을 수 있는 비밀장소 루트를 제공하고, 실제로 노예를 일주일씩 집에 숨겨주거나, 노예제도가 없는 주나 캐나다, 멕시코 등지로 그들이 피할 수 있도록 도와주는 지하운동에 가담했다. 그녀는 여권신장을 위해서도 힘을 썼는데 콩코드 학교 이사회 선거에서 여자로서는 처음으로 투표자 등록을 한 것으로 기록되었다.

4 호손의 '웨이싸이드'

나다니엘 호손(Hawthorne, Nathaniel: 1804.7.4~1864.5.19)
매사추세츠 주 쎄일럼(Salem, Massachusetts)에서 태어난 소설가. 『주홍 글씨(The Scarlet Letter)』, 『일곱 박공의 집(The House of the Seven Gables)』, 『블라이쓰데일 로맨스(The Blithedale Romance)』, 「큰 바위 얼굴(The Great Stone Face)」 등의 작품이 있다.

앨콧 가의 집 '오처드 하우스'를 지나면 동쪽으로 바로 옆에 '길가 집 The Wayside'이라는 표지판이 걸린 저택이 나온다. 단편 「큰 바위 얼굴 The Great Stone Face」로 우리에게 잘 알려진 작가 나다니엘 호손 Nathaniel Hawthorne이 살았던 집이다.

호손은 매사추세츠 주 쎄일럼의 엄격한 청교도 집안에서 태어나 그곳에서 자랐다. 1842년 초월주의자인 쏘피아 피바디와 결혼한 후 콩코드로 이사하여 에머슨의 조부가 지은 집, 당시 초월주의 사상의 중심이었던 올드 맨스 The Old Manse에 세 들어 살며 신혼 생활을 시작하고 콩코드의 매력에 푹 빠졌다.

그 후 직장 때문에, 또는 그의 대표작 『주홍 글씨 The Scarlet Letter』를 발표

'웨이싸이드' 뒷산- 산책 길

하여 대성공을 거두는 등 작품 활동을 할 때, 그리고 영국 리버풀 영사로 나가 있었을 때, 또 유럽을 여행하면서 잠시 프랑스와 이탈리아에서 산 동안에는 콩코드를 떠나 있었지만 그 외에는 다시 콩코드로 돌아와 살았다.

이 '웨이싸이드'는 앨콧 가가 살면서 '산비탈 집 Hillside'이라고 불렸던 집이다. 앨콧 가가 옆집 오처드 하우스로 이사 가게 되자 호손이 사서 '길가 집 The Wayside'이라고 이름을 바꿨다. 호손이 죽는 날까지 살았던 집인데 현재는 기념관이 되어 일반에게 공개되고 있다.

아늑한 산책길이 옆으로 나 있고 소나무 숲이 집 주위를 둘러싸고 있어서 싱그러운 솔잎의 향기를 맡으며 산책하기에 아주 좋은 곳이었다.

*주- 2년 전에는 기념관 본채와 옆의 곳간 모두 내부 투어가 가능했었는데 안타깝게도 올해는 건물이 모두 보수 중이어서 관람이 불가능했다.

5 월든호수와 소로의 오두막

이젠 자리만 남고 사라진 소로의 오두막 자리

"I WENT TO THE WOODS BECAUSE
I WISHED TO LIVE DELIBERATELY,
TO FRONT ONLY THE ESSENTIAL
FACTS OF LIFE,
AND SEE IF I COULD
NOT LEARN WHAT IT HAD TO TEACH,
AND NOT, WHEN I CAME TO DIE,
DISCOVER THAT I HAD NOT LIVED."
THOREAU

헨리 데이빗 소로(Thoreau, Henry David: 1817. 7. 12~1862. 5. 6)
매사추세츠 주 콩코드(Concord, Massachusetts)에서 태어난 시인이자 철학자, 자연주의자, 노예 폐지
론자. 『콩코드와 메리맥 강가에서의 일주일(A Week on the Concord and Merrimack Rivers)』, 『월
든, 숲 속의 삶(Walden, or Life in the Woods)』, 『시민 불복종(Resistance to Civil Government,
or Civil Disobedience)』 등의 작품이 있다.

〈소로가 오두막을 지었을 당시의 공법으로 만든 오두막과 그 내부〉

콩코드에서의 둘째 날이다. 사상가이며 자연주의 철학자인 헨리 데이빗 소로 Henry David Thoreau의 오두막을 보러 가기 전에 그가 태어난 생가를 먼저 보러 나섰다.

소로의 생가 / 농장

봉사자들의 손을 빌려 유기농으로 재배한 농작물을
모두 쉘터로 보낸다는 '소로 farm'

'소로 농장'이라는 이름이 붙은 소로의 생가는 버지니아 길 341번지에 있었다. 콩코드 방문센터에서 동쪽으로 2.5마일 정도 떨어진 곳이다.

그곳은 농장이라기보다는 도시의 여느 보통 집과 다름없어 보이는 아담한 하얀 이층집이 길 앞에 하나 서 있고 그 뒤로 커다란 채마밭이 있는 정도였다. 집 옆에는 유기농 채소가 자원봉사자들에 의해 키워진다는 내용이 담긴 초록색 팻말이 서 있었다. 자원봉사자들이 키운 수확물은 무상으로 쉘터(보호소)나 급식소 또는 식료품 저장소로 보내진다고 되어 있었다. 그것은 자연주의자 소로의 이상을 실천하는 농장이라는 뜻으로 풀이될 수 있을 것 같았다.

집 안은 일반에게 공개하는 시간이 제한되어 있었다. 5월부터 10월까지 토요일과 일요일만 공개한다는 것이다

뒤쪽에 있는 밭으로 난 길을 따라 들어갔다. 몇 발짝 발을 들여놓기도 전에 유기농 농장이라는 말을 확인시키려는 것처럼 벌레들이 사방에서 맹공을 가해왔다. 손발로 휘저어 쫓아보려 했지만 달콤한 양식만 먹다가 느끼해졌는지 매콤하고 영양가 있는 한식이 놈들에게도 인기인 모양이었다. 무시무시한 살충제의 죽을 맛을 못 봐서 무서운 게 없어 보였다. 나도 눈에 보이지 않는 미세한 존재들한테 질소냐, 괜한 호기를 부리며 농장을 한 바퀴 더 둘러보다가 머리부터 발끝까지 강제 헌혈을 몇 번씩이나 더 당하고 나서야 월든호수를 향해 떠났다.

월든호수의 산책길

월든 호수

월든호수를 끼고 나 있는 산책로를 따라 한참 들어가니 호수의 북쪽 끝에 있는 숲 속에 소로가 2년여 살았던 오두막 자리가 남아 있었다.

소로는 『콩코드와 메리맥 강가에서의 일주일 A Week on the Concord and Merrimack Rivers』을 쓰기 위해 조용히 지낼 만할 곳을 찾고 있었다. 책은 얼마 전에 죽은 그의 형을 추모하기 위한 것이었다. 소로의 친구이며 멘토였던 랄프 왈도 에머슨이 월든호수에 있는 자신의 땅에 집을 짓도록 권고했고 소로가 그 권고를 받아들여서 오두막집을 지은 것이다.

방은 가로가 10피트(약 3m)에 길이가 15피트(약 4.5m)밖에 안 되는, 침대하나, 책상 하나, 의자 3개가 겨우 들어갈 정도의 작은 크기였다. 소로는 콩과 채소를 기르며 최소의 공간에서, 최소한의 필요를 충족시키며, 기본적인 것으로만 자급자족하고 사는 삶이 어떤 것인가를 실험하고자 했다.

그는 1845년 7월 4일에 오두막집으로 들어가서 1847년 9월 6일까지 2년 2개월 2일을 사는 동안 명상하고 묵상하며 철학적 반추로 영감을 얻으려 했다. 거기서 『콩코드와 메리맥 강가에서의 일주일』을 탈고하고, 『월든 Walden』의 초안 작업을 했으며, 여러 편의 수필을 썼다. 오두막을 떠난 후에도 그는 다시 돌아와서 빈 터에 백송을 심는 등 깊은 애정과 관심을 끊지 않았다.

그 후 그 오두막의 일부는 1872년 화재로 없어졌고 나머지는 1938년 허리케인 때 큰 나무들이 집 위를 덮치면서 쓰러져서 지금은 돌로 표시된 자리만 남아 있다. 오두막이 있던 자리에 주인 없는 비석처럼 썰렁하게 붙어 있는 팻말에는 "내가 숲 속으로 들어간 이유는 신중한 삶을 살기 위해서, 인생의 본질적인 사실들만을 직면하기 위해서, 그리고 인생에서 꼭 알아야 할 일을 과연 배울 수 없는지 알아보기 위해서, 그리고 죽음의 순간에 이르렀을 때 제대로 살지 못했다는 사실을 알게 되지 않도록 하기 위해서였다(I went to the woods because I wished to live deliber-ately, to front only the essential facts of life. And see if I could not learn what it had to teach and not, when I came to die, discover that I had not lived)."라고 쓰여 있다.

그가 말한 '제대로 사는 삶'이란 무엇을 의미하는 것이었을까. 평생 동안 미국의 노예제도를 강하게 비판하며 당시엔 반역이나 다름없는 노예제도폐지 지하운동에 참여하고 대중에게 바른 메시지를 전달하고자 했던 숨 가쁜 노력을 말함일까.

월든호수를 나와서 126번 도로를 건넜다. 그리고 주차장 옆에 있는, 당시의 오두막을 재현시켜 놓은 조그만 캐빈을 찾아 들어갔다. 소로의 글 속에 묘사된 대로 가능한 오리지널에 가깝게, 그리고 그가 지었을 당시의 공법으로 전기나 현대장비를 이용하지 않고 나무를 베어 지은 것이라는 설명이 붙어 있다.

캐빈 안에 들어가서 그가 남긴 말들과 글들을 떠올려본다.

천국은 우리 발밑에 그리고 머리 위에 있다.
(Heaven is under our feet as well as over our heads)

우정이란 언어는 단순한 말이 아니라 의미이다.
(The language of friendship is not words but meanings)

일과 말과 친구에게 진실하라.
(Be true to your work, your word, and your friend)

내가 친구를 위해 할 수 있는 최대의 것은 단순히 그의 친구가 돼주는 것이다.
(The most I can do for my friend is simply be his friend)

소로의 교훈대로 최소한의 필요만으로 생활하기 위해서는 욕심내지 말아야 할 것을, 조그만 것 하나 버리는 일에도 인색한 나는 아직도 얼마나 많이 끌어안고 살고 있는가.

6
지위의 평등과 독립을 위한 그들

1. 올드 맨스(The Old Manse)

모뉴먼 스트릿 Monument Street에 있는 고택古宅 올드 맨스 The Old Manse. 국립 사적지로 지정된 곳으로 콩코드의 정치적, 문학적, 사회적 중심이 되었던 역사를 갖고 있다. 뒤뜰 아래에는 콩코드 강이 흐르고 미국 독립 역사의 뚜렷한 획이 되는 올드 노스 부릿지 Old North Bridge를 내려다본다.

올드 맨스는 1770년에 사상가 에머슨 Ralph Waldo Emerson의 할아버지가

올드 맨스

죠지안 스타일로 지은 집이다. 에머슨이 그의 초월주의의 근간이 되는 저서 『자연관 Nature』의 초고를 썼고 초월주의의 센터가 되었던 곳이다. 1842년 신혼의 나다니엘 호손의 입주를 위해 헨리 데이빗 소로가 채마밭을 만들어 주고 호손이 3년간 세 들어 살며 콩코드에 빠져들었던 집이기도 하다.

1775년, 당시 영국의 지배하에 있던 주민들이 영국으로부터의 독립을 쟁취하기 위해 민병대와 긴급 소집병들을 모집하여 영국 군대와 맞서 싸웠던 렉싱턴-콩코드전투. 그 첫 격전지가 바로 저택의 뒷마당 너머 아래쪽에 있다. 당시 그 집의 주인이었던 에머슨의 할아버지네 가족들은 집에서 전쟁의 진행 상황을 다 내려다보았다고 한다. 지금은 국립 사적지로 지정되어 국립 민병대 역사공원 구역 안에 있다.

2. 긴급 소집병(Minuteman)과 올드 노스 브릿지(Old North Bridge)

영국 정부와 영국령에 사는 매사추세츠 주 주민들 사이에는 10년 가까이 조세에 대한 정치적 분쟁이 계속되었다. 영국은 식민지 주민들에게 많은 세금을 부과했고 식민지 상인들의 이익금조차 상당 부분을 세금으로 영국 정부에 내야 했다. 타국과의 무역도 영국을 통해서만 가능했다. 식민지 주민들은 영국 국민으로서의 똑같은 권리를 주장하고 세금을 줄여달라고 본

노스 브릿지

국에 요청했으나 영국은 이를 무시하고 식민통치로 다스리려 했다. 가혹한 식민 통치에 대한 식민지 주민들의 불만은 점차 누적되어 본국에 대한 분노와 원망은 점점 커져갔다. 차츰 영국으로부터의 독립과 혁명의 필요성에 대한 목소리가 터져 나오기 시작했다.

영국은 영국 왕실에 불만을 갖고 있는 매사추세츠 주 주민들의 민란을 우려한다. 1775년 4월 18일 영국군을 콩코드로 출병시켜 콩코드 시민들이 사적으로 비축해 놓은 무기들을 뺏고 군 장비 파는 가게들을 모두 없애도록 명령한다. 영국은 그렇게 무력으로 주민들을 통제하여 민란을 막고 진압하면 잠잠해질 것으로 믿었지만 주민들의 저항은 더욱 거세져만 간다. 영국군이 무기와 탄약을 뺏으러 보스턴에서 콩코드로 온다는 소식을 전해

들은 콩코드 민병대와 긴급 소집병들은 농부들까지 전력으로 소집하여 대항하기에 이르고 무력 충돌은 불가피하게 된다. 영국군과 콩코드 민병대 및 긴급 소집병 간의 접전이 올드 노스 브릿지에서 시작되고 따라서 올드 노스 브릿지는 미국 독립전쟁의 시발점이 된다.

에머슨의 저택 올드 맨스 뒷마당에서 바라다보면 그리 멀지 않은 곳에 다리가 하나 보인다. 바로 올드 노스 브릿지다. 나무로 만든 다리로 보행자 전용이다. 영국으로부터의 독립을 위해 긴급 소집병을 모아서 싸웠던 렉싱턴-콩코드 Lexington-Concord 전투의 첫 격전지여서 '전투 다리'라고 불리기도 했던 이 다리는 전쟁 당시 있었던 다리의 복제품이다.

올드 노스 브릿지를 건너면 7피트(약 2m) 크기로 화강암 발판 위에 서 있는 긴급 소집병의 동상 Minuteman Statue을 볼 수 있다. 워싱턴 D.C. 링컨 메모리얼에 있는 에이브러햄 링컨의 동상을 만든 조각가 대니얼 체스

민병대 상

터 후렌치 Daniel Chester French가 1875년 렉싱턴-콩코드전투 100주년을 기념하여 만들어 세운 것이다.

다리를 건너기 바로 전에는 콩코드 주민들이 1836년 자유투쟁의 기념으로 만들어 세운 오벨리스크가 하나 있다. 기념탑 아래에 "여기, 1775년 4월 19일에, 영국의 공격에 대한 거센 첫 저항이 있었노라. 건너편엔 미국 민병대가 서 있었고 이쪽엔 침략자의 군대가 있었도다. 바로 이 자리에서 적군의 첫 병사가 미국에 독립을 이루어 준 혁명전에서 쓰러졌느니. 하나님께 감사드리며 자유를 사랑하는 마음으로 이 기념탑을 세운다(Here on the 19 of April 1775 was made the first forcible resistance to British aggression. On the opposite bank stood the American Militia. Here stood the Invading Army and on this spot the first of the Enemy fell in the War of that Revolution which gave Independence to these United States. In gratitude to God and in the love of Freedom this Monument was erected. AD1836)."라는 문구가 새겨져 있다.

3. '작가들의 산마루(Authors Ridge)'

콩코드의 유명 문인들을 한 곳에서 볼 수 있어서 많은 사람들, 특히 문학을 사랑하는 사람들이 순례지처럼 찾는 곳이 있다. 모뉴먼 광장에서 15분쯤 북동쪽으로 걸어가면 나오는 슬리피 할로우 공원묘지 Sleepy Hollow Cemetery 다. '작가들의 산마루 Authors Ridge'라는 표지를 따라 공원묘지 안으로 들어 가니 비탈진 산 위로 연결된다. 그곳에서 랠프 왈도 에머슨과 헨리 데이빗 소로, 나다니엘 호손 부부, 브론슨 앨콧과 루이자 메이 앨컷 등의 묘비가 선 명하게 보이는 그들 영혼의 쉼터, '작가들의 산마루 Authors Ridge'가 나온다.

벳포드 길에 있는 슬리피 할로우 공원묘지는 1855년에 랠프 왈도 에머슨 의 자연주의에 걸맞게 유기농 가든으로 디자인되었다. 공원묘지가 열리는 날에 에머슨이 개원사를 올렸었는데 그로부터 27년이 지난 4월에는 그의 영원한 안식처가 되었다.

맬프 왈도 에머슨

루이자 메이 엘콧

헨리 데이비드 소로

나다니엘 호손과 가족

6

화 　 해 　 와 　 　 힐 　 링

1 오닐의 '다오(道) 하우스'

다오 하우스 정면 모습

유진오닐과 애견

이층으로

유진 오닐(O'Neill, Eugene Gladstone: 1888. 10. 16~1953. 11. 27)
뉴욕에서 태어난 극작가. 『지평선 너머로(Beyond the Horizon)』, 『애나 크리스티(Anna Christie)』
와 『기묘한 막간극(Strange Interlude)』, 『밤으로의 긴 여로(Long Day's Journey into Night)』로 퓰
리처상을 네 번 수상했다(1920, 1922, 1928, 1957). 1936년에는 노벨문학상을 수상했다.

12월 둘째 일요일. '다오道 하우스'는 예약에 의해서만 방문이 가능했다. 방문객이 많은 여름과 달리 비수기의 일요일엔 예약이 된 경우에만 셔틀버스가 운행한다.

예약시간에 늦지 않도록 댄빌 기차역까지 나가야 했다. 하루를 묵었던 플레전튼에서 댄빌까지는 15마일(약 24km), 일요일이니까 출근하는 차들이 없을 것을 계산하면 빗길이라도 고속도로로 20분 정도면 충분할 것이다.

댄빌은 샌프란시스코에서 동쪽으로 35마일(56km)쯤 떨어져 있다. 극작가 유진 오닐 Eugene Gladstone O'Neill이 7년 남짓 살았던 다오 하우스는 현재 그의 기념관이 되어 있었다.

예상보다 일찍 기차역에 도착했다. 기차역이라고는 하지만 못 쓰는 기차 앞 칸을 갖다 놓고 사무실로 쓰는 것이니 겉모양만 기차역이다. 다오 하우스로 가는 셔틀버스 정거장이 바로 옆에 있었다.

출발은 9시였다. 차를 세워놓고 셔틀버스를 기다리는 동안 댄빌 시내를 둘러봤다. 도시는 조그마하고 조용했다. 집들은 유럽의 작은 마을이나 미국 동부의 뉴잉글랜드 지방처럼 단아했다. 주차장엔 빨갛고 노랗게 물든 나뭇잎들이 우중충한 날씨를 밝게 해 주었다. 12월인데 아직 색깔이 살아 있어서 도시가 동화책 속의 마을처럼 알록달록한 것이 참 예뻤다.

방문객은 우리 부부 둘뿐이었다. 인원이 적어서인지 셔틀버스 대신에 레인저가 SUV를 몰고 우리를 데리러 나왔다.

좁고 구불거리는 동네 길을 한참 올라간 맨 끝, 산비탈에 다오 하우스가 혼자 우뚝 솟아 있었다. 주민들의 사생활 보호를 위해 일반인의 출입을 통제하는 동네였다. 주민들 외의 개인차는 들어갈 수가 없고 관광객들을 위한 서틀버스와 레인저 차량만 다니게 되어 있었다.

다오 하우스는 중국과 스페인풍의 특징이 섞여 있는 2층집이었다. 산등성이 양지 바른 곳에 반듯하게 서 있었고 앞은 막힘없이 탁 트였다. 산을 뒤로 하고 앉아서 조용한 전원 속의 동네를 내려다보는 모양새였다. 나무 숲을 포함한 158에이커(약 193,420평)의 대지가 집을 감싸고 있었다.

집의 안팎이 일반 서양인들의 것과는 많이 다르게 배치되어 있는 것이 금방 눈에 띄었다.

까만색 나무 대문 중앙에 엇갈려 쓰여 있는 '대도별야大道別野'라는 한자 네 자. '장원으로 들어가는 큰 길'이란 뜻일 듯싶다. 대문을 들어서면 정원 안의 구불구불한 길을 돌아서 집으로 들어간다. 똑바른 길로만 다닌다는 악령을 막겠다는 뜻이다. 양쪽으로 떨어져 있는 두 개의 현관문 중 하나는 잡신을 유도하기 위한 가짜 문이고 집 안에 있는 파란 천정은 하늘을 의미하며 갈색의 마루는 땅을 상징한다. 앞문에는 녹색 거울, 거실에는 파란색 거울, 그리고 침실에는 까만색 거울이 걸려 있어서 어찌 보면 무신巫信을 섬기는 집처럼 음산한 기분이 들기도 한다.

실내는 중국 예술품에 관심이 많았던 오닐의 아내의 손길로 탁자, 장롱, 병풍, 칸막이 등 많은 가구와 장식품이 중국풍으로 꾸며져 있고 오닐의 침대로 알려진 것도 갈색의 중국산이다. 그의 서재에는 책상이 두 개가 있다.

다오 하우스 대문- 대도별야

유진 오닐의 서재, 구상하는 책상

하나는 완벽주의자인 그가 생각하고 구상할 때 쓰는 책상이고, 다른 하나
는 집필하는 책상으로 각각 다른 코너에 있다.

그가 풍수지리를 믿었는지는 잘 모르지만 풍수 전문가들은 집이 언덕 밑
에 있어서 삼면에서 집을 보호하게 하고 2층으로 올라가는 계단이 문을 바
라보지 않게 하거나 바깥문 또한 다른 문과 마주 보지 않게 하는 등 풍수
지리설에서 말하는 밸런스를 이루는 배치로 본다고 한다.

오닐에 대한 자료를 보면, 이것은 그의 자전적 연극 '밤으로의 긴 여로
Long Day's Journey into Night'에서 보이는 것처럼 어머니가 모르핀 중독자인 걸
알게 되면서 아일랜드 혈통의 그가 가톨릭을 버리고 다른 종교와 철학에
몰두하게 된 것과 무관하지 않다는 것이다. 그가 불교나 유교, 도교 같은
동양 철학과 사상에 깊은 관심을 가지게 된 배경이다.

4막짜리 희곡 '밤으로의 긴 여로'는 그의 결혼 12주년 기념일에 아내 칼로타에게 헌사와 함께 바쳐졌던 작품으로 그가 죽은 후 발표되었다.

1941년에 쓰인 그의 헌사에는 "내 오래된 슬픔을 눈물과 피로 쓴 이 극의 원고를 당신에게 바치오. 우리의 행복을 축하하는 날에 주는 선물로는 슬프게도 부적절할지 모르오만. 당신은 이해해줄 것이오. 마침내 죽은 가족들을 마주하고 이 극을 쓸 수 있도록, 그리고 번뇌에 시달리는 가족 네 사람 모두에 대한 깊은 연민과 이해와 용서로 이 글을 쓸 수 있도록 내게 사랑에 대한 믿음을 준 당신의 사랑과 친절에 감사의 뜻으로 이 글을 바치오." 라고 피 흘리는 고통 속에서 쓴 자신의 자전적 이야기임을 드러낸다.

오닐에게 이 글을 쓰는 일이 얼마나 큰 아픔이었는지, 칼로타는 오닐이 이 작품을 쓰는 동안 가슴 에이는 통증을 앓으면서 때로는 눈물을 흘리거나 밤잠을 설치고, 울어서 빨개진 눈으로 수척해져서 글을 쓰러 서재에 들어갔을 때보다 서재에서 나왔을 때는 10년이나 더 늙어 보였다고 회고했다. 오닐은 이 글을 집필할 때 '집에 불이 난다고 해도 방해하지 말라'고 주문했으며 가족과 자신의 지난날을 이해하고, 화해하고, 용서하기 위해 이 작품을 쓴다고 했다.

그의 생전에는 이 희곡이 출판으로도 연극으로도 발표되지 않았다. 오닐은 자신이 죽고 나서 25년 후에 출판하라는 설명을 붙여서 작품을 봉해 놓았었지만 그의 아내가 원고를 예일대학에 기증하면서 사후 3년인 1956년에 출간되어 상연되고 1957년에 퓰리처상을 받았다.

극은 가족 네 명이 여름별장에 모여서 각자의 고통을 숨기며 정상적인 가족의 모습으로 하루를 시작한다.

젊어서 유명한 무대배우였던 아버지는 돈에 대한 집착이 매우 강하고 인색하다. 그는 과도한 투자로 가족보다 더 사랑했던 돈을 잃고 무너져간다. 둘째 아들을 잃은 후 모르핀 중독자가 된 어머니는 그런 남편에 실망한다. 그녀는 요양원에서 약물중독 치료를 받고 막 퇴원했지만 가족 몰래 다시 모르핀을 맞기 시작하며 여전히 마약에서 손을 못 뗀다. 큰아들은 동생의 죽음이 자신 때문이었다고 생각하는 부모 사이에서 알코올중독에 절제 없는 문란한 생활로 안정된 삶을 살지 못한다. 오닐 자신을 묘사한 듯한, 글을 쓰는 병약한 작은아들은 병이 악화되어 의사로부터 결핵판정이 내려질 것을 두려워하며 그 결과를 기다린다.

가족 모두 각자 자신만의 깊은 상처와 쓰라림을 감추고 태연함을 가장하지만 속으로는 생살에 알코올이 닿는 것 같은 아픔으로 괴로워한다. 자신의 고통과 번뇌의 무게를 이기지 못해 서로를 비난하고, 화내고, 후회하고, 부정하고, 상대에게 상처를 입힌다. 가족으로서 잡고 있는 줄은 썩은 동아줄처럼 차츰 끊어져가고 그 실체가 몸을 드러낸다. 가족은 화해를 이끌어내지 못하고 시시각각으로 드러나는 절망의 순간들을 두려워한다.

그들은 '가족의 사랑'이라는 마법으로 증오를 넘어서 서로에게 연민을 느끼고 각자의 방법대로 이해와 용서를 구하려 하지만 결국 곪은 상처를 터뜨려내지 못한다. 여전히 어머니는 모르핀의 힘을 빌려 환상 속에서 떠돌고 아버지와 두 아들은 술의 힘을 빌려 절망을 잊으려 할 뿐이다.

하루 동안에 일어난 오닐의 가족 이야기가 불행하게도 귀에 설지 않다.

현대인의 이기심 때문에 가족 모두가 자신의 문제와 스트레스에 짓눌러서 남의 상처를 보지 못하는 삶. 더러는 가족을, 때로는 자신을 속여 보지만 아무에게서도 상처와 고통을 치유 받지 못하고 시달리는 고독한 세대를 사는 우리들의 이야기이기 때문일 것이다.

2
언니와 하루를

미치 앨봄(Albom, Mitch: 1958. 5. 23~)

뉴저지 주 퍼세이익(Passaic, New Jersey)에서 태어난 소설가이자 저널리스트. 『모리와 함께 한 화요일(Tuesdays with Mori)』, 『단 하루만 더(For One More Day)』, 『천국에서 만난 다섯 사람(The Five People You Meet in Heaven)』 등의 작품이 있다.

내 기억 속엔 스무 살 먹은, 동생 같던 언니가 하나 있다. 노는 일에는 배고픈 줄 모르던 언니다. 털털하고 누구하고나 잘 어울려서 자기 또래 아이들은 물론이고 동네 사람들 모두가 좋아했다. 남자아이들에게도 인기가 좋았다. 달리기, 자전거 타기, 썰매 타기 등 노는 일에서만큼은 남자아이들에게 지기를 싫어했다. 노는 일엔 그저 극성스러웠다.

중학교 졸업장을 받아든 뒤로 그녀는 웬일인지 학교 근처에도 가고 싶어하지 않았다. 공부 끝이라는 똥배짱을 무슨 보물단지나 되는 것처럼 끌어안고 내놓지 않았다. 무슨 일이 있어도 고등학교는 꼭 가야 한다고 어머니가 달래보기도 하고 호되게 야단치기도 했지만 꿈쩍하지 않았다. 형제간에 가방끈이 다르면 층하가 져서 안 된다는 주변의 타이름에도 결과는 매한가지였다. 아버지의 엄한 훈계나 우격다짐도 효과가 없었다. 평생 부엌에서 일만 하게 될 텐데 괜찮으냐고 겁을 주어도 좋다고 했다.

공부하기가 싫으면 미용학교 같은 곳은 어떠냐고 타일러서 수원에 있는 미용학교를 다니게 됐다. 이게 내가 기억하는 그녀의 이력서 전부다.

고등학교를 안 간 것 때문에 집안에서는 그녀를 돌연변이 취급했다. 특히 학교교육에 절대적인 신뢰를 갖고 있던 어머니의 속앓이가 심하셨다. 그런 그녀를 나 역시 고운 눈으로 볼 수가 없었다. 깊은 애정을 갖고 그녀를 언니라고 불러본 기억이 없다. 내 말 속엔 언제나 조롱과 멸시가 가시처럼 숨어 있었다.

두 살 위였지만 "언니"라는 말이 입 밖으로 나오지 않았다. 언니를 불러야 하는 난처한 경우를 가능하면 피했다. 어른들이 옆에 계셔서 피치 못할 일이 생기면 옆으로 가서 중얼거리듯 말하는 게 고작이었다. 그때는 집안에서 언니한테 이름을 부르는 일은 꿈에서도 용납되지 않는 일이었다. 언니라는 말은 안 나오고 이름을 부를 수는 없는 딱한 상황이 종종 생겼다. 그럴 때마다 그녀에 대한 나의 눈초리가 곱지 않았지만 그녀는 그다지 개의치 않아 했다. 어머니의 경고대로 부엌일과 잡다한 집안일을 도맡아 하면서도 불평하지 않는 게 불쌍하도록 이상했다.

"오늘 하루가 주어진다면 (잃어버린 사람 중에서) 누구를 제일 만나고 싶으십니까?"

집에서 느긋하게 게으름을 피우고 있던 날 오후, 오프라 윈프리 쇼에 손님으로 나온 작가 밋치 앨봄 Mitch Albom이 방청객에게 던진 화두다. 그는 세 번째로 출간한 소설 『하루만 더 For One More Day』를 홍보하기 위해 나왔겠지만 방청객들은 그의 이 질문을 단순히 재미있는 책 선전으로만 받아들이는 것 같지는 않았다. 스크린에 비추어진 사람들의 눈동자는 그들 머릿속에서 무언가 잔잔한 바람이 일고 있음을 말해주었다.

소설 『하루만 더』에서 주인공 챨리는 스물세 살에 월드시리즈에 참가했던 경험이 있는 프로 야구선수다. 자신의 실력이라기보다는 아버지의 극성스러운 열성으로 만들어진 기회였지만 메이저리그의 달콤한 기억을 갖고 있다. 그러나 이듬해에 무릎 인대가 끊어지는 심한 부상을 입어 한동안 야구경기를 할 수 없게 되고 부상에서 회복되었을 땐 이미 메이저 리그에서 밀려나 결국 야구를 포기한다. 코치직도 만만치 않다.

평생 야구밖에 모르던 그는 사업을 해보려 했지만 실패는 계속되고 지루할 뿐인 세일즈맨으로 살게 된다. 야구가 없는 삶은 그를 엉망으로 만든다.

찰리는 자책과 우울증으로 술에 취해 지내다가 아내는 물론 가족과 친구들, 친척들, 주변의 모든 사람들로부터 버림을 받는다. 딸의 결혼식도 나중에 통보하는 식으로 발신자 주소 없이 보내 온 사진을 보고서야 알게 된다. 어려서는 아빠의 사랑을 독차지하던 딸, 삶의 가장 큰 기쁨이었고 그 딸의 멋진 아빠가 되려고 했던 날들이 있다. 술주정뱅이 아버지로 인해 결혼식을 망치게 될까 봐 초대하지 않았다는 사실에 찰리의 상실감과 자괴감은 극도에 달하고 생의 의미를 잃은 그는 고향집에 가서 죽기로 결심한다. 그리고 만취한 상태로 운전하다가 고향집에 거의 다 갔을 때 길을 들이받고 정신을 잃는다.

그는 혼수상태에서 8년 전에 돌아가신 어머니를 만난다. 가장 사랑했으면서도 밀어내기만 했던 어머니다. 어릴 적의 아픈 기억들을 더듬으며 어머니와 하루를 보낸다.

찰리는 그제야 어머니가 1950년대에 이혼녀로서 겪었던 갖가지 수모, 오해, 질시, 억측 등으로 병원에서 해고당한 후, 자녀들의 학비를 벌기 위해 미장원에서 일하고 틈틈이 청소까지 하러 다녔던 사실을 알게 된다. 어머니가 자신을 낳기 위해 3년 동안이나 기도했다고 말할 때, 어머니의 아픔과 그녀의 사랑을 뼛속까지 체험하며 찰리는 죽으려 했던 자신을 구해낸다.

작가는 말한다.

"우리들의 하루는 누구든 사랑하는 사람을 위해 쓰라고 주어진 하루다."

"시간을 낭비하는 건 안타까운 일이다. 우린 항상 시간이 많다고 생각한다."

누굴까? 나에게 잃어버린 사람을 만날 수 있는 단 하루가 허락된다면 나는 누굴 먼저 만나고 싶을까. 떠올리면 가슴 한 구석이 아릿하게 오그라드는, 색 바랜 상흔이 비죽이 자리를 튼다.

칼바람이 불던 어느 추운 겨울날, 서울에서 대학에 다니던 동생이 방학이라고 내려온다. 동생은 시내 사진현상소에 맡겨놓은 사진을 찾아다 달라고 언니에게 부탁한다. 언니는 평소에도 곰살궂게 굴지 않는 동생의 부탁을 잘 들어주는 편이다. 동생의 차가운 눈길이 자신에게 책임이 있기나 한 것처럼 나무라거나 불평하는 일이 없다.

눈이 반쯤 녹고 있어 질퍽거리는 십리 길이다. 평소에 고운 눈길 한 번 안 주던 동생인데 싫다고 하면 그만이었을 것을, 잘난 척하는 네가 갔다 오라고 바른말이나 하고 돌아섰으면 좋았으련만, 코트와 목도리를 집어 들고 흔쾌히 나선다. 춥고 미끄러운 길을 마다하지 않고 떠나더니 돌아오는 길에 사진만 오소소, 범인의 증거물처럼 길바닥에 쏟아놓고 그녀는 교통사고로 먼저 가버린다.

이렇게 떠나버린 내 언니는 언제나 나보다 어린 스무 살이고, 내가 기억하는 언니의 마지막 모습은 스무 살 젊음의 해맑은 얼굴이다.

언니를 만나면 제일 먼저 무슨 말을 할까. 생전에도 별로 살가운 대화를 나눈 기억이 없으니 그냥 왜 그렇게 학교가 가기 싫었는지부터 물어볼까. 그땐 공부가 인생의 모든 것인 양, 그녀의 생각은 전혀 이해하려고 노력조차 해 본 적이 없으니 당연히 모른다. 손잡고 다정하게 언니라고 부르면 웬 수선이냐고 오히려 혼란스러워 할 것 같다. 내가 너무 못되게 굴어서 억울하지 않았느냐고 물어보면 뭐라고 대답할까. 내가 그녀의 마음을 얼마나 자주 그리고 깊게 할퀴어 놓았었는지 가슴 밑바닥 깊은 곳에서 불쑥 치고 올라오는 회한으로 가슴이 아리다.

수십 년이 지난 지금은 싸가지 없던 동생의 허물쯤은 먼저 간 승자의 이름으로 다 잊었다 하지 않을까. 어쩌면 찰리의 엄마처럼 웃으면서 그냥 반갑다고 손을 내밀지도….

보고 싶다, 언니야.

3

떠나들의 거리, 쎄일럼

호손의 유품이 보관 / 유지되는 생가

The Custom House

Inside this impressive building were the offices of United States Customs Service collectors, inspectors, and other officials. It was here that ship's captains and owners paid duties on imported goods and conducted other business.

Before the passage of the Federal Income Tax Act of 1913, customs duties on ship's cargoes provided most of the money to run the Federal Government. Between 1789 and 1840, duties collected here earned the Treasury more than $20 million—a substantial amount in those days.

Salem's Custom House was one of several in Massachusetts. It was built in 1819, near the end of the height of Salem's East Indies trade. However, international cargoes continued to enter the port until the early 20th century, and so the Customs Service operated in this building for more than a century. Today, the Custom House has historically furnished rooms and exhibits.

"Here, before his own wife has gree[...] may greet the sea-flushed ship-mast[...] with his vessel's papers under[...] in a tarnished tin box[...]

— Nathaniel Hawthorne, "The Cu[...] introduction to The Scarlet Le[...]

By presidential appointment, author Nathaniel Hawthorne served as the Port of Salem's Surveyor from 1846-1849. It was here that Hawthorne conceived his famous novel, The Scarlet Letter. "It was the subject of my meditations for many an hour, while pacing to and fro across my room, or traversing, with a hundred-fold repetition, the long extent from the front-door of the Custom-house to the side-entrance, and back again."

호손이 젊어서 일했던 세관

나다니엘 호손(Hawthorne, Nathaniel: 1804.7.4~1864.5.19)
매사추세츠 주 쎄일럼(Salem, Massachusetts)에서 태어난 소설가. 『주홍 글씨(The Scarlet Letter)』, 『일곱 박공의 집(The House of the Seven Gables)』, 『블라이쓰데일 로맨스(The Blithedale Romance)』, 『큰 바위 얼굴(The Great Stone Face)』 등의 작품이 있다.

쎄일럼의 거리는 온통 마녀들로 붐볐다. 마녀 박물관, 마녀 옷가게, 마녀 책방, 마녀 선물가게, 심지어는 마녀 카페까지. 건물 간판으로 해골이 걸려 있고 넓은 챙이 달린 모자를 쓴 매부리코 마녀가 으하하하 하고 날라 다니는 모습이 널려 있었다. 마치 할로윈 축제날처럼 보였다.

주소만 가지고 '일곱 박공이 있는 집 The House of Seven Gables'을 찾느라 땀을 흘렸다. 쎄일럼은 서부 도시들과 달리 오래된 도시어서 길이 좁고 똑바르지 않았다. 몇 바퀴를 도느라 눈이 뱅뱅 돌 때쯤, 고맙게도 길가에 붙어 있는 갈색의 방문자 센터 안내 표시가 눈에 들어왔다. 그곳에 가서 도움을 얻는 편이 나을 것 같았다. 이어지는 안내표시도 꼬불꼬불 몇 바퀴를 돈 후에야 방문자 센터가 나왔다.

방문자 센터 내부도 거리의 풍경과 다르지 않았다. 마녀들로 온통 도배되이 있었다. 진열장의 책들 역시 마녀 또는 1692년의 마녀재판에 관한 것들이었다.

센터에서는 계절과 요일에 따라서 하루에 세 번 내지 네 번씩 '1692년 마녀재판'이라는 영화를 상영했다. 필름은 1692년에 실제로 있었던 마녀재판을 재조명하는 내용이었다.

사건은 영국의 지배하에 있던 매사추세츠 콜러니 쎄일럼마을에서 일어났다. 새 총독을 기다리고 있는 때여서 법을 처리할 집행기관조차 없던 때다. 쎄일럼마을 사람들은 대부분 종교의 자유를 찾아 영국을 떠나온 청교도들이었고 엄격한 교회율법이 그들의 법이었다.

당시 농촌에서는 자신들이 직접 채소를 심고 가축을 키우며 의식주를 해

결하느라 고생이 극심했다. 그러다 가뭄이나 홍수 등 재해가 나서 일 년의 수확을 모두 쓸어버리거나 홍역으로 가족을 잃고 온갖 병마와 싸우는 등의 시련이 올 때면 악령이나 악마의 존재를 굳게 믿는 청교도적 사고방식으로 그것이 악마의 짓이라고 믿었다. 그리고 마력을 가지고 있는 마녀 찾기에 혈안이 되었다.

심리적으로 사람은 초능력에 대해 공포감을 갖게 마련이다. 심리적 위축과 두려움에서 시작된 목격자들의 불투명한 증언이 마녀를 지목하고, 마녀로 지목 당하는, 객관적인 증명 없이 복수하고 복수 당하는, 정치적·경제적 사회적 반목과 시기, 질투가 반복되는 형태를 낳게 하는 것이다.

15세기 초부터 17세기에 걸쳐 유럽사회가 겪었던 마녀사냥이 그랬듯이 쎄일럼에서의 재판은 과학적 근거나 객관적인 법적 절차 없이 빠르게 진행된다.

쎄일럼- 마녀의 거리

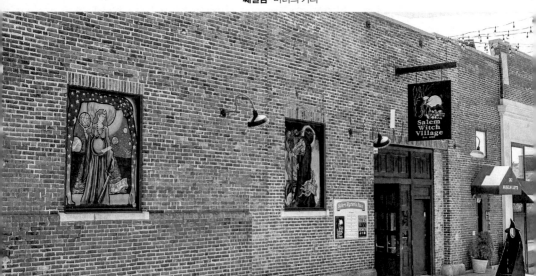

19명의 마녀로 지목된 사람들이 교수형을 당하고 마녀로 몰린 아내의 무고함을 주장하던 여든 살 농부는 자신도 무술인巫術人으로 몰리자 끝까지 재판을 거부하다가 무거운 돌에 눌려 죽는다. 판결을 기다리다가 감옥에서 죽은 4명까지 합하면 24명의 무고한 사람들이 생명을 잃은 것이다.

쎄일럼에서 태어난 작가 나다니엘 호손 Nathaniel Hawthorne은 자신의 선조 중 쟌 하손 John Hathorne이 이때의 마녀재판에서 판결을 내린 판사 중 한 명이었다는 사실에 충격을 받고 크게 실망한 나머지 자신의 성의 스펠링을 'Hawthorne'으로 바꾼다. 그리고 소설 『일곱 박공이 있는 집 The House of Seven Gables』에서 17세기까지 유럽과 미 신대륙이 겪었던 마법에 대한 혼란 속에서 한 가족이 겪는 응징과 심판, 죄의식과 속죄 등을 다룬다.

재프리 핀천 Pynchon 대령은 농사짓는 매튜 멀 Matthew Maule의 토지에 욕심을 낸다. 멀이 완강하게 거절하자 그를 마법사로 몰아 처형시키고 땅을 빼앗으려 한다. 처형장에 나타난 핀천을 보며 멀은 "신이시여, 저 자에게 피를 마시게 하소서."라고 저주하고 죽는다.

핀천이 그 땅에 일곱 개의 박공이 있는 거대한 저택을 세우고 성대한 파티를 여는 날, 핀천은 아무도 모르게 집 한쪽에서 피를 흘리고 의문사 한다. 멀의 저주 때문인지 그의 가계는 몰락하고 지금은 늙은 햅지바가 집 한쪽에 조그만 가게를 열어 남동생 클리퍼드와 근근이 살고 있다.

핀천 가의 먼 친척 피비가 그 집에 오면서 어둡고 저주 속에 음습하던 흉가는 밝게 활기를 띤다. 그 집에 세 들어 살고 있던 멀 가의 후손 홀그레이브가 어리고 예쁘고 명랑한 피비를 좋아하면서 핀천 가에 대한 원한을 서서히 풀게 된다.

저택 '일곱 박공이 있는 집'은 1667년에 지어졌다. 북미에서 현존하는 가장 오래된 저택 중 하나인데 끊임없는 보수 덕분에 내부는 아직도 여기저기 원래의 모습을 유지하고 있다.

안내 책자에 의하면 일곱 박공이 있는 집은 실제로 한때 호손의 사촌누이, 수자나 잉거솔 Susanna Ingersoll이 살았던 집이다. 평소에 수자나를 통해 그녀의 '박공이 있는 집'에 대해서 많이 듣고 또 그 집에 자주 드나들었던 호손은 그 집을 자신의 소설 『일곱 박공이 있는 집』의 모델로 삼는다.

그 후 부유한 독지가가 그 집을 사서 호손의 소설 『일곱 박공이 있는 집』의 내용과 분위기를 맞추어 집을 늘리고 보완하여 지금은 문화사적지로 일반에게 개방하고 있는 것이다.

'일곱 박공이 있는 집'에서 차를 마실 수 있는 테이블과 꽃이 가득한 정원을 사이에 두고 호손이 태어난 생가가('주-본래 유니온 스트릿 27번지에 있던 집을 1958년 현 위치로 옮겨 옴) 쎄일럼 항을 바라보며 나란히 서 있다. 호손의 유품들이 이곳에 소장되어 있다.

마녀사냥은 지금도 곳곳에서 행해진다. 인터넷이 발달하고 익명의 댓글이 난무하는 현대에는 더욱 심하다. 옛날처럼 입으로 전해지는 속도가 아니라 동시다발적으로 퍼져 나가기 때문에 근거 없는 소문이라도 얼굴 없는 글은 걷잡을 수 없이 날개를 단다.

호손의 소설 『일곱 박공이 있는 집』에서처럼 그리고 '1692년의 마녀재판'

에서처럼 거짓 고발하고 비방하여 남의 생명이나 재산을 빼앗고 무책임한 언사로 명예를 실추시키는 일 등이 원한과 복수와 탐욕과 질투 속에서 되풀이되는 것을 피할 수 있는 방법은 정녕 없는 것일까. 인간의 권리와 자유가 법 안에서 최대한 보장되고 고도로 문명개화된 현대사회가 더불어 안을 수밖에 없는 불행인가.

쎄일럼 '일곱 박공의 집'

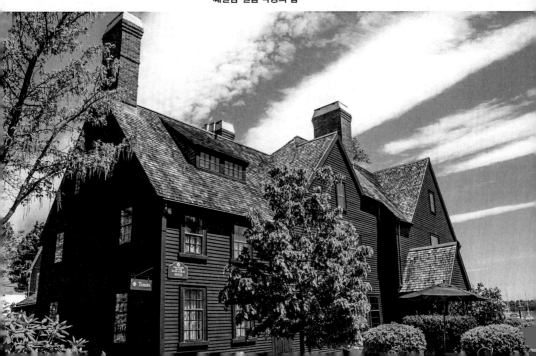

4
남쪽 하늘 이래에 햇살이

> "...writing is a solitary job—that
> nobody can help you with it,
> there's nothing lonely about it. I h
> always been too busy, too immer
> in what I was doing, either mad at i
> laughing at it to have time to won
> whether I was lonely or not lon
> it's simply solitary. I think there
> difference between loneliness
> solitude."
>
> —Faulkner at the University of Virgin

'...글을 쓰는 일은 고독한 작업이
아무도 도와 줄 수 없으므로...'

로원워크- 윌리엄 포크너 집 / 기념관

포크너의 피아노

노벨문학상을 받는 포크너

개인적으로 미시시피 Mississippi를 좋아했던 것에 특별한 이유가 있었는지는 기억에 없다. 그저 어렸을 때 읽었던 미시시피 강을 배경으로 한 소설들 때문에 이유 없이 그 강을 생각하며 친근감을 느낀 것이 아닐까 생각된다.

막연했지만 미시시피를 무작정 좋아했던 것이 1973년 미시시피대학교의 대학원 입학허가서를 들고 미국에 발을 딛게 만들었다.

서울을 떠나기 전, 대학원 유학이야기를 들은 미국인 친구들은 이구동성으로 "왜 하필이면 미시시피냐"며 황당해했다. 그들의 반응이 더 쇼크였던 나는 그들로부터 대충의 상황 설명을 듣고 나서도 절박감이 들지 않았다. "하와이대학교의 동서 문화센터 같은 곳은 어떠냐?"로 얘기가 모아질 때도 그들이 무엇을 걱정하는지 잘 이해되지 않았다. '기왕이면 동서양의 중간 지점이 아닌, 서양에서 공부하겠다'는 '무작정 상경' 같은 무식한 무모함뿐이었다.

민주주의 국가인 미국에서 일어난다는, 무지막지한 공포소설 같은 무법자들 이야기가 나에게 현실감 있게 들리지 않는 건 지극히 자연스러웠다. 또 입학허가서를 받고 개학 전에 도착해야 하는 상황에서 학교를 바꾸기에는 너무 늦었다는 생각이 들기도 했다. 당시에는 미국에 있는 대학원에서

윌리엄 포크너(Faulkner, William Cuthbert: 1897.9.25~1962.7.6)
미시시피 주 뉴알버니(New Albany, Mississippi)에서 태어난 소설가이자 시인. 1949년 노벨문학상을 수상했고 『우화(A Fable)』와 『자동차 도둑(The Reivers)』으로 퓰리처상을 두 번 수상했다 (1955, 1963). 『음향과 분노(The Sound and the Fury)』, 『내가 누워 죽어갈 때(As I Lay Dying)』, 『8월의 빛(Light in August)』, 『압살롬, 압살롬(Absalom, Absalom!)』 등의 작품이 있다.

입학허가서를 받는 절차가 매우 까다로웠고 또 오래 걸렸다. 우선 부딪쳐 볼 수밖에 없는 형편이었다.

1973년은 전 미국을 충격에 빠뜨렸던, 그 악명 높은 미시시피 인권운동가 살해사건이 발생한 지 겨우 9년이 지났을 때였다.

미시시피는 당시 미국에서 인종차별이 몹시 심한 주였다. 유색인종에 대한 편견이 극심했다. 1960년대 초의 미시시피 주는 '흑인과 백인의 자리가 따로 정해져 있는 버스는 위법이다'라는 연방대법원 판결에 강하게 반발했다. 인종차별 금지법이 전에도 통과됐었지만 남부에서는 여전히 무시되었고 사람들은 북쪽의 간섭 없이 남부끼리 결속해야 한다고 부르짖었다. 공공연히 폭탄을 던지거나 살인, 기물 파괴, 공갈 협박 등 극단적인 행동으로 흑인들과 북쪽의 인권운동가들의 인권운동을 좌절시키려 했다.

내가 영화 '미시시피 버닝 Mississippi Burning'을 본 것은 미국에 입국하고 나서였다. 얼음물 한 바가지를 뒤집어 쓴 것 같은 충격이었다.

1964년, 미시시피 주 네소바 카운티에서 흑인 인권운동 요원 3명이 살해된다. 카운티 경관을 포함한 KKK 백인우월주의자들이 20대 초반의 흑인 인권운동 요원인 유태계 백인 청년 2명과 흑인 청년 1명을 무참하게 구타한 뒤 참혹하게 총으로 쏴 죽인 끔찍한 사건이다. 사람이 어디까지가 인간이고 얼마만큼이 동물인지 분간이 안갈 만큼 혼란스러웠다. 인간이 얼마나 잔인할 수 있는지를 시험하는 시험대 같았다.

혐의자들이 체포되지만 그들과 조금도 다를 바 없는, 동조자들로 구성된 지방 배심원들은 그들 모두에게 무죄 평결을 내린다. 미시시피 주정부는 그들의 기소조차 거부한다. 연방수사국이 혐의자들을 다시 체포하여 인권침해로 재판에 회부하지만 2년 내지 10년의 형편없이 가벼운 형량을 선고 받기에 이른다. 그나마 형량을 채우기도 전에 혐의자들은 모두 석방된다.

당시에 무죄를 선고 받았던 주모자 에드거 레이 킬런 Edgar Ray Killen 목사에 대한 재조사가 인권단체들의 끈질긴 노력으로 이루어지는 것을 보면서 역시 이 땅은 '살 가치가 있는 곳'이라는 생각이 들었다. 킬런은 41년이 지난 2005년에 80세의 고령으로 유죄 판결을 받고 희생자 한 명에 20년씩 60년의 형을 복역하고 있다.

내가 가려던 학교에서도 놀라운 일이 벌어졌었다. 1962년의 일이다. 미시시피대학교는 그때까지 백인만 입학이 가능했던 곳이다. 흑인 학생 제임스 메레딧 James Howard Meredith의 입학을 두고 학교 캠퍼스에서 백인들의 폭동이 일어난 것이다.

인종차별 금지법을 집행하기 위해 존 F. 케네디 대통령은 500명의 마샬을 동원한다. 군대를 보내고 헌병대와 주 방위군을 소집하여 학생들의 폭동을 진압하게 한 후 흑인 학생 한 명의 입학을 강행시킨다. 인종 통합교육은 절대 불가하다고 고집하는 주지사에게 하루에 10,000불(한화 천만 원)씩 벌금을 부과하고 학생 제임스를 마샬의 보호 아래 등교하게 한다. 대통령의 결단이 정말 통쾌하고 존경스럽다. 감동이다.

이런 역사적 사건에 무지했던 조그만 20대 아시아 여자가 그 인종차별이 여전히 만연한 곳에 혼자서 가겠다니 친구들의 놀라움과 반대는 당연한 것이었다. 미국에 들어와서 개인사정으로 미시시피에 가는 계획을 접게 된 것은 미국에 대한 사회적·정치적·경제적 이해와 준비가 부족했던 나에게는 천만다행한 일이었다.

그 미시시피로 이번엔 남부 문학의 산실을 보기 위해 나섰다. 미시시피로 들어오면서 지난 50년이 변화시킨, 내가 도서관학 공부를 꿈꾸던 대학교 캠퍼스가 있는 옥스퍼드 시와, 잭슨 시, 그리고 투펠로 시 등을 돌아봤다. 감회가 깊었다.

옥스퍼드 시에 있는, 노벨문학상과 두 차례 풀리처상을 받은 작가 윌리암

로원오크- 포크너 기념관

포크너 William Faulkner의 기념관인 로원 오크 Rowan Oak를 보러 가는 길이었다. 흑인학생 입학문제로 폭동이 일어났던 바로 그 대학 캠퍼스가 있는 곳이다.

지도 한 장 들고 기념관을 찾는 일이 생각만큼 쉽지 않았다. 집이 드문 드문 떨어져 있는, 꼬불꼬불한 길로 들어서서는 더욱 헤맸다. 충분한 시간을 갖고 떠났는데 몇 번씩 관리인한테 전화로 확인하느라고 폐관 시간이 거의 다 되어서야 간신히 도착했다. 친절한 관리인은 우리를 기다려 주었다.

로원 오크는 넓고 울창한 숲 속에 가려져 있었다. 포크너의 소설 『음향과 분노 The Sound and the Fury』에서 묘사된 남부 귀족의 저택처럼 남부 색깔의 중후한 운치가 돋보였다. 향긋한 숲의 향기로 가득한 로원 오크는 미시시피대학교 소유로 되어 있었고 운영 또한 대학교에서 하고 있었다.

자랑스럽게 포크너를 설명하고 안내하는 젊은 관리자의 모습에서 친근감을 느낀 게 이상했다. 나의 학교가 될 뻔했던 곳이었기 때문일 것이다.

50년 전의 부끄러운 역사가 믿어지지 않았다. 나뭇잎 사이를 뚫고 들어오는 늦은 오후의 햇살이 가슴을 오싹하게 만들지도, 아시아인인 나를 찌를 듯 공격적이지도 않았다. 부드러운 솜털처럼 매우 편안하게 로원 오크를 안내해 주었다.

로원 오크를 둘러싸고 있는 빽빽한 숲은 신의 축복처럼 넓게 퍼져 내리는 햇살을 빈틈없이 받아들이고 있었고 나무들은 목욕을 끝낸 후의 맑음처럼 신선했다. 내가 이유 없이 좋아했던 바로 그 미시시피의 하늘이 치욕적이거나 불명예스럽게 보이지 않아 다행이었다.

5
에드거 앨런 포의 갈까마귀(The Ravens)

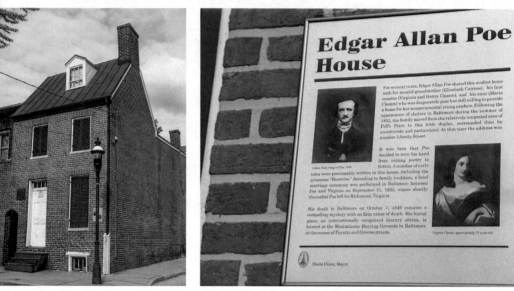

Edgar Allan Poe House

For several years, Edgar Allan Poe shared this modest home with his invalid grandmother (Elizabeth Cairnes), his first cousins (Virginia and Henry Clemm), and his aunt (Maria Clemm) who was desperately poor but still willing to provide a home for her temperamental young nephew. Following the appearance of cholera in Baltimore during the summer of 1832, the family moved from the relatively congested area of Fell's Point to this little duplex, surrounded then by countryside and pastureland. At that time the address was number 3 Amity Street.

It was here that Poe decided to turn his hand from writing poetry to fiction. A number of early tales were presumably written in this house, including the gruesome "Berenice." According to family tradition, a brief marriage ceremony was performed in Baltimore between Poe and Virginia on September 21, 1835, where shortly thereafter Poe left for Richmond, Virginia.

His death in Baltimore on October 7, 1849 remains a compelling mystery with no firm cause of death. His burial place, an internationally recognised literary shrine, is located at the Westminster Burying Grounds in Baltimore at the corner of Fayette and Greene streets.

Sheila Dixon, Mayor

메릴랜드 Amity가에 있는 집- 소설을 쓰기 시작한 곳

에드거 앨런 포(Poe, Edgar Allan: 1809.1.19~1849.10.7)
매사추세츠 주 보스턴(Boston, Massachusetts)에서 태어난 시인이자 소설가. 『검은 고양이(The Black Cat)』, 『어셔 가의 몰락(The Fall of the House of Usher)』, 『모르그가의 살인 사건(The Murders in the Rue Morgue)』, 『풍뎅이(The Gold-Bug)』 등의 작품이 있다.

가끔 질흙보다 더 까만 까마귀의 반질거리는 깃털에 움씰하고 놀랜다. 휘익 하고 머리 위로 날아 포복하듯이 낮게 지나갈 땐 머리를 쪼고 갈 기세다. 솔개가 닭을 채가는 모습과 흡사하다. 뒤뜰에서 먹이를 쪼아 먹는 걸 보면 날아다니는 새라기보다는 종종 걸어 다니는 폼이 중간 크기의 닭처럼 보이는데 먹이를 찾아 날아갈 땐 대단한 스피드다.

옛날부터 까마귀가 오면 사람이 죽는다던지 불길한 일이 생긴다는 말을 들어왔다. 서양에서도 자주 나쁜 징조로 묘사되곤 하는 걸 보면 무슨 공통분모가 있는 모양이다. 위협적일만큼 까만 깃털과 그렁거리는 소리, 게다가 썩은 고깃덩어리 같은 것들을 좋아하는 습성 때문이 아닐까 싶다.

까마귀는 민족에 따라 문화에 따라 또는 종교에 따라 전설과 문학에서 각기 다른 모양으로 묘사되지만 음침하고 기분 나쁜 존재로 묘사되는 것이 비슷하다.

영국에서도 까마귀가 좋은 느낌의 존재는 아니었나 보다. 왕실 천문학자 존 플램스티드 John Flamsteed가 런던타워에 사는 까마귀가 천문학 연구에 방해된다고 불평을 하자 당시의 왕 챨스 2세는 까마귀를 모두 없애버리라고 명한다. 그러다가 런던타워에서 까마귀가 없어지면 영국 왕조가 무너진다는 전설을 들은 왕은 까마귀를 없애는 대신 천문대를 그린위치로 옮겨주었다고 하니 까마귀의 검은 위력이 압도적이다.

런던타워는 원래 교수대가 있던 곳이다. 그 까마귀들은 목이 잘린 시체들한테 달려들기로 유명하다. 까마귀가 없어진다는 것은 까마귀 먹이가 없어진다는 것, 즉 처형물이 없다는 것이다. 처형을 하지 못하는 왕조는 무력해서 무너지게 마련이라는 뜻이었을까.

그런데 2차 대전 중에 런던타워에 살던 까마귀들은 대부분 폭격으로 또는 그 충격으로 모두 떠나가 버리고 한 쌍만 남았다. 그마저도 날아가 버리자 사람들은 술렁거렸다. 까마귀들이 타워를 떠나면 왕실이 무너진다는 말을 기억한 것이다. 그리고 우연이겠지만, 거짓말처럼 얼마 후 영국 왕조는 권력구조에서 멀어졌다.

로마 역사가 리비우스 Titus Livius의 『로마 건국사』에도 까마귀 이야기가 나온다. 그에 따르면 여섯 차례의 집정관과 세 차례의 독재관을 지낸 로마의 장군 마르코스 발레리우스 Marcus Valerius는 젊은 시절 전쟁터에서 당시 22살의 나이로 거구의 갈리아인과 일대일 대결을 하게 된다. 그는 투구 속에 까마귀를 넣어 적장의 주의를 흐트러뜨리게 하여 적장을 죽이고 전쟁에서 승리한다. 그 명성으로 그는 '까마귀'라는 별명을 얻어 마르코스 발레리우스 코르브스 Marcus Valerius Corvus [주-라틴어로 '코르브스(Corvus)'는 까마귀라는 뜻]가 되고 그 다음해 23세의 젊은 나이로 집정관이 된다.

에드거 앨런 포 Edgar Allen Poe의 시 「갈까마귀 The Ravens」 역시 시작부터 으스스하다.

음울한 어느 날, 야심한 한밤중에, 몹시 지치고 피곤할 제
잊고 있었던 진기한 이야기책에 골똘히 빠져 있다가…

잠이 몰려와서 고개를 끄덕거릴 때,
갑자기 누군가~ 방문을 톡톡톡 두드리는 소리,
"거기 누가 왔나" 중얼거리는데
대답 없이 방문 두드리는 소리만 톡톡톡…
아무것도 아무 말도 없이 단지 이 소리뿐…
…

이렇게 시작되는 시에서 '톡톡톡' 소리 내는 까마귀는 납
량특집처럼 차가운 바람을 일으켜 몸을 오싹하게 만든다.
시 제목에서부터 새까맣고 흉흉한 까마귀는 가슴을 오그
라뜨린다.

갈까마귀 상

필라델피아 시에 있는 포의 기념관에도 빨간 벽돌로 된

에드거 엘렌 포의 필라델피아 기념관

건물 밖에 대형 까마귀 상이 하나 높이 세워져 있다. 그의 시 「갈까마귀」를 상징하는 것이겠다. 큰 새를 더 크게 만들어 놓아서 새로 보이기보다는 불길한 징조의 음험한 뭔가를 가져올 것만 같이 으스스한 게 소름이 돋았다. 스프링 가든 길과 7가가 만나는 곳에 있는 이 기념관은 국립 사적지로 지정된 곳이다. 포는 필라델피아에서 6년여를 사는 동안 경제적 어려움으로 집을 많이 옮겨 다녔는데 현재까지 남아 있는 곳은 이 집 하나뿐이라고 한다.

포의 기념지가 내 방문 리스트 제일 앞쪽에 있었던 건, 감수성 많은 소녀 시절, 학교 국어시간에 읽고 며칠 밤을 새웠던 시 「애너벨 리」 때문일 것이다. 아름다운 사랑과 슬픈 죽음에 가슴 저리고 그 애절함에 열렬한 팬이 되었었다. 그 시가 그의 사망 이틀 후에 발표되었다는 게 마음을 더 아프게 했었다.

그의 기념관은 여러 곳에 있었다. 볼티모어, 리치몬드, 뉴욕, 필라델피아 등 여러 주에 흩어져 있기 때문에 몇 군데만 뽑아서 가 보았다.

처음 찾아간 포의 기념관은 메릴랜드 주 볼티모어 슬럼 지역에 있는 포 하우스였다. 1830년에 지어진 집이다. 그가 3년 동안 살았던 사촌의 집으로 나중에 함께 살던 14살 난 사촌누이를 아내로 맞이했던 곳이다. 빨간 벽돌로 지은 좁고 작은 아파트는 에이미티 가 Amity St에 있었는데 생전의 포의 생활을 대변하듯이 곧 헐릴 것처럼 허술해 보였다. 빈민가에 있는 집은 그의 작품들에서처럼 어둡고 음산해 보였다.

안내 표시가 잘 되어 있지 않았다. 여러 번 주변을 돌다가 만난 순찰경관은 안전지역이 아니니 빨리 나가는 게 좋겠다고 했다. 그리고 우리가 서둘러서 주변을 둘러본 후 사진을 찍고 다시 차를 탈 때까지 길 한쪽에서 기다려 주었다.

국립사적지로 보존되고 있었는데 보조금이 나오지 않는다더니 아마도 곧 폐쇄시키던지 아니면 보수할 계획인 모양이었다. 현관문에 붙은 표시로 보면 문을 열어야 할 시간인데도 닫혀있었다. 생전의 궁핍함을 보는 것 같아 안타까웠다.

그를 기억하고자 하는 기념관들마저 음침해 보이는 것은 아마도 그의 길지 않은 삶이 순탄치 못했던 걸 안쓰러워하는 내 마음 때문일는지 모른다.

세 살이 되기 전에 부모를 잃고, 남의 집에 입양되어 살다가 도박과 무절제한 생활로 엄청난 빚을 지게 되고, 학교에선 퇴학당하고, 양아버지와는 불화가 계속되어 생활비마저 끊어지고, 나이 어린 사촌을 신부로 맞이했지만 가난과의 싸움은 끝이 없고, 24살의 어린 신부를 폐병으로 잃은 후 술에 절어 살다가 길에서 쓰러져 죽은 40년의 짧고 불안정했던 인생. 어디 한군데 정착하지 못하고 떠돌기만 했던 영혼. 상상만 해도 가슴 답답하기가 출구가 안 보이는 깜깜한 긴 굴 속 같다.

그러나 앞뒤가 안 보이는 그런 어둠 속에서 그의 천재성은 더욱 번뜩였고 강하게 살아있었나 보다. 암울하고 절망적이었을, 신의 저주와도 같은 비참한 어둠 속의 삶이, 그리고 연이어 닥쳐온 불운이, 그로 하여금 공포와 추리와 심리의 탐정소설의 새로운 장을 열게 한 것이리라.

6
페콜라의 가장 파란 눈

　미국의 여류작가 토니 모리슨 Toni Morrison은 1993년 흑인 여성으로는 처음으로 노벨문학상을 받아 뉴스의 초점이 된다. 흑인 여성 작가라는 소수 그룹의 레이블이 선명하게 그리고 신선하게 깃발을 흔들었다. 그의 소설 중 내가 처음으로 읽게 된 것이 그녀가 첫 번째로 쓴 소설 『가장 파란 눈 The Bluest Eye』이다.

　흑인 여성이 파란 눈에 대해 다룰 수 있는 소설의 주제는 어떤 것이 있을까. 책은 내가 상상할 수 있는 온갖 편견과 경멸과 차별을 그리고 희망과 기우까지를 총동원시켜 호기심을 부추겼다.

　작가의 1970년 소설 『가장 파란 눈』은 대공황을 겪고 난 시대, 지금으로부터 70여 년 전의 시대상을 조명한다. 미 중서부에 있는 조그만 도시가 그 배경이다. 이야기는 작가 자신의 고향이기도 한 오하이오 주 로레인에서 아

토니 모리슨(Morrison, Toni: 1931.2.18~)
오하이오 주 로레인(Lorain, Ohio)에서 태어난 소설가이자 대학교수. 1988년 『빌러브드(Beloved)』로 풀리처상을 수상했고 1993년에는 노벨문학상을 수상했다. 『가장 파란 눈(The Bluest Eye)』, 『술라(Sula)』, 『솔로몬의 노래(Song of Solomon)』 등의 작품이 있다.

홉 살짜리 흑인 소녀 클로디아의 눈을 통해 열린다.

1940년대, 당시에는 사회적 계층이 뚜렷하게 존재했고 거기엔 엄격한 경계가 있었던 때다. 미국인들의 흑인에 대한 인종차별적 설정이 새로운 것이 아니므로 강자와 약자의 엄청난 차이를 어떻게 뛰어넘을 것인가가 궁금했다.

일본의 36년 강점기의 이야기를 귀가 닳도록 듣고 또 배워온 나는 그 시대의 영화나 드라마를 별로 좋아하지 않는다. 처절하게 당하는 걸 보는 고통이 견딜 수 없고, 나중에 반전되는 뻔한 전개조차 신나지 않는다. 심하게 당하면 당할수록 반전의 묘가 있다고 꾸며대는 속임수가 싫다. 흑인들이 당하는 피할 수 없는 핍박 또한 혹독해서 참기 어렵다.

소설은 내가 짐작한 흑백의 인종적 갈등이나 흔히 생기는 문제에서는 멀리 떨어져 있었다. 오히려 사회 밑바닥에 깔려있는 편견과 부당한 대우에 매우 익숙해진 가운데 겪어내는 흑인 사회 속의 이야기였다. 성과 인종차별, 근친상간과 어린이 성폭행 등을 다루어서 당시에는 학교와 도서관에서 판매 금지시키려는 운동이 거세게 벌어지기도 했다는 것이 지나친 표현은 아닌 것 같다.

조용하고 소극적인 피콜라는 날마다 예쁘게 해달라고, 파란 눈을 갖게 해달라고 기도한다. 그녀가 생각하는 미美는 백인의 하얀 피부와 파란 눈에 기준을 두기 때문이다.

피콜라는 형편없이 망가진 가정에서 술주정뱅이에 불안정한 아버지 때문에 날마다 싸우는 부모 밑에서 자란 어린 흑인 소녀다. 아이는 자신이 예쁘다면 부모도 싸우지 않고 자기에게도 잘해줄 것이라고 믿는다. 어머니는 절뚝거리는 다리로 백인 가정에서 가정부로 일하면서 자신의 집보다 깨끗한 백인 가정에서 일하는 걸 더 좋아하는, 역시 백색을 흑색보다 위로 보는 사람이다.

피콜라는 아역배우 셜리 템플의 파란 눈을 닮고 싶어서 셜리 템플의 사진이 새겨진 컵에 날마다 우유를 담아 먹고 사진에 키스한다. 그녀의 예뻐지고 싶은 욕망은 날로 커지지만 현실은 점점 그녀에게서 멀어진다.

아이는 부엌에서 일하던 중에 술 취한 아버지로부터 성폭행을 당하고 기절한다. 하지만 아이의 말을 믿지 않는 어머니는 오히려 아이를 때릴 뿐이다. 아이는 임신하게 되지만 그런 딸에 관심조차 없는 어머니로부터 어떤 위로나 보호를 기대하지 못한다.

조산한 피콜라의 아이는 죽고 그녀의 파란 눈에 대한 집착과 갈망은 더욱 더 심해진다. 피콜라는 돌팔이 심령술사를 찾아가서 파란 눈을 갖게 해달라고 애원하기에 이른다. 사악한 심령술사는 피콜라를 이용해서 자기가 싫어하는 개를 죽이게 하고 그의 속임수로 피콜라는 자신이 파란 눈을 갖게 됐다고 생각한다.

그녀의 신앙에 가까운 집념은 종래에는 눈을 망치게 하고 정신을 놓게 만든다. 아이는 거울을 들여다보며 이제 자기가 세상에서 제일 예쁜 파란 눈을 갖게 되었다고 좋아한다.

그렇게 정신에 이상이 생긴 후에야 이룰 수 없는 간절한 소망으로부터 피콜라는 놓여난다.

책이 의도하는 이슈는 전혀 다른 데 있는 것이지만, 요즘 세계 어디서나 유행하는 성형에 대한 집착과 그에 대한 열망이 피콜라의 파란 눈에 대한 집념과 많이 다른 것일까. 시대와 환경과 결과는 전혀 다르다. 그러나 외모

에만 의지해서 자신의 가치를 특색 없는 기성품으로 만들어버린다는 건 자신에 대한 자존감과 자신감을 휴지로 만드는 것이기에 안타까운 일이다.

한국의 성형술이 국제적으로 인정받고 있다는 말을 자랑스럽게 생각해야 하는 건지 문득 뒤죽박죽 어지럽다.

7
콜럼버스 시, 윌리엄스 생가

윌리엄스가 태어난 교회 목사관

테네시 윌리엄스- 맨 오른 쪽

테네시 윌리엄스

테네시 윌리엄스 Tennessee Williams 생가가 있는 미시시피 주 콜럼버스 시내에 들어섰다. 미시시피 버닝이 일어났던 두 도시, 필라델피아로부터는 80여 마일(약 129km), 메리디언으로부터는 92마일(148km) 떨어진 곳이다. 자동차로 1시간 30분 정도의 거리라면 그리 먼 곳은 아니다. 끔찍스런 흑인 인권운동요원 살해사건이 일어난 지 50년이 지났음에도 도시 이름에 머리가 쭈뼛 서고 잠이 확 달아나는 것은 사건을 들었을 때의 충격 때문일 것이다. 남의 이야기라면 멀리서 휘두르는 손에 맞은 것 같은 미세한 충격이고 내가 연관될 뻔했고 좋아했던 지역에서의 사건은 바로 옆에서 맞은 강편치 같은 이치다.

완고한 보수주의자들의 심한 투정이 아직도 남아 있지 않을까 은근히 걱정됐다. 차창 밖의 그림들이 빠른 속도에 조각조각 부서지며 지나갔다.

윌리엄스의 생가는 본래 현재의 기념관에서 길 건너편에 있는, 당시 성공

테네시 윌리엄스(Williams, Tennessee: 1911.3.26~1983.2.25)
미시시피 주 콜럼버스(Columbus, Mississippi)에서 태어난 극작가. 『욕망이라는 이름의 전차(A Streetcar Named Desire)』와 『뜨거운 양철 지붕의 고양이(Cat on a Hot Tin Roof)』로 퓰리처상을 두 번 수상했다. 『유리 동물원(The Glass Menagerie)』, 『지난 여름 갑자기(Suddenly Last Summer)』 등의 작품이 있다.

콜럼버스 시에 있는 테네시 윌리엄스 기념관

회 목사였던 외조부의 교회 목사관이었는데 1995년 교회 건물을 재건하면서 현재 위치로 옮겨온 것이라고 했다. 기념관은 윌리엄스 생가 겸 콜럼버스 시의 공식 방문자 센터로 사용되고 있었다. 그가 아주 어렸을 때 잠시 살다가 지나간 곳이어서 다른 사적지에 비해 그가 남긴 흔적은 많지 않았다.

잘 가라고 인사하는 안내인의 남부 악센트가 강하지만 더는 귀에 설지 않았다. 미시시피에 대한 체감온도가 높아졌다.

그리고 아주 짧은 순간, 미시시피 버닝과 마샬의 경호를 받고 당당하게 대학문을 들어서는 흑인 학생과, 그 몇 발자국 뒤에서 『도서관학 통론』을 손에 들고 따라가는 조그만 젊은 아시아 여성이 머릿속에서 빠른 걸음으로 스쳐 지나갔다.

미시시피 콜럼버스의 한산한 5월빛이 따스하게 느껴진 것은 아마도 남쪽 하늘이 퍽 익숙해졌기 때문인가 보다.

플로리다 키웨스트, 스탁 섬(Stock Island)의 플로리다 키스커뮤니티대학 내에 있는 **테네시 윌리암스 극장.**

유리 동물원(Glass Menagerie)

한때 테네시 윌리엄스(Tennessee Williams)가 살고 소유했던 키웨스트 던컨 스트릿(Duncan Street)에 있는 길모퉁이 집. 현재는 개인 소유다. 사방 커다란 열대 나무로 둘러 싸여서 집 번지수만 빼꼼히 수줍은 계집아이처럼 내보이고 있다. 사람이 사는 집 같지 않다. 예쁘고 깨끗하게 단장된 이웃집들과는 동떨어진 느낌이다. 집주인이, 그리고 전 주인들이 언젠가 윌리엄스가 여기 살았었다는 걸 기억이나 할까. 밖에서 카메라 셔터를 누르며 기웃거려도 집 안에선 인기척이 없다. 현관문 밖에서 쉽게 볼 수 있는 등걸이 의자나 벤치 하나도 없는 걸 보면 빈 집인가. 그의 소설 『유리동물원(Glass Menagerie)』 속의 로라가 유리동물을 아직도 수집하며 집 안에서만 지내는 것 같은 상상에 잠시 빠진다. 바깥과의 철저한 두절이 보이는 듯하다. 울타리 밖이기는 하지만 주택 침입으로 몰리지나 않을까 싶어 급히 돌아섰다.

8
한 마디 말이 모자라서

산 그림자가 파란 강물 속에서 흔들렸다. 강을 따라 길은 꺾이고 휘어져서 구불거렸다. 산길이 끝났는가 싶다가는 모퉁이를 돌면 또 다른 산으로 이어지는 길이 나왔다. 산장에서 청풍문화재단지까지가 그렇게 먼 줄 모르고 따라나선 게 미안했다.

월악산 산장 아저씨의 SUV를 타고 아침 10시 반쯤 나선 길이었다. 9월의 산천은 화려했다. 단풍나무는 아직 이른 듯 발그레한 얼굴이었고 기분 좋게 부는 바람은 길가에 늘어선 노란 은행나무 잎에 수작을 걸듯 살랑거렸다. 은행잎 하나가 바람에 날려 차 유리창에 부딪쳤다. 창가에 눈을 붙이고 노랗게 쏟아져 내리는 나뭇잎을 보며 하늘의 은총이 내려오는 모습 같다는 생각이 들었다.

가로수 나뭇잎에도, 길에서 좌판을 벌리고 앉아 있는 아주머니의 함지박 속 옥수수 위에도 가을은 이미 와 있었다.

간밤에 도착해서 월악에서의 첫날을 어떻게 보내면 좋을지 산장 아저씨한테 물었었다. 아저씨는 청풍문화재단지를 천거해주셨다. 충주댐 공사 때 수몰 지역에 있던 문화유산을 이전해 놓은 곳이라며 풍광이 매우 아름답다고 했다. 차 없이 다니는 걸 알고는 선뜻 데려다 주마 하셨다.

이번 여행은 구경보다는 오염되지 않은 산이나 바닷가 민박집에 머물며 느긋하게 쉬다 돌아갈 생각이었다. 차를 렌트하는 대신 기차나 버스 아니면 택시로, 구속되는 것 없이 발길 닿는 대로 다니고 싶었다. 남루한 마음이 있다면 모두 날려 버리자고 다짐했다.

고국의 가을 정취를 맛보지 못하게 될까 봐 로스앤젤레스에서부터 서둘렀다. 온라인으로 처음 사흘을 예약했던 곳이 월악산 기슭에 있는 산장이었다. LA를 떠나기 전, 산장 아저씨한테 전화로 길 안내를 확인 받았다.

아저씨는 월악산이 초행인 우리에게 친절하게 편의를 봐주셨다. 지난밤엔 늦은 시각에 덕산 버스정류장까지 차로 데리러 나오셨고 샤워장이 있으면 좋겠다고 말씀드렸더니 안방을 비워 주셨다. 집 떠나 낯선 배를 달래라며 늦은 저녁을 삼겹살 구이로 준비해 주셨고 맛깔스런 산채 반찬으로 월악의 첫 아침을 맞게 해 주셨다.

'청풍명월'이라고 쓰인 대문짝만한 현수막이 무색치 않도록 청풍은 맑고 아름다웠다. 문화재단지에서 내려다보이는 경치는 하늘의 우수 작품이었다. 산수의 수려함이 금방 사라지기라도 할까 봐 좀처럼 눈을 돌리지 못했다.

아침 햇살이 따뜻하게 몸을 싸안았다. 탁 트인 풍광은 신선했고 들여 마시는 공기는 달큰했다. 입과 코를 최대한 벌려 달착지근한 공기를 몸속으로 마음껏 밀어 넣었다.

유물은 섬세하게 잘 전시되어 있었다. 주변 공원엔 산수유, 목련, 당단풍,

앵두나무 등 이름도 멋스런 나무들이 명찰을 달고 손님을 맞았다. 이름과 나이, 본적지를 소개하며 읍하고 서 있는 나무들 사이를 '이상한 나라의 앨리스'처럼 돌아다녔다. 꽃을 찾아 날아다니는 나비처럼, 먹이를 찾아 유영하는 물고기마냥 공원 안을 기웃거렸다.

점심때가 한참 기울어서 공원을 빠져나왔다. 아침에 오는 길에 산장 아저씨가 점지해준 식당을 향해서였다. 식당 앞을 지나면서 아저씨는 그곳의 음식과 분위기가 썩 좋다며 꼭 한 번 가보라고 하셨다. 밖에서 얼핏 본 식당은 한적한 숲 속에 그림처럼 숨어 있었다. 충주호를 바라보고 있는 자태가 고즈넉했고 식당의 이름만큼이나 운치 있어 보였다.

아침에 매표소 옆에서 광고지를 돌리던 식당 주인을 또 우연히 만났었다. 점심은 그 식당에서 할 생각이었다. 그는 명함을 한 장 건네주면서 가는 길을 대충 일러주었다.

식당 주인이 가리켜준 길을 생각하며 걷다가 여러 갈래로 갈라지는 길을 만났다. 어느 쪽으로 가야 할지 몰라서 명함 속의 식당으로 전화를 걸었다.

"멀지 않습니다. 거기서 왼쪽으로 꺾어져 조금 오면 사거리가 나오는데 왼쪽 길을 따라 오세요. 농협이 보일 겁니다. 그 옆 주유소를 지나면 곧 삼거리가 나오지요. 거기서 오른쪽으로 꺾어지면 바로 식당 간판이 보입니다."

전화 속 목소리는 금방 찾을 수 있다며 쉽게 얘기하고 끊어졌다.

가는 길은 생각만큼 쉽지도 가깝지도 않았다. 물어서 농협이 보이는 곳까지 가는 길이 20분이 넘게 걸렸다. 배에선 꼬르륵 소리가 났다. 전화가 울렸다. 식당 아저씨였다. "아휴. 농협이 인제서 보이네요." 대답 속에 찌든 짜증을 못 들었는지 그는 그럼 됐다면서 바로 전화를 끊었다. 길을 못 찾는 것 같아서 휴대전화에 찍힌 번호로 전화를 했다고 했다. 농협을 지나고도 한참을 가서야 삼거리가 나왔다. 아무리 시골길이라고는 하지만 너무 터무니없는 거리 측정이었다. 따가운 햇살을 정수리에 이고 발걸음이 휘청댔다. 짜증이 날카롭게 날을 세웠다.

전화가 다시 울렸다. 시간이 많이 지났는데도 도착을 안 해서 확인하는 식당 주인이었다.

"아, 여긴 주유소 앞인데요. 삼거리가 어딘지, 원. 저~기 보이는 건가?"

허기가 목까지 차오르고 갈증에 입이 마른, 그러나 반가움이 섞인 내 대답이었다.

또 30여 분이 지나 있었다. 식당이 보이는 골목까지는 우리의 인내를 시험하는 길고도 지친 50여 분이 소요된 후였다. 주유소는 식당 주인의 말처럼 농협 바로 옆에 있지도 않았고, 주유소에서 삼거리도 '곧'은 아니었다. 식당을 찾아 한 시간이나 헤매다니…. 어이없는 일이었다.

"아니 어떻게 이게 금방이냐. 거리감이 있는 사람이야, 뭐야. 그래도 가야 되나? 이건 미친 짓이다." 가는 내내 남편과 나는 궁시렁 댔다. 식당 주인과 전화를 세 번씩이나 안 했다면, 산장아저씨가 아무리 좋은 식당이라고 했어도 아니, 돌아가는 길이 조금 짧았더라도, 식당이 어디 거기 하나 뿐이냐며 중도에 그만 돌아섰을 일이었다.

포장되지 않은 길이 나왔다. 흙 섞인 자갈이 발밑에서 부서졌다. 배낭을 메고 터덜터덜 들어서는 우리를 보자 식당주인은 놀란 표정을 지었다. 걸어서 왔느냐고, 그런 줄 알았더라면 데리러 갔을 것을, 차로 오는 줄 알았다고 미안해했다.

그의 잘못은 아니었다. 우리는 차가 없으니 당연히 걷는 거리를 생각했고 우리 처지를 모르는 그는 차로 움직이는 거리를 가늠해 준 것이었다. 어떻게 갈 것인지를 설명하거나 묻지를 않아서 '걸어서'라는 말 한 마디가 모자라서 생긴 황당한 해프닝이었다.

식당 앞마당의 조경이 멋졌다. 잘 다듬어진 노송이 비스듬히 서 있었고 진달래가 커다란 화분 속에서 눈길을 끌었다. 새들이 머리 위 나뭇가지에서 푸드덕거렸고 마른 잎은 작은 바람에 바스락거렸다.

다행히 산장 아저씨 말대로, 생전 처음 먹는 곤드레 비빔밥과 더덕구이 정식은 특미였다. 식탁 위엔 동양란의 은은한 향기가 청자를 타고 내려와서 앞에 펼쳐진 옥빛 호수와 잘 어우러졌고, 찻집에 더 잘 어울릴 것 같은 아름다운 클래식 선율은 우리를 깊은 숲 속으로 안내했다. 음악대학을 졸업했다는 식당 여주인의 취향 같았다.

스메타나의 '몰다우'는 산골짜기 물이 바윗돌에 부딪치며 푸른 초장을 거쳐 유쾌하게 흘렀고 비제의 '아를르의 여인'은 우아한 기품으로 가슴을 덥혀주었다. 소프라노 이네싸 갈란테의 환상적인 목소리가 벨리니의 '순결한 여신이여'에 녹아들게 만들 때 우리는 잠시 꿈을 꾸는 듯했다.

중도에서 돌아갔더라면 놓치고 말았을 일미와 감미로운 분위기였다.

　이렇게 말 때문에 생기는 잦은 오해는 물론이고, 말 한 마디가 모자라서 일어나는 어려움을 나는 자주 겪는다. 동료 간에 '미안합니다'를 아껴서 서먹서먹한 관계가 되기도 하고 사랑하는 이들에게 '사랑합니다'를 숨겨서 허전하게 만들거나 '자랑스럽다', '훌륭하다'를 마음속에만 묻어두다가 자녀들의 마음을 상하게 할 때도 있다. 나는 어쩔 수 없는 구세대여서 '사랑한다'는 말이 간지럽고 칭찬의 말도 상당히 서툴다.

　더도 덜도 아니게, 장롱 속 보물인 양 쌓아두지도 않게, 그리고 돈 안 드는 일이라고 헤프지도 아니하게, 그냥 발에 꼭 맞는 신발처럼 아주 적당하게, 말을 잘할 수는 없는 걸까.

7

희 망 을   갖 지   않 는   것 은

1 『뿌리』의 도시 애나폴리스

애나폴리스 항구

알렉스 헤일리(Haley, Alex Palmer: 1921.8.11~1992.2.10)
뉴욕 주 이타카(Ithaca, New York)에서 태어난 소설가. 작품으로 『뿌리(Roots: The Saga of an American Family)』, 『맬콤 X 전기(The Autobiography of Malcolm X)』가 있다.

오래전 ABC 방송에서 미니시리즈 '뿌리 Roots'가 방영된 적이 있었다. 12시간짜리였다. 내가 미국에 들어온 지 몇 년 되지 않았던 1977년의 일이다. 그때까지 영화나 연극 또는 소설에서 흑인 주인공을 본 기억이라면 1963년에 영화 '들판의 백합 Lilies of the Field'으로 아카데미 남우주연상을 탄 씨드니 포이티에를 제외하고는 거의 전무하던 때였다.

미니시리즈 '뿌리'는 미국은 물론이고 전 세계적으로 큰 반응을 일으켰다. 인기는 폭발적이었다. 에미상 37개 부문에 노미네이트되었고 그중 9개의 상을 받았다. 원작, 소설 『뿌리』는 1976년에 출간되어 1977년에 퓰리처상을 받은 작품이다.

오늘은 그 『뿌리』를 쓴 작가 앨릭스 헤일리 Alex Haley를 만나는 날이다. 그의 기념비적 동상이 출생지인 뉴욕 주 이타카나 그가 자란 테네시 헤닝이 아닌 애나폴리스 Annapolis에 세워져 있다는 것이 처음엔 의아하게 생각되었지만 소설 『뿌리』와 관련된 것이라는 걸 곧 알 수 있었다.

소설은 작가 자신의 뿌리를 찾아 올라가는 이야기로 아프리카에서 노예로 팔려온 선조들의 삶을 토대로 쓴 장편 소설이다. 그의 7대 조상 쿤타킨테 Kunta Kinte가 서부 아프리카 감비아에서 잡혀 다른 노예 98명과 함께 배를 타고 미국에 들어오는 것으로 시작된다. 쿤타킨테의 후손들은 엄격한 통제와 심한 차별 속에서 노예생활을 하면서도 자신들의 문화와 전통을 지키는 가족사를 만들어 낸다.

그때 흑인 노예들을 실은 배가 첫 닻을 내린 미국의 항구가 애나폴리스다.

유럽인들이 초창기 미국에 들어올 때 엘리스 아일랜드를 통과해야 했던 것처럼 아프리카에서 잡혀 온 흑인 노예들은 애나폴리스를 거쳐 팔려 나갔다.

애나폴리스는 인구 3만 8천여 명의 작은 도시로 메릴랜드 주 볼티모어에서 남쪽으로 26마일(약 42km) 정도의 거리에 있고 워싱턴 D.C.에서는 동쪽으로 29마일(약 47km)쯤 떨어져 있다.

버지니아 주 페어팩스에서 짐을 풀고 첫날을 워싱턴 D.C.에서 보낸 다음날 아침이었다. 헤일리의 동상이 있는 애나폴리스로 가기 위해 호텔에서 주는 간단한 아침을 먹는 둥 마는 둥하고 서둘러 나왔다.

토요일인데도 워싱턴 D.C.까지 가는 구간이 엄청 막혔다. 인터넷에서 얻은 정보로는 페어팩스에서 애나폴리스까지 60마일 정도에 고속도로를 이용하면 1시간 10분쯤 걸린다고 했지만 길이 막히니 시간을 대중할 수가 없었다.

토요일 바닷가는 분명 많이 붐빌 것이다. 일찍 도착하지 않으면 관광객들과 바닷가를 찾는 주민들 사이에서 주차가 쉽지 않을 것이 뻔했다. 당연히 예정한 시간보다 많이 소비될 것이고 다음 스케줄에 차질이 생길 것이 걱정이었다.

애나폴리스에 도착한 건 오전 11시가 넘어서였다. 다운타운에 있는 여행자 센터에서 지도를 하나 얻고 길 안내를 받았다. 헤일리의 동상은 바닷가의 조그만 공원 한쪽 공터에 세워져 있어서 주소가 마땅히 없었다. 지도에도 명확히 나타나 있지를 않았다. 근처까지 가서 물어가며 찾기로 했다.

바닷가 주변엔 이미 주차할 곳이 없었다. 여러 바퀴를 돌다가 다운타운으로 다시 되돌아가서 주차를 하고 걸어서 내려갔다.

예상했던 대로 포구는 벌써 바닷바람을 쐬기 위해 나온 사람들로 시끌벅적했다. 동네 사람들이 다 나와 있는 것 같았다. 갈매기들도 떼를 지어 찾아들었다. 휴식을 취하는 소형 어선들과 손님을 기다리는 작은 보트들이 똑같이 물 위에서 흔들거렸다.

말쑥한 차림의 사관생도들이 거리를 빛내고 있었다. 둘씩 셋씩 짝지어 돌아다니는 새하얀 유니폼들이 양 어깨를 똑바로 하고 단정하게 걷는 모습에 눈이 부셨다. 가까이에 해군사관학교가 있었다.

동상은 항구 바로 앞 조그만 공원 안에 있었다. 긴 돌 의자에 걸터앉은 헤일리가 왼쪽 무릎에 책을 놓고 아이들 세 명에게 이야기를 들려주는 모습이었다. 동양 여자아이가 한 명, 흑인 여자아이가 한 명 그리고 백인 남

〈뿌리 쿤타킨테〉의 도시 애나폴리스(Annapolis, Maryland)

45

자아이 한 명이 그의 무릎 앞에 턱을 쳐들고 앉거나 엎드려서 이야기를 듣는 모양이 평화스러웠다.

인종이 각기 다른 세 아이로 만든 것은 성이나 인종차별 없는 사회를 의미하는 것으로 풀이된다. 지나가는 어른들이나 부모를 따라 나온 아이들이 흑인, 백인 가리지 않고 동상을 쓰다듬었다. 동상을 타고 앉아 노는 아이들의 모습에 차별이나 편견은 보이지 않았다. 인종의 경계가 허물어지는 모습이었다.

카메라 앵글 속으로 조그만 백인 여자아이 하나가 헤일리의 무릎에 가서 앉는 게 들어온다. 할아버지 무릎에 앉은 손녀딸의 모습이다. 인자한 할아버지는 아이가 사랑스럽고 아

알렉스 헤일리와 소녀

이는 할아버지의 넉넉한 품이 편안하다.

붉은 해가 이제 수평선 허리 너머로 숨어버리더라도, 아니 훨씬 그 후에도 까만 손, 하얀 손, 황색 손, 수많은 손들은 자유와 평등의 동판을 여전히 쓰다듬으며 서로 이해하고 용서하고 화해의 손길을 멈추지 않으리라 믿는다.

2

'내일도 해는 뜬다'

농장 테라의 모형

마거릿 미첼(Mitchell, Margaret: 1900. 11. 8~1949. 8. 16)
조지아 주 애틀란타(Atlanta, Georgia)에서 태어난 소설가이자 저널리스트. 1936년 『바람과 함께
사라지다(Gone with the Wind)』로 내셔널도서상을 받았고 1937년에는 퓰리처상을 수상했다.

In a weak moment, I have written a book....

November 1935

In 1926, while working for the *Atlanta Journal Sunday Magazine*, Margaret Mitchel suffered a sprained ankle in a car accident near Jonesboro, Georgia. As a result, she was bedridden and forced to write her magazine columns at home. Eventually, when her injury was slow to heal and arthritis rendered her temporarily disabled, Mitchell quit her job at the magazine. While she was recovering, John Marsh brought books her from Atlanta's Carnegie Library. Finally – when he claimed she'd read every bo in the library – he bought her a pound of newsprint copy paper and suggested she wr her own book.

Though she had no outline, the subje and the locale of the book were shap in her mind from childhood stories a personal experience. The story wou begin with d and end wi ld be the t time as n ory of the cl

Kenneth G. Rogers, 1936, Kenan Research Center

As he article she apter fi it is ory that carr her chap articula

order and the manuscript accumulated one chapter p y man envelopes. In time, the stack of folders came near to feet a eleven inches. After three years of writing, she set th g created a central character named Pansy O'Hara who grew up o plantation near Atlanta cal Fontenoy Hall.

소설과 영화로 '바람과 함께 사라지다 Gone With the Wind'만큼 세계인의 폭넓은 사랑을 조건 없이 흠뻑 받은 작품이 또 있을까. 여류 저널리스트이며 작가인 마거릿 미첼 Margaret Mitchell이 생전에 발표한 유일한 작품임에도 미첼 기념관 안은 관련 자료들로 꽉 차 있었다.

애틀랜타 시내 990 피치트리 스트릿에 있는 마거릿 미첼의 기념관은 깔끔하고 정결했다. 미첼이 신혼이던 한때 아래층에 세 들어 살면서 장편 『바람과 함께 사라지다』를 쓰기 시작한 곳이다. 미첼이 수년에 걸쳐 완성한 이 책은 1936년에 출간되자마자 폭발적인 성공을 거두면서 전미 도서상을 수상했으며 1937년에는 퓰리처상을 받았다.

이 책은 경기 침체로 전 세계가 앓고 있던 경제 대공황 중에도 처음 6개월 사이에 100만 부가 넘게 팔리고 세계적으로 38개국에서 3천만 부 이상이 팔린 어마어마한 기록을 갖고 있다. 2008년 해리스 여론 조사 Harris Poll에 따르면 미국 독자들이 1,037페이지에 달하는 이 대작을 성경 다음으로 읽기 좋아한다고 한다.

마거릿 미첼은 조지아 주 애틀랜타의 부유한 가정에서 태어났다. 아버지는 역사학자이며 저명한 변호사였는데 평소 학교에서의 체벌을 반대한 그는 자신이 교육국의 감독관으로 있는 동안 자신의 교육국 관할 공립학교에서 체벌이 없어지게 하는 등 교육에 힘썼다. 그리고 어머니는 애틀랜타 여성 참정권[미첼이 19살이 되었을 때야 비로소 여성의 선거권이 인정되었다 (*주- 헌법 수정 제19조)]을 주장하는 연맹의 회장으로 조지아 어머니회, 학부모회, 애

틀랜타 여성클럽 등에서 활발히 지역
사회를 위한 사회활동을 했다.

마거릿 미첼

미첼은 글을 배우기도 전에 스토리
를 지어내서 어머니가 받아쓰게 했
고 어려서부터 풍성한 상상력을 발휘
했다. 책 읽기를 무척 좋아했던 미첼
은 어렸을 때 동물에 관한 이야기로
시작해서 동화, 모험 이야기를 썼고,
카드보드로 겉장을 달아 책을 만들
곤 했다. 그녀가 쓴 수백 개의 이야기
는 모두 어머니가 보관했었는데 현재
까지 남아 있는 것이 몇 편 안되는 것이 아쉽다.

1996년에 발간되어 《뉴욕 타임스》 베스트셀러가 되었던 중편 로맨스소
설 『사라진 레이즌 섬 Lost Laysen』 역시 미첼이 16살에 써서 남자친구에게
주었던 것인데 남자친구가 일찍 죽는 바람에 1994년까지 묻혀 있다가 쓴
지 80년이 지난 후에야 빛을 보게 된 것이다.

스미스칼리지가 당시 여성 교육을 위한 최고의 학교라고 믿은 어머니의
뜻에 따라 매사추세츠 주에 있는 스미스칼리지에 다니던 미첼은 첫 해에
어머니의 갑작스런 죽음을 당하면서 애틀랜타 집으로 돌아온다. 그녀는 어
머니 대신 가사를 돌보며 한동안 《애틀랜타 저널》에서 저널리스트로 일한
다. 그러다가 자동차 사고로 발목을 다쳐 집에 갇혀 지내게 되자 신문사를

그만두고 집에서 다독多讀에 빠진다. 그리고 1926년, 책을 써보라는 남편의 권유로 남북전쟁을 배경으로 한 『바람과 함께 사라지다』를 쓰기 시작한다.

어려서부터 부모와 외할머니, 이모들 그리고 친척들로부터 남북전쟁 이야기를 익히 들으며 자란 미첼은 처음 3년 동안 중요한 내용을 다 끝내는데, 챕터를 끝내는 대로 봉투에 넣어 모아둔 것이 거의 70개나 되었다고 한다.

1935년, 뉴욕시에 있는 맥밀런 출판사의 편집장이 출판할 만한 새 원고를 찾아다니느라 애틀랜타에 들렀을 때 미첼이 원고를 쓰고 있다는 말을 전해 듣는다. 그가 미첼에게 확인하려 하자 미첼은 무슨 이유에서인지 사실이 아니라고 대답한다. 옆에서 친구가 '미첼은 진지한 작가가 못된다'라고 혹평하자 이에 자극을 받은 미첼은 마음을 바꿔 편집장이 묵고 있는 호텔로 원고를 갖다 준다.

뉴올리언스로 가는 기차 안에서 원고를 읽기 시작한 편집장은 원고를 내려놓지 못하고 계속 읽다가 곧바로 뉴욕 출판사로 원고를 보낸다. 그 후 6개월간 보완하고 다시 정리한 『바람과 함께 사라지다』는 쓰기 시작한 지 10년이 지나서 빛을 보게 된다.

기념관은 도시의 뽀얀 분 냄새를 풍기고 있는 듯 했다. 도시에서 농장 '태라 Tara'의 목화향을 기대한 것은 아니지만, 복잡한

마거릿 미첼 원고

애틀랜타 큰 도시의 한복판에 있는 3층 건물은 조금 의외였다. 그것은 소설 『바람과 함께 사라지다』와 농장 태라를 떼어놓고 생각할 수 없듯이 작가 미첼을 태라와 분리시킬 수 없기 때문일 것이다. 스칼렛 오하라와 렛 버틀러가, 애쉴리와 멜라니가 그리고 『바람과 함께 사라지다』가 태어난 곳이 바로 태라인 까닭이다.

기념관 안은 1939년에 나온 영화에 관한 자료들과 사진들로 가득했다. 영화배우 비비안 리와 클라크 케이블이 주연한 영화가 제12회 아카데미 10개 부문에서 상을 받는 등 엄청난 성공을 거두었고 소설 이상으로 대중들의 사랑을 받았기 때문일 것이다

좀 더 소설에 관련된 자료를 얻기 위해 머리에타 Marietta에 있는 바람과 함께 사라지다 박물관 Gone-with-the-Wind-Museum을 찾아 갔을 때도 분위기는 비슷했다. 아니 오히려 그곳은 영화 '바람과 함께 사라지다' 기념관이라고 해야 옳을 정도로 온통 영화 얘기뿐이었다. 농장 태라의 흔적은 어느 곳에서도 볼 수 없었다.

작가가 임시로 생각해 두었다는 책의 가제목 '내일도 해는 뜬다 After All Tomorrow is Another Day'가 주는 이미지 역시 농장 태라가 갖는 메시지와 똑같이 강렬하다. 주인공 스칼렛 오하라의 끈기와 고집이 담겨 있다. 그녀의 적극성과 어느 것도 포기하지 않는 남부 여인의 의지가 소설을 끝맺는 말이기도 한 그 말 한 마디에 살아 있다.

스칼렛에게도 심한 고통의 무게에 눌려 휘청걸음을 걸어야 했던 때가 적지 않았다.

생명처럼 아끼고 가족의 젖줄이기도 했던 농장 태라가 불에 타서 굶주림에 떨어야 했고, 사랑하는 아버지와 딸 바니의 죽음으로 크나큰 상실을 경험한다. 또 평생 가슴에 품고 사랑한 애쉴리, 그도 자신을 사랑한다고 믿었었지만 정작 그가 사랑한 사람은 자신이 아니라 그의 아내 멜라니임을 깨닫게 되었을 때의 허망함, 그리고 정신적 지주였던 멜라니의 죽음, 자신도 모르는 사이에 가졌던 아기의 유산에 또 다른 아픔을 겪는다. 남편인 렛 버틀러가 그녀에 대한 마지막 희망까지 다 소진한 후 끝내 그녀의 곁을 떠나갈 때, 그제야 남편에 대한 자신의 사랑을 확인하고 떠나가는 남편을 잡으려 노력하지만 실패한다.

스칼렛은 사랑하는 많은 것들이 바람과 함께 다 사라져 버린 후 잠시 혼란과 공허감 속에서 공황상태를 맞이하지만 그녀에게 한숨이나 절망, 체념은 머물 자리가 없다. 그녀는 어떤 경우에도 억센 남부 여성의 강인함을 잃지 않는다. 그리고 '내일은 또 다른 날, 내일도 해는 뜰 것'을 확신한다. 아무리 힘들고 어려워도 결코 포기할 수 없는 오늘을 긍정적으로 받아들이고 내일에 대한 믿음과 의지를 버리지 않는다.

억척스럽고 고집스런 스칼렛 오하라의 희망의 외침이 살아 들리는, 거칠지만 배반하지 않는, 신뢰가 넘치는 '태라'가 보고 싶다.

3 '노인'의 바다와 키웨스트

키웨스트 바다

어니스트 헤밍웨이(Hemingway, Ernest Miller: 1899.7.21~1961.7.2)

일리노이 주 오크 팍(Oak Park, Illinois)에서 태어난 소설가이자 저널리스트. 1953년 『노인과 바다
(The Old Man and the Sea)』로 퓰리처상을 수상했고 1954년에는 노벨문학상을 수상했다. 『잃어
버린 세대(Lost Generation)』, 『해는 또 다시 떠오른다(The Sun Also Rises)』, 『누구를 위하여 종
을 울리나(For Whom the Bell Tolls)』, 『무기여 잘 있거라(A Farewell to Arms)』, 『유산자와 무산
자(To Have and Have Not)』 등의 작품이 있다.

나흘에 걸친 '어니스트 헤밍웨이 Ernest Miller Hemingway 만나기'는 주로 키웨스트 번화가 지역에서 이루어졌다.

헤밍웨이가 살았던 집이 있어서 사적지가 된 곳은 여러 군데 흩어져 있다. 그가 태어나고 청소년기를 보낸 시카고 근교의 오크 팍 Oak Park, Illinois 을 시작으로, 기자 생활의 첫 걸음을 내디뎠던 캔자스 시티 Kansas City, 『무기여 잘 있거라 A Farewell to Arms』의 초고를 쓰고 『유산자와 무산자 To Have and Have Not』를 완성한 키웨스트 Key West, 주로 여름철을 지낸 와이오밍 주의 샤이엔 Cheyenne, Wyoming, 몬태나 주의 빌링스 Billings, Montana, 20년 가까이 드나들며 지냈던 쿠바의 하바나 근교, 그가 사망한 아이다호 주 케참 Ketchum, Idaho까지.

그중에서 이름도 근사하고 왕성한 작품 활동을 했던 매력적인 이름의 키웨스트를 골라 찾아 나섰다. 플로리다 주 남쪽 끝이고 북미의 최남단이다. 내가 아직 한 번도 가본 적이 없는 곳이어서 여행을 겸한 즐거움이 배가 될 것을 기대하며 마음이 들떴다.

키웨스트 공항에 내려서 자동차를 렌트하고 곧바로 해안을 따라 달렸다. 예약된 호텔의 위치 확인을 끝낸 후였다. 차 창밖은 온통 출렁이는 파도였다. 사나운 바다는 아니었다. 바람에 묻어오는 비릿한 바다 냄새가 코를 자극했다. 따가운 햇살이 물결 위로 쏟아져 내렸다.

호텔 안내인이 건네 준 키웨스트 지도를 들고 헤밍웨이 기념관을 찾았다. 구시가지 중심에 있었다. 좁은 지역에서는 보기 힘든 꽤 여유 있는 크기

헤밍웨이 집- 기념관

여섯발가락 가진 고양이

였다. 그가 10년 가까이 살면서 그의 작품 중 70% 정도를 쓴 곳이라고 했다.

헤밍웨이 작업실은 옛날 그가 사용하던 모습 그대로 보존되어 있었다. 그가 아끼고 사용했던 대로 진열되어 있는 타자기, 의자, 기타 소품들 위로 집필에 몰두하고 있는 작가의 모습이 어렴풋이 그려졌다. 짜릿한 감흥이 일었다.

생전에 소장했던 책들과 기록 사진들에 둘러싸인 그는 군복 속에서 빛나 보였고 털북숭이 노인의 수염 속에서 원숙한 작가의 모습으로 완성되었다. 1953년에 퓰리처상을 받고 이듬해에 노벨문학상을 받은 꼿꼿한 위엄이 그 자료들과 함께 기념관을 화려하게 장식했다.

그가 생전에 키웠다는 여섯 발가락을 가진 고양이의 후예들이 인상적이었다. 고양이들은 탁자 위나 장롱 또는 계단 위 아무데서나 졸음에 무거워진 눈꺼풀을 치켜 올리며 게으름을 피워댔다. 부산스럽게 드나드는 사람들을 웬 수선이냐는 듯 귀찮아했다. 두려워하거나 피하는 기색이 도무지 없었고 그렇다고 반가워 꼬리치는 모양새도 아니었다. 그저 제 주인의 주인인양, 아니면 제 아비의 아비의 주인인양 거드름을 피워대는 꼴이 매우 우스꽝스러웠다. 몇 대를 걸쳐 이 집을 지켜오고 있으니 주인이 아닌 것도 아니겠다.

기념관에서 나와 헤밍웨이가 즐겨 찾았다는 술집 '슬라피 죠 Sloppy Joe'를 찾아 나섰다. 그에게 슬라피 죠는 단순한 술집이 아니라 그가 머물었던, 그리고 작품을 구상했던 자유의 공간이었다. 기념관에서 그리 멀지 않아 보였다. 여기저기 구경하면서 걸었으면 딱 좋을 거리였지만 차를 주차해 놓을 만한 곳이 없었다.

밖에서 보기에 슬라피 죠는 지극히 평범했다. 색 바랜 술집 간판의 희끄무레한 글자 'Sloppy Joe'가 볼품없이 건물 앞 전면을 다 차지하고 있었다. '그린 스트릿과 듀발 스트릿이 만나는 코너'라는 메모지를 손에 들고 어딘지 사방을 두리번거리던 내가 민망하도록 한눈에 바로 들어왔다.

주차할 곳이 마땅치 않아 몇 바퀴를 돌고서야 겨우 찾은 곳이 10불 주차 간판이 붙은 가정집 마당이었다. 좁은 키웨스트 땅에 비해 여행객의 차가 넘쳐나게 많은 까닭일 것이다.

얼핏 곁눈으로 살펴 본 슬라피 죠는 젊은이들로 꽉 차 있었다. 주변에 술

마시는 사람들이 별로 없는 까닭에 술집은 내게 매우 낯선 곳이다. 입구에서 잠시 쭈뼛거리다가 발부터 들이밀고 안으로 들어섰다. 누가 미리 자리를 잡아놓고 기다리기나 한 것처럼 빠른 걸음걸이로 안내하는 호스티스보다 앞서 걸었다.

귀가 멍멍할 정도로 시끄럽던 술꾼들의 들뜬 대화가 갑자기 영화필름이 끊겼을 때처럼 조용해졌다. 여행객이 주를 이르는 도시이기는 하지만 젊지 않은 동양인 부부가, 게다가 술을 마시러 들어오는 차림새 같지도 않은 어설픈 몸짓이 눈에 설지 않을 리 없었다. 수많은 시선을 등 뒤로 따갑게 느끼며 빈자리를 찾아 앉았다.

술집 이름 슬라피 죠에는 헤밍웨이가 함께 바다낚시하며 어울렸던 친구

헤밍웨이가 자주 간 술집 '슬라피 죠'

가 이 술집의 주인이었고 그의 별명이 '슬라피 죠'였던 배경이 있다.

키웨스트는 플로리다 주 마이아미에서 남서쪽으로 160마일쯤 떨어져 있다. 비행기로는 45분, 자동차로는 4시간(260km) 정도의 거리다. 육지와는 배로만 다니던 섬인데, 1930년대에 길이가 7마일(약 11km) 남짓 되는 다리를 포함해서 모두 42개의 다리로 섬과 섬 사이를 연결하여 지금은 마치 육지처럼 자동차로 왕래할 수가 있다. 내가 사는 로스앤젤레스에서 자동차를 타고 하루 8시간씩 운전하면 5일쯤 걸리고, 밤 비행기를 타면 7시간 넘어 걸려서 아침에 도착한다.

매년 백만 인구가 찾는다는 도시의 최남단 끝에 갔다. 싸우스 스트릿과 와잇헤드 스트릿이 만나는 코너다. '최남단 땅 끝 Southernmost'이라는 말이 쓰인 둥근 술통 모양의 표지판 뒤로 기념촬영하려는 아마추어 카메라맨들이 길게 줄을 서서 기다렸다. 차례를 기다렸다가 나도 기념사진을 한 장 찍고 북미 육지의 맨 끝에 섰다.

미국 남쪽의 땅끝 도시. 헤밍웨이가 바다낚시를 즐겼던 바다. 106마일(171km) 동남쪽 바다 너머 그가 20년 가까이 살며 드나들었던 쿠바의 하바나를 향해 가슴을 활짝 열었다. 그리고 알맞게 서늘한 바닷바람을 폐부 깊숙이 들이마셨다.

도시의 햇빛은 강렬했고 공기는 속이 다 들여다보이는 바닷속만큼이나 맑았다. 거리는 여행객들과 휴양객들로 넘쳐나서 세상의 모든 사람들이 다 이곳으로 몰려나온 것 같은 느낌이 들었다. 마치 운동경기가 끝나고 한꺼번에 거리로 빠져나오는 인파 같았다.

　맨 살 위로 따갑게 쏟아대는 햇살 아래 앞이 탁 트인 망망한 바다의 수평선이 아득히 멀었다. 그 어디쯤에 바닷고기 한 마리와 치열한 기 싸움을 벌였던 『노인과 바다 The Old Man and the Sea』의 그 처절한 집념의 바다가 있을까.

　쿠바인 어부, 노인 싼티아고는 84일간 고기를 한 마리도 잡지 못한다. 같이 배를 타던 소년마저도 다른 배로 떠나보낸다. 소년은 부모의 성화에 못 이겨 어쩔 수 없이 노인의 배를 떠날 수밖에 없었지만. 노인과의 우정을 잊지 않는다. 언젠가 다시 함께 배 탈 날을 얘기하며 노인에게 틈틈이 먹을 것을 챙겨주고 그를 돕는다. 그에게 힘을 실어준다.

　노인은 몇 달 동안 고기 한 마리 잡지 못했던 그 냉정한 바다 깊숙이 혼자서 배를 타고 나간다. 그리고 놀랍게도 사흘 만에 뱃사람이라면 누구라도 흥분할 초대형 말린을 만난다. 호락호락하지 않은 말린은 쉽게 항복하지 않고 노인 또한 자존심인 그것을 절대로 포기하지 못한다. 노인과 말린의 사투는 끝없이 계속되고 노인의 집념은 승리를 이끌어낸다. 그러나 승리의 기쁨도 잠시. 환호의 팡파르를 울려 보기도 전에 상어 떼의 습격을 받는다.

　여기 어디쯤일 그 노인의 바다를 바로 눈앞에서 지켜보고 있다는 사실에 전율했다. 가슴이 찌르르 전기를 받는 듯했다.

　"희망을 갖지 않는 것은 어리석은 일이다. 그것은 죄악이다(It is silly not to hope. It is a sin)."라며 노인이 희망을 버리지 않던 곳이다. 절대로 질 수 없다고 바다 한가운데서 고군분투하던 노인과 말린. 상어 떼에게 살을 다

뜯기면서도 앙상한 뼈만 남은 말린을 사력死力을 다해 항구로 끌고 왔던 노인의 일념의 바다.

해가 정수리를 빗겨갈 때까지 한참 동안 잠잠히 서서 그 바다를 바라다 보았다. 노인의 강한 고집이 피부로 전해왔다.

조그만 어려움에도 금방 손들고 쉽게 포기하거나 항복하기 잘하는 자신이다. 매사에 실패를 밥 먹듯이 경험하면서도 집념은 고사하고 다시 일어서서 한 번 더 도전해 보려는 용기를 키우지 못한다.

푸르른 5월의 빛이 하얗게 부서지는 바다의 심장을 바라보며 노인 싼티아고의 '희망을 갖지 않는 것은 죄악'이 가르치는 끈기와 도전에 나도 희망을 걸어본다.

헤밍웨이

4 '그린 게이블스(Green Gables)'로 가는 길

아케시아 공원 (꽃 무늬를 새기고 있는 바위들)

루시 머드 먼꺼머리(Montgomery, Lucy Maud: 1874.11.30~1942.4.24)
캐나다 캐번디시(Cavendish, PEI)에서 태어난 캐나다 시인이자 소설가, 저널리스트. 대표작품으로
『빨강 머리 앤(Anne of Green Gables)』이 있고 『에이번리의 앤(Anne of Avonlea)』, 『무지개 골짜
기(Rainbow Valley)』, 『바람의 소녀 에밀리(Emily of New Moon)』등의 작품을 썼다.

프린스 에드워드 섬 Prince Edward Island(PEI), 이름이 호화롭다. 캐나다의 동북쪽 끝이다. 인터넷으로 뉴욕에서부터 자동차로 가는 시간을 체크해보니 대강 10시간쯤으로 나온다. 처음 가는 길이기도 해서 구경삼아 비행기로 가려던 계획을 바꿔 자동차로 이동하기로 했다. 중간에 하루를 묵고 가면 될 것이다.

운전대는 언제나 남편 몫이다. 나의 41년—면허증 기록일 뿐 처음 10년 동안은 운전을 안 했으니 30년이라고 해야 옳겠지만—무사고 모범운전을 믿지 못하는 데다 사실 남편은 자동차 운전을 즐긴다. 숫자와 씨름하는 사무실일이 눈을 지치게 만들어서인지 다른 직업을 갖는다면 트럭 운전기사가 되어 넓은 평야를 맘껏 달리고 싶다는 말이 서슴없이 튀어나온다.

도로는 도심지를 지나서도 잘 포장되어 있었다. 장시간 똑바로 난 좋은 길을 운전해 가는 일이 꼬불거리고 덜컹거리는 길보다 반드시 쉬운 것은 아니다. 마구 달리려는 발끝의 충동을 막아내야 하고 변화가 없으니 몸이 빨리 나른해져서 졸리기 십상이다.

도중에 커피숍에 들러 진한 커피로 몸과 마음을 깨우고 달리는 수밖에 없었다. 한국의 휴게소 같은 데가 있다면 주전부리를 하면서 구경도 하고 땀도 식히고 졸리면 한 잠 자고 갈 수도 있으니 얼마나 좋을까 하는 생각이 들었다.

대부분의 소녀들이 그랬듯이 내가 소녀 적에 흠뻑 빠져 읽었던 소설 『빨강 머리 앤 Anne of Green Gables』의 도시 캐번디시로 가는 길이었다.

캐번디시는 『빨강 머리 앤』을 쓴 캐나다 여류작가 루씨 머드 먼꺼머리 (Lucy Maud Montgomery)가 태어나서 자란 곳이고 소설 속의 마을, 그린 게이블스와 에이번리가 창조된 곳이다.

메인 주 루이스튼에서 묵기로 했다. 메인 주는 랍스터가 크고 싱싱한 것이 싸기로 유명하다. 큰 접시에 폴싹 안긴 한 마리에 30불이다. 저녁에 랍스터를 먹고 다음날 아침에 아케디아 국립공원을 구경하고 가면 될 것이었다.

아케디아 국립공원은 미시시피 강 동쪽에서 제일 먼저 국립공원으로 지정된 곳으로 미국의 대서양 연안에서 가장 높은 캐딜락 마운틴이 그 안에 있다. 공원 크기가 47,000 에이커(약 57,536,181평)가 넘는 광대한 곳이다.

캐딜락 마운틴에서 항구 쪽을 내려다보는 경치가 으뜸이었다. 산쪽대기에 있는 돌에 낀 이끼가 색색으로 무늬를 이룬 것이 마치 꽃잎이 바위 위에 꾹꾹 박혀 있는 것 같았다.

캐나다 국경을 넘어 PEI로 건너가는 일정이 어느새 빡빡해졌다. 아케디아 국립공원에서 너무 지체한 때문이었다. 젊은 사람들이 강행군을 한다면 하루에 갈만한 거리를 이틀에 가니 넉넉하리라고 생각했던 데에 착오가 있었다.

예상했던 대로 캐번디시에는 밤 9시가 훨씬 넘어서 도착했다. 염려했던 모든 일들이 제각기 다투어 일어난 까닭이다. 아케디아 국립공원에서 늦게 떠난 후, 지도에서 계산해 낸 도착거리에 오차가 생겼고, 고속도로 공사 현장을 두 군데나 통과해야 했다. PEI로 들어가는 8마일(12.9km)길이의 컨페

PEI로 가는 컨페더레일 다리

더레일 다리 밑에서는 태평스럽게 다리 건너 풍경을 구경하느라 뿌연 안개 속으로 어둠이 번져오는 걸 보지 못했고, 섬에 들어서자 어둑해진 길 위로 게릴라성 비가 세차게 퍼붓기 시작하는 걸 피할 수 없었다.

조금 돌더라도 길이 넓은 하이웨이로 들어섰더라면 호텔까지 50km 정도의 거리를 오래 걸리지 않고 도착했을 것을 빗속에서 서두르다 하이웨이 진입로를 놓치고 말았다.

지도상에서 제일 빠른 길처럼 보이는 작은 길로 들어선 게 잘못이었다. 길이 좁아서 달릴 수가 없었다. 차 한 대만 오갈 수 있는 비분리 도로가 내가 기억하는 우리나라 1970년 이전의 시골길처럼 군데군데 있었다. 앞에서 차가 오면 길옆으로 비켜줘야 했고 뒤에서 빠른 차가 뒤꽁무니에 바짝 붙으면 옆으로 서서 먼저 가게 해줘야 했다. 길에 가로등이 없으니 어둠 속에서 길을 가늠할 수가 없었다. 작게 써진 길 표지판 역시 선명하지 않았다. 곳곳에 비포장도로처럼 울퉁불퉁하여 타이어를 잡아끄는 곳도 있었다.

차를 렌트할 때 내비게이터를 함께 빌리지 않은 걸 후회했지만, 내비게이터란 물건이 필요 없는 큰 길은 잘 나오는데 작거나 새로 생긴 길, 아니면 먼 시골 길에서는 영 쓸모없을 때가 많다. 가까운 직선거리를 계산해 주느라고 가야할 길을 자주 혼동시킨다. 이래저래 믿지 못할 때가 많으니 내비게이터가 있었더라도 작은 시골길을 잘 안내해 주었을지는 의문이다.

장님 지팡이로 더듬거리듯, 갔던 길을 몇 번씩 되돌아가며 겨우 찾아낸 호텔은 조용한 길가 언덕 위에 있었다. 그런데 어쩐 일인지 마당에 불이 꺼져있었다. 가슴이 철렁했다. 호텔을 잘 못 찾았거나, 예약한 것이 잘못되었거나, 아무튼 무슨 사단이 난 게 틀림없었다. 아무리 시골 동네라고 하지만 명색이 이름 있는 체인 호텔이다. 제대로 찾은 곳이라면 예약된 손님이 아직 도착하지 않은 상황에서 밤이 늦었다고 불이 꺼져 있을 수가 있겠는가. 난감했다.

차를 되돌린다 해서 딱히 갈 데가 있는 것도 아니었다. 일단 호텔 앞에 차를 주차시켰다. 문을 두드려 볼 작정이었다. 아무도 없다면 주차장에 주차해놓고 차 안에서 자야 할 형편이었다.

건물로 걸음을 몇 발짝 떼어놓자 불이 환하게 켜졌다. 순간 "와~ 살았다!" 반가운 탄성이 절로 튀어나왔다. 차가 들어오는 걸 보고 있던 직원이

불을 킨 모양이었다. 아니면 물체가 움직이면 켜지는 센서등이었는지도 모르겠다.

문을 열고 들어섰다. 동양 얼굴의 남자가 우리를 맞았다.

"안녕하세요?" 홀에 나머지 전기 수위치를 키며 남자가 말했다.

"어? 혹시 한국분이세요?" 요즘엔 이런 인사 정도의 간단한 한국말은 어디서나, 누구에게서나 들을 수 있을 터였다.

"네."

놀라움보다 반가움이 먼저였다. 마음이 놓이니 긴장이 확 풀렸다. 갑자기 내 집에 온 느낌이 들었다.

'어떻게 우리가 한국인인 걸 아셨어요?' 신기해서 내가 물었다.

"아. 예약손님 이름을 봤거든요. 가운데 이름이 한국 이름이라서요." 영어 이름을 넣을 때 우리말 이름을 가운데 넣어두었는데 그 가운데 이름을 말하는 것이었다.

그는 캐나다 서부 벤쿠버에 사는데 호텔을 인수하여 운영하느라 동북쪽 끝에 와 있는 거라고 했다. 가족은 모두 벤쿠버에 살고 있다니 일 때문에 6,000km(약 1만 5천리), 자동차로 55시간 거리에 떨어져 사는 기러기 아빠인 셈이다.

직원들은 모두 퇴근해서 주인인 그만 혼자 있다고 했다. 아니, 좀 더 정확히 말하면 그곳은 숙박 시즌이 9월 30일로 끝나고 10월부터는 문을 닫는다고 했다. 시즌 마지막 날인데 밤 9시가 넘도록 손님이 나타나지를 않자 못

오는 줄 알았던 모양이다. 우리가 올 시즌의 마지막 손님인 셈이었다. 호텔 상태를 몰라 우선 하루만 예약해 놓았던 것을 방 청소는 안 해도 괜찮다고 사정해서 하루를 더 연장시켰다.

호텔에 다른 손님은 안 보였다. 주인과 객이 다 우리말을 쓰니 한국의 시골동네에 온 것처럼 푸근한 느낌이 들었다. '그린 게이블스 농가(Green Gables Farm)의 앤'을 찾아온 캐번디시에서의 첫날밤은 이렇게 고향의 품처럼 넉넉한 인정 속에 시작되었다.

5
'빨강 머리 앤'의 나라

루시 머드 먼꺼머리(Montgomery, Lucy Maud 1874. 11. 30~1942. 4. 24)
캐나다 캐번디시(Cavendish, PEI)에서 태어난 캐나다 시인이자 소설가, 저널리스트. 대표작품으로
『빨강 머리 앤(Anne of Green Gables)』이 있고 『에이번리의 앤(Anne of Avonlea)』, 『무지개 골짜
기(Rainbow Valley)』, 『바람의 소녀 에밀리(Emily of New Moon)』 등의 작품을 썼다.

캐나다 프린스 에드워드 섬(Prince Edward Island)의 조그만 도시 캐번디시와 그 근교는 소설 『빨강 머리 앤 Anne of Green Gables』과 그 시리즈를 써서 세계적으로 유명해진 캐나다 여류작가 루시 머드 먼꺼머리 Lucy Mudd Montgomery와 소설 『빨강 머리 앤』을 기념하는 장소들로 가득했다. 작가의 생가와 자란 곳이 소설 속 배경과 함께 박물관으로, 국립사적지로, 상징적인 테마 파크 등으로 꾸며져서 작가와 책을 기념하기에 바빴다.

먼꺼머리는 캐번디시에서 태어나서 두 살 때 어머니를 결핵으로 잃고 조부모 손에서 자랐다. 이렇게 친구 없이 혼자서 외롭게 자란 어린 시절이 많은 가상의 친구들을 만들어내고 공상의 세계 속에 지내면서 상상력과 창의력을 길러주었다고 작가는 회고했다. 그녀는 10살부터 시를 써서 15살 때는 신문에 발표하기도 했는데 생전에 소설 20권과 단편소설 500편, 자서전, 시집 등을 출간하여 명성을 얻었다.

캐번디시는 확실히 '앤'의 나라였다. '그린 게이블스 앤 쵸콜렛', '그린 게이블스의 앤 박물관', '앤 셜리 호텔', '앤 리조트', '에이번리 마을' 등 어디나 소설 속의 주인공 소녀 '앤'으로 빛났다.

앤과 연결되는 관광산업이 캐번디시는 물론이고 프린스에드워드 섬을 통틀어 주를 이루었다. 프린스에드워드 섬은 소설 속의 배경과 내용을 토대로 하여 관광명소로 개발됐고 상인들은 그에 부응하는 상품들을 앞 다투어 만들어냈다. 앤의 팬들은 그것들에 몹시 흥분했고 끊임없이 매료되었다.

이렇게 앤은 이 지방의 저명인사이고 지방경제의 큰 몫을 담당하는 최대공헌자이며 전 주민의 생계를 책임진다.

캐번디시는 도시라고 하기에는 진한 초록의 대지가 전원적이었고 뭔가 언밸런스의 단출함이 있어 시골마을 같았다. 그렇다고 농촌이라고 하기엔 기름진 땅 위에 띄엄띄엄 여유 있게 서 있는 아담한 집들이 농장의 흙먼지를 뒤집어쓰고 있지 않았다. 더러는 인형의 집처럼 앙증맞고 예뻐 보였다.

멀리 수확이 끝난 비 먹은 옥수수밭이 갈색 물결을 이루었다. 도시는 수수했으나 가난하지 않았고, 여유로웠으나 흥청거리지 않았다.

해안을 따라 올라갔다. 옆으로 보이는 파도는 비교적 잔잔해서 부드럽게 넘실대는 것이 보기에 편안했다. 모래 위에 파도 무늬가 만들어졌다가 금방 없어졌다.

빗속을 가르고 간 곳은 캐번디시에서 19km(12마일) 서쪽에 있는 앤 뮤지움 Anne of Green Gables Museum 이었다. 뮤지움은 110에이커(약 134,659평) 대지에 박물관과 상점, 작은 카페와 헛간 그리고 숲이 아래쪽

그린 게이블스 뮤지움

으로 있었다. 앞뜰 정원은 예쁜 꽃들이 가득했고 소설 속에서 '반짝이는 호수 The Lake of Shining Waters'로 묘사되는 조촐한 호수가 가까운 곳이었다. 뉴

런던 길가에서 조금은 초라하고 수수하게 방문객을 기다리던 작가의 생가와는 규모부터가 달랐다.

이곳은 먼꺼머리가 소설 『빨강 머리 앤』에 대한 영감을 얻은 곳으로 본래 작가의 사촌들이 살던 집이었다. 작가가 어렸을 때 자주 방문했고 자기집보다 더 좋아했다고 훗날 술회했던 곳이다. 그녀가 결혼식을 올렸던 곳이기도 하다. 여행 시즌이 막 지나서인지 깃발 든 여행객들로 북적대지 않았고 넘치는 상술로 조잡스럽지 않았다.

기념관에는 작가의 소장품과 결혼 드레스를 비롯해서 자신이 직접 물들여 만든 퀼트 덮개, 결혼식 때 사용했던 오르간과 가구들이 그대로 진열되어 있었다. 옆의 기념품 가게에서 파는 『빨강 머리 앤』의 각종 소품들이 마치 영화를 보는 착각이 들 정도로 이야기 속으로 빠져들게 했다.

1908년의 소설 『빨강 머리 앤』은 100여 년이 지난 지금도 소녀들은 물론이고, 이전에 소녀였던 이들한테까지도 영화로, 드라마로, 연극으로, 뮤지컬로, 만화로, 다양하게 앤에 빠져 지냈던 어린 시절을 그리워하게 하는 진한 향수와 같은 사랑을 받는다.

그린 게이블스에 사는 마릴라와 매튜 남매는 농사일을 도와줄 수 있는 튼튼한 사내아이 하나를 입양하려고 고아원에 신청하지만 정작 그들을 찾아온 아이는 엉뚱하게도 남자아이가 아니고 농사일에 조금도 도움이 되지 않을 열한 살배기 여자아이 앤 셜리다.

앤 셜리는 머리가 빨갛고 얼굴은 주근깨투성이며 혈색이 없다. 성격이 밝은 앤은 어떻게

먼꺼머리 일기장·유품

든 남매를 기쁘게 해 주려고 애를 쓰는데, 냉정한 판단력의 소유자인 마릴라는 본 대로 느낀 대로 마구 떠들어대는 별난 아이 앤이 신경에 거슬린다. 마릴라는 착오로 잘못 온 앤을 고아원으로 되돌려 보낼 생각을 하는데…. 과묵하고 수줍음이 많은 남동생 매튜는 금방 앤의 그런 순진하고 천진함을 좋아하게 된다.

　고아원과 남의 집을 전전하며 어린 시절을 보낸 앤의 어둡고 불행했던 과거를 알게 된 마릴라는 아이를 돌려보내지 못하고 친자식처럼 키운다. 앤은 지난날의 불우했던 환경에서 빠르게 벗어나 그곳 생활을 받아들이고 즐거운 마음으로 적응한다. 마침내 집에서 가족의 사랑을 받는 아이로 자라고, 학교에서는 똑똑하고 상상력 많은 모범 학생으로 인정받는다. 그리고 개성이 강한 바른 소녀로 성장한다.

『빨강 머리 앤』은 어린 소녀 앤이 이렇게 그린 게이블스에 오면서 솔직하고 말이 많고 공상하기 좋아하는 성격 때문에 좌충우돌하지만 긍정적으로 적응해가는 이야기다.

마릴라와 매튜는 앤의 적극적이고 밝은 성격으로 사람을 끄는 매력에 감동한다. 그리고 앤에게서 순수함과 조건 없는 진실한 사랑을 배운다.

빨강 머리 앤이 소설 속에서 마릴라와 매튜 그리고 동네에서 없어서는 안 될 사람으로 성장했듯이, 도시 캐번디시와 프린스에드워드 섬에서도 중요한, 절대 필요한 존재가 되어 언제까지나 남아 있을 것이다.

6
구름에 달 가듯이

시간은 결코 멈추는 법이 없다. 순간의 쉼이 없이도 지치거나 피로한 줄 모른다. 언제 어디서나 한결같다. 가는 속도조차 전혀 달라 보이지 않는다.

세상은 쉬지 않는다. 브레이크가 없다. 가끔 힘에 부칠 때면 잠깐이나마 눈을 감고 졸아보기라도 하건만 무거운 짐짝을 내려놓는 일이 결코 없다. 시간과 동무 삼아 강물 흐르듯 계속 흐를 뿐이다. 시간처럼 뒤돌아 볼 줄 모르고 그저 구름에 달 가듯이 앞으로만 나갈 뿐이다.

사람도 시시각각 생각이 변한다. 때에 따라, 상황에 따라 치우치는 일은 있어도 머릿속엔 언제나 무언가가 지나가고 돌아다니고 엎치락뒤치락 한다. 어른들의 축소판인 아이들 또한 시간 따라, 세상 따라, 어른 따라 생각을 바꿔 나간다.

요즘 아이들은 우리가 자랄 때 암기하던 어른들의 속담이나 옛말을 믿지 못한다. 좋은 말이라고, 믿어야 한다고 입이 닳도록 우겨 봐도 소용이 없다. 우리말뿐 아니라 외국어로 열심히 읽고 쓰던 옛 가르침들은 그들에게 어디까지나 이솝 우화에 지나지 않는다. 어쩌면 들어본 일조차 없을지 모른다.

조금만 자라면 누구나 알게 되는 일이라고, 남들한테 뒤지면 안 된다고,

치열한 경쟁 사회에선 빠를수록 좋다고, 우리 어른들이 목청 돋워 밀며 가르치는 명언은 따로 있기 때문이다.

인터넷에 유머로 떠돌아다니는 현실감 있는 명언(?)들을 모아보면 이렇다.

> 어려운 길은 길이 아니다.
> 고생 끝에 골병든다.
> 티끌 모아봤야 티끌.
> 가는 말이 고우면 사람을 얕본다.
> 일찍 일어나는 새는 더 피곤하다.
> 일찍 일어난 벌레는 잡아먹힌다.
> 내일 할 수 있는 일을 오늘 할 필요는 없다.
> 성공은 1% 재능과 99% 돈과 빽이다.
> 예술은 비싸고 인생은 더럽다.
> 하나를 보고 열을 알면 무당 눈이다.
> 돌다리도 두들겨 보면 내 손만 아프다.
> 나까지 나설 필요는 없다.
> 포기하면 편하다.
> 늦었다고 할 때가 가장 늦은 거다.
> 되면 한다.
> 실패는 성공의 걸림돌이다.
> …

다분히 풍자적이다. 그런데 재미로 한 번 웃고 지나가기엔 어쩐지 어깨가 무겁다. 이건 요즘 아이들이 혼자서 지어낸 말들이 아니다. 우리 어른들이 모두 물밑 작업을 통해 전수해 준 말들이다.

행여나 내 아이들이 순진하게 '고생 끝에 낙이 온다'거나 '실패는 성공의 어머니' 또는 '가는 말이 고와야 오는 말이 곱다'를 믿고 따랐다가 불이익을 당하면 어쩌나 걱정이 태산이다. 위험한 곳엔 가지 말고, 힘든 일엔 나서지 말고, 불의는 못 본척하고, 불쌍한 사람은 가까이 하지 말라고 당부하며 어서 사회를 배우고 빠르게 대처하기를 바라는 어른들에게서 아이들은 열심히 베껴 쓰며 실전의 경험을 쌓고 있는 것이다.

세상에 변하지 않는 게 어디 있겠는가. 진리는 변하지 않고 변하지 않는 게 진리라지만 모든 게 변했으니 그에 따라 색깔이든 크기든 아니면 뭔가가 달라지는 건 당연한 게 아니냐고 궁색한 변명을 늘어놓을 수도 있을 것이다.

며칠 전 아들아이가 팔에 커다란 빨간색 붕대를 감고 들어왔다. 혈액을 기증하고 온 것이다. 아이는 자주―내 눈에는 너무 자주―적십자 헌혈 행사에 참가해서 나를 긴장시킨다. 적십자사에서 전화가 오면 어떤 때는 바꿔주고 싶지 않아 집에 없다고 둘러댈 때도 있다. 그러나 그게 아무짝에도 쓸데없는 일라는 걸 모르지 않는다. 집 전화로 안되면 금방 핸드폰으로 할 것인 것을. 다만 심사가 꼬여서 참지를 못하는 것뿐이다. 적십자사에서 전화로 헌혈을 종용하는 게 나는 정말 싫다. 아니, 내 아이의 귀한 피를 자꾸 뺏어가려는 게 영 못마땅하다.

헌혈하다 부작용이 생길 수도 있고 그만큼 노출되어 있는 때가 많으면 무슨 일이 생길지도 모른다고 조심하라는 엄마를 아들아이는 정면으로 면박한다. '헌혈하고 나서 2~3개월이면 피는 완전히 회복되니 염려할 게 없다, 부작용? 며칠 지나면 정상으로 돌아온다'라고 나를 가르치려 든다. 귀가 닳도록 들은 얘기다.

혈액 검사할 때 바늘이 팔에 꽂히는 걸 쳐다보지도 못하는 나로서는 그저 몸속에서 무엇이든 빼내는 것이나 찌르는 것은 겁나고 무섭다. 아이에게 너무 자주 하지 말라고 말하면 속물이란 소리나 들을 것이 뻔하므로 속으로만 꿍얼거릴 뿐인데, 아이가 다시 일침을 놓는다. "만약 내가 피가 꼭 필요한데 헌혈해 줄 사람이 없으면 어떻게 되겠어, 엄마?" 얼음물을 뒤집어쓴 것처럼 정신이 번쩍 든다.

여기저기 몸속에서 불 켜지는 소리가 난다. 그래. 맞아. 네가 맞다. 그저 내 새끼, 내 가족, 내 것밖에 모르는 아둔한 엄마는 아들의 말에 그만 아찔해진다. 생각하는 것조차 부정不淨할 것만 같은, 네가 아파 남의 헌혈이 필요할 때가 없으란 법이 없지. "그러나 너무 자주 하지는 마" 하고 입 밖으로 튀어 나오는 말을 도로 삼킨다.

시인이며 철학자인 칼릴 지브란 Kahlil Gibran의 말이 들린다.

"부모는 아이들에게 사랑을 줄 수는 있어도 생각을 줄 수는 없다. 아이들은 자신의 생각을 가지고 있기 때문이다. 자식들에게 육체의 집은 줄 수 있지만 영혼의 집은 줄 수 없다(You may give them your love but not your thoughts. For they have their own thoughts. You may house their bodies but not souls)."

아이들의 판단이나 결정이 우리 어른들 것과 다르다고 해서, 좀 늦다고, 마음에 안 든다고 틀린 건 아니다. 시행착오든, 실험이든, 경험이든, 어떤 식으로든, 그들은 끊임없이 성장할 것이므로. 실패에서 자양분을 얻고 고된 삶은 튼튼한 뼈대를 키워줄 것이다. 부모들이 어서 빨리 영악해지라고 안달하며 부질없이 소리 지르지 않아도 충분히 빠르게 세상을 터득해 나가리라. 세월도 삶의 지혜를 가르쳐주는 일에 맡은 몫을 게을리 하지 않을 것이라 믿는다.

그렇게, 젊은 그들은 언젠가 '고생 끝에 낙이 온다'를, 그리고 '실패는 성공의 어머니'를 그 자녀들에게 가르칠 수 있는 날이 분명 올 것이다.

7
모카향 앞에 서면

장을 보고 나올 때면 꼭 거쳐야 하는 지독한 시험대가 하나 있다. 어쩌다 큰 맘 먹고 성공할 수도 있지만 보통은 꼭 걸리고 만다. 엄청난 노력을 해야만 겨우 패스할까 말까다.

내가 가는 마켓은 쇼핑몰 안에 있는데 주차장으로 나오는 길목 왼편에 작은 빵집이 하나 있다. 카트를 끌고 나오다 보면 빵은 보기도 전에 향긋한 빵 굽는 모카향이 먼저 코를 찌른다. 한 입 베어 물면 코를 톡 쏘며 입 안에 가득 채워줄 달콤한 맛이 짜릿하게 전해진다.

오늘은 절대로 빵집엔 안 들른다고 맹세를 해 보지만 주차장까지 논스톱으로 나오지를 못한다. 어떤 때는 빵집을 쳐다보지 않고 반대쪽을 보며 나오다가도 잡혀서 빠져나오는 성공률은 10%나 될까. 영락없이 '나는 왜 모카향 앞에 서면 자꾸 작아지는가'다.

에이, 모르겠다. 한 개씩만 사자. 카트를 밀고 있는 남편 거 하나, 내 거 하나. 그런데 일단 빵집에 발을 들여놓게 되면 좀 전의 '한 개씩만'은 금세 잊어버린다. 바스켓을 들고 주섬주섬 넣기 시작하면 이미 게임 종료다. '둘이 한 개씩만'이 이젠 '골고루 하나씩'이다. 종전의 내 굳은 맹세는 꼬리조차 보이지 않는다.

이렇게 자신과의 끊임없는 자제력 테스트를 시작한 것은 언제부턴가 밀가루 음식을 충분히 소화시키지 못하는 병을 얻고부터다. 기름진 것을 먹으면 속쓰림을 겪어야 한다. 달콤하고 구수한 맛이 입 안에선 살살 녹아 잘 통과하는데 그 아래에 있는 위에서는 왜 말썽을 일으키는지 모를 일이다. 먹고 나면 언제나 속이 아파 고생을 하는 것이다. 위 내시경에도 안 나타나는 걸 보면 죄질이 꽤 나쁜 놈인가 보다.

그래도 향긋한 모카향 앞에선 속쓰림을 깜빡 잊는다. 일단 먹고 나서 아파하는 일이 반복된다.

'한 개만'이라는 말을 이젠 남편도 아이들도 믿지 않는다. 어떤 때는 '지금은 괜찮아'라는 말에 속아주지 않아 많이 야속하다.

어려서부터 빵을 좋아하는 터여서 친구들을 만날 때 다방보다는 빵집에서 만나곤 했었다. 약속이 없을 때도 빵집을 지나치게 되노라면 누가 뒷골을 잡아당기는 것같이 발걸음이 천근이다. 빠르게 휘~익 지나가지 않으면 영락없이 잡히는 것이다.

오늘은 마켓을 급히 빠져 나오려는데 카트를 밀던 남편이 빵집 옆에서 주춤거렸다. "한 개씩만 살까" 하며 곁눈으로 내 반응을 살피는 눈치다. 보통은 그렇게 결단력이 없어서 어떻게 하냐며 속이 쓰려 꺽꺽거리는 사람한테 핀잔주는 걸 즐기는 사람이다. 억지로 참고 있는 내 모습이 측은해 보였던 모양이다. 잠시 유혹과 갈등과 결단과 타협과 그리고 포기 사이에서 갈 지

之자를 그리며 발걸음이 흔들렸다.

"아니. 그냥 가자." 재빨리 남편보다 앞장서서 주차장을 향해 걸어 나왔다. 코를 현혹시키는 모카향이 뒤통수를 막 잡아당기는 것 같았다. 기대에 부풀었던 창자가 한바탕 들썩거리다 실망으로 가라앉는다.

속으로는 마음이 변해서 곧바로 뒤돌아설까 봐 걱정되었지만 나는 묵주를 세며 로사리오의 기도를 드리듯 내게 주술을 외운다. 나도 자제능력이 있다고.

적어도 오늘은 위가 아파 고생하는 일은 없을 것이라는 생각에 승리의 청색 깃발을 높이 올린다. 불원간 나도 아무런 갈등 없이 모카향을 들이킬 수 있을 것이다.

책을 끝내며

나의 여행에 대한 신열身熱은 5월과 9월이 기울 때쯤이면, 어김없이 제 시간에 나타나는 빚쟁이같이, 겨울철이면 단골처럼 찾아오는 감기같이 으흐흐 몸을 드러낸다. 5월은 동행할 남편의 직업상 연초부터 4월까지 바빴다가 틈이 생기는 첫 달을 느긋하게 보내지 못하는 참을성의 결핍 때문이고 늦은 9월엔 낙엽이 하나둘 떨어지기 시작하면 마음이 어느새 마른 잎이 되어 먼저 버석거리는 것이다.

이렇게 낯선 곳을 다니다 보면 우연찮게 문학의 고장을 지나칠 때가 있다. 캘리포니아 몬터레이 해안에 갔다가 노벨상 수상 작가 존 스타인백의 반신상을 본다던지, 빅서에 갔다가 『에덴의 동쪽』을 떠올리는 일 등이 빈번히 생긴다.

내가 어린 시절을 보낸 고향마을은 상당히 밋밋하다. 산이나 바다가 없고, 아담한 시냇물조차 넉넉지 못한 평평한 들판이다. 손이 시리게 시원한 계곡물이라든지, 구불거리는 산길을 가다가 길을 잃는다던지, 철석거리는 파돗소리에 잠을 설친다는 등은 꿈이나 책 속에서만 가능한, 내겐 사치스런 풍경이다. 바로 그것이 내가 시적 감각이 부족한 이유라며 문학이 태어난 곳은 어떤 곳일까 상상하곤 한다.

무엇이 그렇게 가슴 시린 작품을 낳게 한 것일까, 산세일까, 사람들일까, 세찬 문학의 기류는 어디서 오는 걸까. 아직도 나는 가끔 그런 곳을 찾아다니는 꿈을 꾼다.

이번에 문학사적지를 둘러보기로 한 구상은 그렇게 오래 전부터 희망하던 것이 차츰 모습을 드러내게 된 것과 무관하지 않다. 그곳에 문학과 예술이 용광로처럼 끓고 있으리라는 현실감 없는 기대는 아니다. '아, 이런 곳이었구나!' 하는 목견目見의 감동에다 '그곳에 내가 있었다'는 사실 하나에 감격할 줄 아는, 감성이 꿈틀거리고 감동에 뛰는, 가슴이 질러대는 고함소리가 그리운 것이다.

막연한 바람은 시천詩泉을 따라서 문인들의 생가와 자라난 고향, 기념관, 또는 작품 속의 배경도시 등 문학의 고장을 찾아보는 일로 진화했다. 작품 속의 그들이 칩거했던 곳이나, 작가가 작품에 몰두했던 곳, 살았던 곳 등을 중심으로 자료수집에 나섰다. 거기서 일출과 일몰을 보는 상상만으로도 즐거웠다.

사적지는 대부분 잘 간수되어 있었다. 나무 한 그루 풀 한포기도 그곳을 찾는 이들에게 소중한 기념물이 되도록 훌륭하게 보존되어 있었다. 간혹 후원금의 부족 때문이겠지만 잘 유지되지 못하고 슬럼가에 버려져 있는 곳을 만나면 안타깝고 슬픈 생각이 들었다.

헤밍웨이가 10년 가까이 살면서 작품을 썼고 홈이라 불렀던 곳, 그의 작품 『유산자와 무산자To Have and Have Not』의 배경이 되었던 미 대륙

의 최남단 땅 끝 키웨스트를 찾아 나섰을 때의 설렘은 생소해서 어떻게
도 설명하기 어렵다. 내가 많이 빠져들었던 소설, 『앵무새 죽이기 To Kill a
Mockingbird』의 배경도시 앨라배마 주의 몬로빌이나 시인 에밀리 디킨슨의
고향마을 애머스트 방문 때는 꼭 뱃멀미를 하는 것처럼 가슴이 울렁거리
고 두근거렸다.

방문지 선택은 순전히 내 개인의 취향이었다. 내가 40여 년간 살고 있는
곳이 로스앤젤레스 지역이라서 편의상 미국 문학을 중심으로 목적지를 좁
혔다. 개인적으로 좋아하거나, 전에 작품을 접한 일이 있거나, 비교적 잘 알
려진 노벨문학상이나 퓰리처상 수상 작가를 대상으로 시작했다.

지식의 한계 때문에 작가나 작품세계로 들어가는 모험은 피했다. 혹시 간
단한 줄거리 외에 작품에 대한 언급이 있었다면 그건 한 독자의 독후감 테
두리를 벗어나지 않는 수준일 뿐이다.

방문리스트 속의 방문지 대부분이 안타깝게도 미국의 동부에 있었다. 서
부에 사는 나로서는 비행기로 5시간 이상을 날아가야 하는 곳을 욕심껏
자주 방문할 수 없었던 어려움이 있었다. 또, 많은 사적지들이 제한된 시
간에만 열거나, 보수공사로 문을 닫았거나, 내부에서는 사진을 찍지 못하게
하는 등의 규제 때문에 기록을 남길 수 없었던 점 등이 아쉬웠다.

이번 프로젝트가 여행 정보나 사진 위주가 아니니 여행기나 포토 에세이
는 아니다. 자신의 취향에 국한시켜 편리에 따라 부분적으로 선택한 점을
감안하면 문학인의 고장 탐방기로 보기에도 부족하다. 그저 걸으며 생각하

고, 생각하며 쓴 곳이 문학사적지 주변인만큼 작가와 작품을 중심으로, 어떤 것은 단순한 수필의 형태로, 가끔은 문학 기행처럼, 때로는 간단한 기록으로 남긴 것들이다.

편집에서는 기억을 돕기 위해, 그리고 독자의 이해를 돕기 위해 자료 사진을 함께 실었고 번역문에는 오역의 오류를 범하지 않으려고 가능한 원문을 병기倂記했다. 또한 기념관을 찾아갈 사람들을 위해 사적지/기념관 소재지를 부록으로 첨부했고 저자가 직접 방문한 곳은 앞에 *표를 넣어서 달리 표기하는 방식을 취했다.

지난 3년여 동안 작품 속의 인물이 되어 보기도 하고, 글을 쓴 저자의 시선을 느껴가며, 작품에 그리고 도시의 매력에 푸욱 빠져 지낼 수 있었던 것은 더없이 유쾌한 경험이었다. 희미해진 기억 속의 고전들을 다시 읽어보는 것 또한 학습의 좋은 기회가 되었다. 값진 수확에 즐거움이 배가 되니 용기백배, 나는 꽃 본 나비마냥 밀레이의 '태양 아래서 가장 즐거운 존재'가 되는 행복을 누릴 수 있었다.

〈문학 사적지〉

문인들의 생가, 자라난 고장, 문학작품 속의 배경, 박물관, 기념관, 유적지들의 소재
지(저자가 방문했던 곳은 앞에 *로 표시함)

미치 앨봄(Albom, Mitch: 1958.5.23~)

뉴저지 주 퍼세이익(Passaic, New Jersey) 출생
*브랜다이스대학교(Brandeis University): 415 South St. Waltham, Massachusetts 02453 Tel.
781/736-2000

브론슨 앨콧(Alcott, Amos Bronson: 1799.11.29~1888.3.4)

코네티컷 주 월컷(Wolcott, Connecticut-현재의 Farmingbury) 출생
*The Wayside: 455 Lexington Road Concord, Massachusetts
*Orchard House, 399 Lexington Rd. Concord, Massachusetts 01742

루이자 메이 앨콧(Alcott, Louisa May: 1832.11.29~1888.3.6)

생가: 5425 Germantown Avenue Germantown, Pennsylvania
*Orchard House, 399 Lexington Rd. Concord, Massachusetts 01742
*The Wayside: 455 Lexington Rd. Concord, Massachusetts
*Authors Ridge, Sleepy Hollow Cemetery 24 Court Ln, Concord, Massachusetts

레이 브랫베리(Bradbury, Ray: 1920.8.22~2012.6.5)

일리노이 주 워키건(Waukegan, Illinois) 출생
*670 S. Venice Blvd. Venice Beach, California(660번지에 흡수되어 없어짐)
33 S. Venice Blvd. Venice Beach, California
*캘리포니아 주 베니스비치(Venice Beach, California)에서 활동함.

윌리엄 컬른 브라이언트(Bryant, William Cullen: 1764.11.3~1878.6.12)

*생가: Homestead 205 Bryant Rd. off Route 112 Cummington, Massachusetts-boyhood home
and later summer residence Tel. 413-634-2244

펄 벅(Buck, Pearl Comfort: 1892.6.26~1973.3.6)

*Green Hills Farm: 520 Dublin Rd. Perkasie, Pennsylvania 18944
Tel. 215-249-0100
출생지/박물관: Route 219 Hillsboro, West Virginia 24946

트루먼 커포티(Capote, Truman: 1924.9.30~1984.8.25)

*루이지애나 주 뉴올리언스(New Orleans, Louisiana) 출생

*어린 시절, Monroeville, Alabama에서 여름을 지냄.

마크 트웨인
(Mark Twain, 본명 Clemens, Samuel Langhorne: 1835.11.30~1910.4.21)

*House & Museum: 351 Farmington Ave. Hartford, Connecticut 06105, Tel. 860-247-0998
66 Forest St. Hartford, Connecticut
Birthplace State Historic Site: Route 1 Stoutsville, Missouri 65283
생가: 37352 Shrine Rd. Florida, Missouri 65283 Tel. 573-565-3449
Boyhood home: 120 North Main St. Hannibal, Missouri

제임스 페니모어 쿠퍼(Cooper, James Fennimore: 1789.9.15~1851.9.14)

*Cooperstown, Albany, New York
생가: 457 High St. Burlington, New Jersey

에밀리 디킨슨(Dickinson, Emily Elizabeth 12.10.1830~5.15.1886)

*The Homestead/museum and the Evergreens: 280 Main St. Amherst, Massachusetts 01002
Tel. 413-542-8161

*Dickinson Historic District: on Kellogg Ave, Main, Gray, and Lessey Streets in Amherst

랄프 왈도 에머슨(Emerson, Ralph Waldo: 1803.5.25~1882.4.27)

*House: 28 Cambridge Tpke&SR 2A, Lexington Rd and Cambridge Tpke Concord, Massachusetts
*The Old Manse: 269 Monument Street Concord, Massachusetts 01742 Tel. (978) 369-3909
*Authors Ridge, Sleepy Hollow Cemetery
*출생지: Boston, Massachusetts

윌리엄 포크너(Faulkner, William Cuthbert: 1897.9.25~1962.7.6)

미시시피 주 뉴알버니(New Albany, Mississippi Tel. 662-234-3284) 출생
*National Historic Landmark: Rowan Oak 916 Old Taylor Rd. Oxford, Mississippi

로버트 프로스트(Frost, Robert Lee: 1874.3.26~1963.1.29)

*샌프란시스코(San Francisco) 출생
*Farm house: 122 Rockingham Rd. Derry New Hampshire Tel. 603-432-3091
*Robert Frost Library in Amherst College, Amherst, Massachusetts

알렉스 헤일리(Haley, Alex Palmer: 1921.8.11~1992.2.10)

*뉴욕 주 이타카(Ithaca, New York) 출생

*Kunta Kinte-Alex Haley Memorial at Annapolis City Dock, Annapolis, Maryland(symbolic Ellis Island) Tel. 410/841-6920

*135 Stepney Ln. Edgewater, MD 21037 Tel. 410-956-9090

200 S. Church St. Henning, Tennessee known as W. E. Palmer House에서 자람.

나다니엘 호손(Hawthorne, Nathaniel: 1804.7.4~1864.5.19)

*매사추세츠 주 쎄일럼(Salem, Massachusetts) 출생

*House/Museum: The Wayside: 455 Lexington Road Concord, Massachusetts

* 『주홍 글씨(The Scarlet Letter)』의 배경도시: 보스턴(Boston)

*The House of the Seven Gables: 54 Turner St. Salem, Massachusetts

*The Old Manse: 269 Monument Street Concord, Massachusetts 01742 tel. (978) 369-3909

*Authors Ridge, Sleepy Hollow Cemetery

어니스트 헤밍웨이(Hemingway, Ernest Miller: 1899.7.21~1961.7.2)

*일리노이 주 오크 팍(Oak Park, Illinois) 출생

*House/Museum: 907 Whitehead St. Key West, Florida

Boyhood summer home: between N. shore of Walloon Lake & Lake Grove Rd. Walloon Lake, Michigan

워싱턴 어빙(Irving, Washington: 1783.4.3~1859.11.28)

*뉴욕(New York) 출생

*Washington Irving's Sunnyside, West Sunnyside Lane off RT 9, Tarrytown, NY

3 W. Sunnyside Ln. Irvington New York 10533 Tel. 914-591-8763

하퍼 리(Lee, Harper: 1926.4.28~)

*앨라배마 주 몬로빌(Monroeville, Alabama) 출생

*Old Monroe County Courthouse museum in Monroeville, Alabama

31 N. Alabama Ave. Monroeville, Alabama

헨리 워즈워쓰 롱펠로(Longfellow, Henry Wadsworth: 1807.2.27~1882.3.24)

*Longfellow National Historic Site: 105 Brattle St. Cambridge, Massachusetts 02138 Tel. 617-497-1630

*The Wayside Inn: Sudbury, Massachusetts

Maine Historical Society: Longfellow House in Portland, Maine–489 Congress St. Portland, Maine, Tel. 207-774-1822)

허먼 멜빌(Melville, Herman: 1819.8.1~1891.9.28)

*뉴욕(New York) 출생

*Arrowhead: 780 Homes Rd. Pittsfield, Massachusetts
*Lansingburgh House in Troy: 2 114th St.&First Ave. Troy, New York

에드나 쎄인트 빈센 밀레이(Millay, Edna St. Vincen: 1892.2.22~1950.10.19)

메인 주 록랜드(Rockland, Maine) 출생
*Steepletop 454 E. Hill Rd. Austerlitz, New York Millay Society Office Tel. 518-392-3362

마거릿 미첼(Mitchell, Margaret: 1900.11.8~1949.8.16)

*House: Midtown 900 Peachtree St. Atlanta, Georgia Tel. 404-249-7015
*Gone-With-The-Wind-Museum: 'Scarlett on the Square' 18 Whitlock Ave. Marietta, Georgia 30064
*Historic Museum: Atlanta, Georgia

루시 머드 먼꺼머리(Montgomery, Lucy Maud: 1874.11.30~1942.4.24)

*Green Gables, L. M. Montgomery's Cavendish National Historic Site: 8619 Route 6 Cavendish, Prince Edward Island, Canada Tel. 902/963-7874
*Anne of Green Gables Museum 4542 Park Corner Cavendish, Prince Edward Island, Canada Toll tree: 800-665-2663
*생가: 6461 Route 20 New London Cavendish PEI, Canada Tel. 902/886-2099 or 902/836-5502
*Site of L. M. Montgomery's Cavendish Home-National Historic site: 8521-8523 Cavendish Rd. tel. 902/963-2969
Avonlea Village, 8779 Route 6, Cavendish in Prince Edward Island, Canada Tel. 902/963-3050
Leaskdale Manse in Uxbridge, Ontario, Canada

토니 모리슨(Morrison, Toni: 1931.2.18~)

오하이오 주 로레인(Lorain, Ohio) 출생

오 헨리(O, Henry, 본명 William Sydney Porter: 1862.9.11~1910.6.5)

*노스캐롤라이나 주 그린스버러(Greensboro, North Carolina) 출생
*동상: N. Elm St.&Bellemeade St. Greensboro, North Carolina

유진 오닐(O'Neill, Eugene Gladstone: 1888.10.16~1953.11.27)

*뉴욕(New York) 출생
*Tao House (Eugene O'Neill National Historic Site),Danville, California
Monte Cristo Cottage (National Historic Landmark), New London

에드거 앨런 포(Poe, Edgar Allan: 1809.1.19~1849.10.7)

*매사추세츠 주 보스턴(Boston, Massachusetts) 출생
*House/museum: 203 N. Amity St. West Baltimore, Maryland 21223
Poe Cottage: at Fordham 2640 Grand Concourse Fordham, Bronx, New York
*530~532 N. 7th St. Philadelphia, Pennsylvania 215-597-8780
Poe Museum: 1914~16 E. Main St. Richmond, Virginia 23223 Tel. 804-648-5523

존 스타인백(Steinbeck, John Ernst: 1902.2.27~1968.12.20)

*출생지/boyhood home: 132 Central Ave. Salinas, California–now luncheon Restaurant
*National Steinbeck Center: 1 Main St. Salinas, California 93901
*bust: intersection of Prescott Ave and Cannery Row, near McAbee Beach, California

해리엇 스토(Stowe, Harriet Elizabeth Beecher: 1811.6.14~1896.7.1)

코네티컷 주 리치필드(Litchfield, Connecticut) 출생
*Stowe Center 77 Forest St. near Mark Twain House Hartford, Connecticut 2950 Gilbert Ave.
Cincinnati, Ohio 45206 Tel. 513-751-0651
house: 63 Federal St. Brunswick, Maine

헨리 데이빗 소로(Thoreau, Henry David: 1817.7.12~1862.5.6)

*생가 Thoreau Farm: 341 Virginia Road Concord, Massachusetts 01742 Tel. 978-369-3091
*House: 255 Main St. Concord, Massachusetts(현재는 개인 소유)
Thoreau Society in Lincoln, Massachusetts
*Thoreau's hut site,Walden Pond, Concord, Massachusetts
*Authors Ridge, Sleepy Hollow Cemetery

테네시 윌리엄스(Williams, Tennessee: 1911.3.26~1983.2.25)

*생가 First home/Tennessee Williams Welcome Center: 300 Main St. Columbus Mississippi
39703 Tel. 662-328-0222, Moved to St. Louis, MO 1014
*French Quarter New Orleans, Louisiana
*1431 Duncan St. Key West, Florida(현재는 개인 소유, not open to public)
*La Concha Hotel(Crowne Plaza Key West La Concha) 430 Duval St. Key West Florida 33040,
877-270-1393
*The Tennessee Williams Theater Florida Keys Community College on Stock Island Key
West, Florida